講談社文庫

スパイの妻

行成 薫

講談社

目次

二〇二〇年　夏（前編）

母さん、これ、どうする？

夏の盛り。額に玉の汗を浮かべながら、今年四十二になる長男の喜久雄《きくお》が八重子《やえこ》の前にまた見慣れない箱を持ってきた。家の整理をしていると、長年住んでいる八重子でさえ思いもよらないものが次々と出てくる。まるで、骨董市《こっとういち》の様相だ。

横浜の自宅は、元々八重子の両親が建てた家である。古い住宅地の外れにあるこぢんまりとした一軒家で、八重子はこの家で育った。結婚後は家を出たが、夫と死別し、両親も亡くなったこともあって、十五年ほど前から八重子が継いで独り暮らしをしている。

戦後間もない頃は掘っ立て小屋のような平屋だった家も、二度の建て替えを経て、今はよく見る二階建ての住宅になっている。だが、それも築四十年を過ぎて、あちこちにガタが来ていた。外壁の一部が剥《は》がれ、ほんの少しだが雨漏りもするようになった。二階のバルコニーは金属が腐食してしまって、喜久雄から「もう使わないように」と言われている。

八重子がいつの間にか七十五歳の老人になっていたように、この家もいつの間にか年老いてしまったようだった。家の現状を見かねた子供たちがリフォームを提案してくれたのだが、八重子は答えを保留していた。

七十を過ぎた頃から膝《ひざ》が上手《うま》く動かなくなって、八重子は遠くまで歩いていくことができなくなった。その上、患っていた緑内障の症状が進んで、今は左目がほとんど見えない。家の近くには商業施設もないし、病院に出るのにもバスを使わなければならない。隣家とも離れていて、公道から自宅までを繋《つな》ぐ私道は、かなり傾斜のきつい上り坂になっている。まるで世間の目を避けるようにぽつんと建つ家は、老人一人で維持するのには少々難があったのだ。

家族とよく相談をした結果、八重子は自宅を手放すことに決めた。

老朽化した建物は取り壊して更地にし、土地は売りに出す。八重子自身は、駅近くの老人用賃貸マンションに引っ越すことにした。ケアスタッフが常駐している建物で、買い物や通院も今よりずっと楽になる。長男夫婦の自宅にも近いし、八重子にとっては申し分のない物件だ。

それでも、自宅を手放すという決断に至るまでにはかなりの葛藤があった。一度は終《つい》の棲家《すみか》と決めた場所だ。愛着もあるし、戦後の混乱期に、苦労しながら家を建ててくれた両親への申し訳なさもあった。自分の気持ちと体の状態を天秤《てんびん》に何度も掛け、ようやく出した答えだった。

「ねえ、これ、ばあば？」

十歳と六歳の孫娘が廊下を賑《にぎ》やかに走ってきて、八重子に小さな写真立てを差し出した。今日は、長男一家が総出で引っ越し前の物品整理を手伝ってくれていた。写真立ては、半ば倉庫のようになっている二階の和室に置いてあったものだ。少し埃《ほこり》を被《かぶ》っていたガラス面を、布巾で拭《ふ》く。白黒《モノクロ》写真には、やや緊張した面持《おもも》ちで正面を向く男女が写っている。

「これはね、ばあばじゃなくて、ばあばのお父さんとお母さん」

えー、と、孫娘二人が声を上げる。

「すごい古い写真じゃない？」

「そうね。これがばあば」

椅子《いす》に座った母と、直立した父。二人の足元で緊張のあまり無表情になってしまっている幼女が八重子だ。確か、五、六歳の頃に家族で撮った写真だと記憶している。

「ねえ、ばあばのママ、めっちゃ美人じゃない？」

「美人！」

姉妹が口を揃《そろ》えて「美人」と連呼するので、八重子は少し驚いた。

八重子の母、聡子《さとこ》が他界したのはもう二十五年前のことになる。写真の中の母は、三十代の半ば頃だ。色白で涼《すず》やかな顔の母は、きりりとした表情で真っすぐにカメラのレンズを見ている。背筋がぴんと伸びていて、凛《りん》とした印象だ。

「ねえ、ばあばのママはどういう人だったの？」

「そうねえ」

八重子は、頭の奥にある母の姿を追う。だが、正直に言うと、あまり思い出したくない記憶ではあった。母のことを好きだったかと問われるなら、八重子は素直に頷《うなず》くことが出来そうにない。

孫たちが言うように、八重子の母は確かに顔立ちの整った美人であったが、笑わない人だった。寡黙で、どこか空虚な女。それが、八重子の持つ母の印象だ。人付き合いもよくなく、他者を拒絶するような空気を常に纏《まと》っていて、家の中はいつも重苦しかった。写真の中の母も、洋装の華やかさとは対照的に薄氷《うすごおり》のような冷たい表情をしている。レンズを見ているはずの目には、何も映っていないように見えた。

「賢い人だったと思うわよ」

「頭よかったんだ」

八重子は、無難な表現に逃げることにした。幸い、孫娘たちはそれ以上深く詮索《せんさく》することもなく、また黄色い声を上げながら、何か掘り出し物はないかと二階に駆け上がっていった。一息つき、手元に残された写真をもう一度手に取る。何とも言えない感情が胸を突き上げて、ぐっと喉が詰まった。

八重子が孫娘たちと同じくらいの歳だった頃は、毎日が地獄《じごく》だった。外を出歩けば大人たちに白い目で見られたし、時には石つぶてをぶつけられて、血が出てしまったこともある。私は何もしていないのに、と、八重子はいつも思っていた。

——スパイの妻。

それが、八重子の母が背負っていた汚名だった。どうしてそう呼ばれるのか八重子にはわからなかったし、両親も何も話さなかった。だが、母が犯した罪のようなものが、娘である八重子までも苦しめているのだ、ということだけはわかっていた。

「母さん、どうしたの」

「え？　何か変かしら？」

「ちょっとぼんやりしているように見えたからさ。それより、見てくれよ、これ」

二階から降りてきた喜久雄が、一抱えもある大きな箱を畳の上にどんと置いた。箱は縦長の四角いもので、少し大きめの置時計ほどのサイズだ。表面はあちこち剝げてしまっていて、少し古いにおいがした。

「どうしたの、こんなもの」

「すごいもんみつけたよ」

喜久雄が留め具を外して箱を開くと、中には見たこともない機械が収められていた。古いものだろうが、保管の仕方がよかったのだろう。物自体は綺麗《きれい》な状態を保っているように見えた。

「何、これ」

「パテベビーってやつだな」

「パテ？」

「昔のホームビデオセットみたいなもんさ。フランス製でね。コッチのデカいのが映写機で、この革のセカンドバッグみたいなのがカメラ」

よく知ってるわね、と感心しながら、八重子は息子が持ってきた機械をまじまじと見た。息子は西洋骨董や美術品などの買い付けを行うバイヤーで、こういった古物には殊《こと》の外《ほか》詳しい。

取り出された機械は、フランス製ということもあって、しなやかな女性の立ち姿を思わせる形をしていた。フィルムを巻くためのリールが下に一つ。フィルムは上部にセットする。コマを投影するための箱が中央に鎮座している。電動で動くリールに巻かれたフィルムは、箱の中を通る間に後ろから光を当てられ、レンズを通して次々に映写される、という仕組みになっているそうだ。

「こんなの、いつから家にあったのかしら」

「戦前の物だろうからなあ。ずっと押し入れの奥にしまってたのかもな」

喜久雄は慣れた手つきで映写機をあちこち触り、動くかも、と笑った。

「もし売れるものなら、売ってしまってもいいんだけれど」

「そうだなあ。ちゃんと動くか見てみよっか」

息子はそう言うと、二階に向かって、ぼちぼち休憩にしよう、と声を掛けた。孫娘たちの元気な返事が聞こえてくる。

朝からくるくると働いてくれた長男家族のために、八重子は昼食に店屋物の寿司を取ることにした。馴染《なじ》みの寿司屋に電話している間、喜久雄は娘たちに雨戸を閉めさせ、居間を真っ暗にしていた。部屋の中央に置かれた卓袱台《ちゃぶだい》の上の映写機から、ほんのりと光が漏れている。

「電源コードも生きてるし、電球も切れてない」

息子は驚き半分、楽しそうにそう言うと、薄明りの中で、丸くて平たいブリキの缶を取り出した。大きさは、昔のレコード盤より一回り小さいくらいだろうか。

「これは？」

「パテベビー用のフィルムさ。九・五ミリ幅だから、クミリハンなんて言ってたらしくてね」

みれんの？　と、戻ってきた孫娘たちが物珍しそうにフィルムの缶を手に取った。

喜久雄が「たぶんね」と返事をすると、みたいみたい、の大合唱が始まった。

「観てみようか」

「ええ？　よしなさいよ。何が映ってるのかもわからないし」

「もしかしたらさ、ばあばのママが映ってるかもよ？」

母が、と思うと、八重子は胸の奥がずきりと疼《うず》いた。寡黙で、笑わない母の顔が頭に浮かんで消える。

フィルム缶にはそれぞれにラベルが貼《は》られていた。字は随分かすれているが、母の字ではないだろうということはわかる。父が書いたのだろうか。その中の一つに、八重子の目は吸い寄せられた。朧《おぼろ》げな光に照らされて浮かんだラベルの文字は——。

『スパイの妻』だ。

思わず、フィルムを手に取った。一九四〇年という日付も微《かす》かに見て取れる。スパイの妻。一体、このフィルムにはどんな映像が記録されているのだろう。気にはなったが、観るのは恐ろしかった。

「ちょっと貸して」

八重子が何か言うよりも早く、喜久雄が八重子の手からフィルムを取り、缶を開けた。中には映像が記録されているであろう、フィルムが収められている。喜久雄は少し手間取りながらも、器用にフィルムを映写機にセットしていく。

「初期のパテベビーは手回し式だったんだけど、これはもう少し後の型だな。だから、リールが電動で回るようになってる」

喜久雄が蘊蓄《うんちく》を語っているのだが、八重子の耳には少しも言葉が入ってこなかった。止《や》めておきましょう、という言葉が何度も口をついて出ようとしたが、どうして？　と聞かれてしまうと、明確な答えを返せない。孫娘たちの前で、母の姿を見るのが怖い、などとはさすがに言い難《がた》い。

そうこうしているうちに、息子は準備を終えてしまった。映写機を少しずらして、壁に向ける。壁際には少し前まで古いキャビネットが置かれていたのだが、処分した結果、何もない壁があるだけになった。白い壁が、スクリーンの代わりに映写機からの光を受け止めていた。

「よし、はじめるぞ」

台所から喜久雄の嫁もやってきて、全員が壁に注目した。映写機から光の帯が溢《あふ》れ、かたかたと独特な音を立ててリールが回りだす。最初はぼんやりとしたものだったが、喜久雄がレンズのピントを調整すると、やがてくっきりと像が浮かび上がってきた。初めに映し出されたのは、どこかの風景。古い建物だ。音はない。不思議な静寂の中、リールが回る音が八重子の胸に響いていた。

暗闇の中、懐中電灯の光が左右に動く。どこかの倉庫だろうか。

やがて、光が何かを探し当てる。闇の中に金庫が浮かぶ。

女の細い手が、金庫に伸びた。

ダイヤルを回す。何度か数字を合わせると、金庫が開いた。

辺りを警戒するように見回しながら金庫の扉を開ける、洋装の女。

女の手を、男の物と思われる手が後ろからがっしりと摑《つか》んだ。

仮面舞踏会を思わせる白い仮面で目元を隠した女の顔が映し出された。男の手が、女の仮面を静かに外す。その瞬間、八重子の心臓が早鐘《はやがね》のように胸を叩き出した。

母だ。

きゅっと握った手に、力が籠《こも》った。この映像は一体何なのだろう。男に捕まった母は、その涼やかな目で、真っ直ぐに何かを見ていた。

スパイの妻

一九四〇年　夏

一

暗闇の中、懐中電灯の光が左右に動く。
やがて、光が何かを探し当てる。闇の中の金庫だ。
福原《ふくはら》聡子は、緊張の吐息をつき、金庫に手を伸ばした。
目盛盤《ダイヤル》を回して取っ手を引くと、金庫の扉はあっけなく開く。
その聡子の手を、闇の中から現れた男の手が、がっしりと摑んだ。

『どうして?』
男の唇が動く。音は無い。
男は聡子の手を離すと、聡子のつけていた仮面を外す。

その瞬間、映写幕《スクリーン》いっぱいに、聡子の顔が映し出された。

映像が途切れると、金村《かねむら》と駒子《こまこ》が大仰な拍手をした。金村は、聡子の夫である福原優作《ゆうさく》の父の代から福原家に勤める執事で、駒子は昨年雇ったばかりの若い女中だ。今日は夕食の後、自宅の食堂に集まって優作が撮っている映画の試写が行われていた。映画と言っても、個人で撮影した無声映画《サイレント》で、その上まだ未完成だ。劇場で観るものとは比ぶべくもないが、それでも金村や駒子は大いに感動した様子だった。

「奥様のお綺麗なこと！」

「ほんまに、本職の女優さんかと思いましたわ」

聡子の代わりに、優作が「褒め過ぎだ」と笑う。優作は慣れた手つきで洋卓《テーブル》の上に置かれた映写機に触れ、フィルムを巻き戻していった。

「私は、演技なんてできないって何度も申し上げたのに」

聡子が恥ずかしさのあまり俯《うつむ》いているのを、優作が楽しそうに眺めている。その笑顔がなんとも憎らしい。

優作の映画好きは聡子と結婚する以前からのものだったが、最近は趣味が高じて、自分でも映像を撮りたいなどと考えるようになったらしい。フランス製のカメラと映写機を手に入れてからは、どこに行くのにも小さなカメラを鞄《かばん》に忍ばせている。忙しい仕事の合間を縫ってフィルムを切ったり繋いだりしているようで、一度熱中してしまうと、朝から晩まで書斎から出てこないこともあるほどだ。

優作が、映画を撮る、と大真面目な顔で言い出したのは、つい先日のことだった。聡子は、どうぞご自由に、と笑っていたのだが、優作はその映画の主役を聡子にやれと言う。もちろん、演技などできっこない、と聡子は断ったのだが、優作はとにかく一度言い出したら聞かない性格だ。物腰こそ柔らかいのだが、どんな小さなことでも自分の意志を曲げようとしない。それが仕事でも、趣味であっても。笑みを浮かべながら、いいからいいから、といつも聡子を丸め込んでしまう。聡子は聡子で、夫の笑顔を見ていると、つい抗《あらが》う気を失う。卑怯《ひきょう》だ、と思いつつも、結局は夫の言うとおりになる自分がいた。

「旦那《だんな》様、この場面、どこで撮らはったんです？」

「ウチの倉庫だ。建物が古いのが逆に幸いだったな」

ウチ、とは、優作が経営する「福原物産」の神戸本社事務所のことだ。福原物産は優作の祖父が立ち上げた商社で、主に医薬品の輸入を行っている。創業はちょうど日露戦争の最中だ。当初は小さな会社に過ぎなかったが、先の大戦中に大手の商船が独逸《ドイツ》軍の潜水艦に多数沈められたことで商機が回ってきた。陸軍の医薬品を引き受けるようになると業務が急拡大し、今では神戸でも名の知られた商社の一つになっている。

そんな福原物産を優作が継いだのは、五年前のことだった。先代社長である優作の父、そして母が相次いで病死し、優作は三十代の若さで会社を引き継がなければならなくなった。社長に就任したての頃は、「青二才の癖に」という心ない陰口も叩かれたが、優作はすぐに経営者としての手腕を発揮し、周囲の雑音を黙らせた。今は経営状態も良好で、業績も安定している。だからこそ、映画を撮ろう、などという余裕が持てるようになったのかもしれない。

「映像で見ると、あんな所でも映画っぽくなるだろう」

「ほんまに。それに、文雄《ふみお》さんも熱演やないですか」

金村の後ろ、椅子二つ分ほど皆から離れて座っているのは、聡子の相手役を演じた竹下《たけした》文雄だ。優作の姉の子で、聡子から見れば義理の甥《おい》っ子《こ》にあたる。文雄は金村に褒められても喜ぶそぶりは見せず、斜に構えたように口元だけ笑みを浮かべて、そうですかね、とそっけない返事をした。

文雄は子供の頃から学業優秀だったそうだが、世渡りはあまり上手とは言い難いところがある。東京の帝大に入学するところまでは良かったのだが、その後は人付き合いに悩んで成績が振るわず、卒業後の勤め先も決まらずにいたところを、優作が福原物産に拾い上げた。文雄は語学が達者であったため、今は優作の秘書兼通訳のような役割を与えられている。外国人との商談に帯同したり、英文の契約書を和訳したり、といった仕事だ。

「別に、熱演っていうほど頑張ったわけじゃないですよ」

「真に迫った表情やったと思いましたけどねえ」

「お遊びですから。本気になってやるようなことじゃあないんですよ」

義叔母《おば》さんはまんざらでもなさそうでしたけど、と文雄が笑うので、聡子は恥ずかしさ半分で、まあ、と憤慨する。

「でも、この時は文雄さんの方が一生懸命で。あんまりにも私の手をぎゅっと握るものだから、それが痛くって痛くって」

「義叔母さんの抵抗する力が強かったので、仕方なく」

「まあ、私の所為《せい》だとおっしゃるんですか？」

三人が、どっと笑う。笑い事ではない、と、聡子は口を尖《とが》らせた。文雄は、大げさだとでも言うように、肩を竦《すく》めて首を横に振った。優作が、意地の張り合いになりそうなのを察したのか、まあまあ、と、聡子と文雄の間に割って入った。

「二人ともカメラが回り出すと役者だった。お蔭で緊迫感のある良い画が撮れたよ」

「これは、完成が楽しみやなあ」

金村が満面の笑みを浮かべた。

「一応、題材はノモンハンの事件でね。聡子と文雄はソ連のスパイという役どころなんだ。だから、本当は満州《まんしゅう》の風景なんかも撮って来たいところなんだがなあ」

駒子が、満州！という素《す》っ頓狂《とんきょう》な声を上げた。

ノモンハン事件が起きたのは、ちょうど一年ほど前のことだ。満州国と蒙古《モンゴル》の国境争いに端を発する帝国陸軍とソ連軍の紛争だったが、優作の映画では、ソ連軍が日本の軍事力を計るためにスパイを使ってけしかけた紛争として描かれている。映画の中の文雄と聡子は、日本人ながらソヴィエト連邦国のスパイとして暗躍する男女、という難しい設定だ。実際にそんな人間がいたらと思うと、背筋がぞっとする。

「まさか、満州まで映画を撮りに？」

「いや、僕だってさすがにそこまで道楽者じゃあない」

せやろか、と、金村と駒子が声を揃えた。優作が、どうも僕は信用がないな、と、聡子に向かって苦笑いをした。

「さ、そろそろお開きにしようか」

優作が映写機を箱に収めるのと同時に、壁掛け時計が午後九時を報《しら》せた。いつもなら金村は近隣にある自宅に戻り、駒子も邸内の使用人部屋に引っ込む時間だ。文雄も、そろそろお暇《いとま》を、と言いながら背伸びをした。優作が肩を叩きながら、また飯でも食いに来い、と声を掛ける。

だが、その弛緩《しかん》した空気の中、玄関の呼び鈴の音が邸内に響き渡った。思わず、全員が顔を見合わせる。

「こんな夜更けに、どなたかしら」

「わたし、見て参りますね」

駒子が慌てて二階の食堂から階段を駆け下り、玄関に向かう。聡子は突然の来客に驚きながら、鏡で身だしなみを整えた。

ほどなく、玄関から、旦那様、という駒子の声が聞こえてきた。

「ドラモンドさんがお見えです」

二

やあ、ジョン、と、優作がふくよかな外国人の男と軽い抱擁《ほうよう》を交わす。文雄と入れ替わりでやってきたのは、ジョン・フィッツジェラルド・ドラモンドという英国人だ。フレザー商会という海運会社の大阪・神戸支店長を任されている商人で、商品の海上運輸だけではなく、英国と日本の商人の間に入って、取引の仲介も行っている。福原物産もフレザー商会を通じて英国や欧州の薬品を輸入したり、日本や亜細亜《アジア》の商材を輸出したりしている。

優作はドラモンドを「友人」と表現するが、年齢はドラモンドの方が随分上で、親子ほどの歳の差がある。だが、仕事を通じて出会ってからすぐに意気投合したようで、私生活でも親しい間柄だ。

「サトコさんも、いつも美しい」

聡子もドラモンドと軽く抱擁し、頰《ほほ》を寄せた。いつもは陽気で幾分多弁なドラモンドだが、今日はかなり疲れた顔をしている。

それもそのはずだ。

ドラモンドはつい先日、軍機保護法違反の容疑で憲兵隊に連行されたと聞いていた。要は、スパイの嫌疑を掛けられたのだ。逮捕から数日が過ぎ、聡子も、ドラモンドは無事だろうか、と心配していたところだった。

「その様子だと、嫌疑不十分で釈放、といったところか」

「ユウサク、キミのお蔭です。本当に助かりました。アリガトウ」

「お礼なんて、あなたらしくないな」

聡子は、どういうことですか？　と、軽く笑う夫に視線を向ける。

「サトコさんはご存知なかったですか」

「と、おっしゃいますと」

「ユウサクが、陸軍《アーミー》に〝話〟を通してくれたのです。その――」

ドラモンドが「話」という言葉に含みを持たせる。おそらく、裏で少なくない額の金を回したのだろう。成程《なるほど》、と聡子は頷いた。ドラモンドを連行したのは神戸の憲兵分隊、管轄しているのは陸軍省だ。仕事で陸軍関係者と繋がりのある優作が、ドラモンドの釈放のため、幹部に口利きを依頼したようだ。

友人が逮捕されたというのに映画など撮っている場合だろうか、と内心思っていた聡子は、少し自らを恥じた。福原優作という男は、黙っていても聡子より遥か遠くの未来まで見通している。視野も広く、抜け目がない。ドラモンドの一件も、逮捕の一報があってすぐに動き出していたに違いない。

「大した金じゃあない。必要経費さ。ジョンに何かあったら、取引のあるうちの会社にも影響するから」

　聡子が先頭に立って応接間に通すと、ドラモンドは持ってきたトランクからスコッチ・ウイスキーを取り出し、洋卓《テーブル》に並べていった。美しい琥珀《こはく》色の液体が入った瓶がずらりと並ぶ。これは貴重なものを、と、優作は手に取った一本を眺めながら、満面の笑みを浮かべた。まるで、欲しかった玩具《がんぐ》を買って貰《もら》った子供の様だ。

「お礼と言うには、とても足りないけれど」

「そんなことはない。最近はなかなか手に入らないからね」

　優作が、駒子に酒杯《グラス》を持ってくるよう言いつける。さっそく一本開けるつもりのようだ。

「『アンナ・クリスティ』だな」

「アンナ？」

「グレタ・ガルボの映画さ。それまで無声映画《サイレント》にしか出ていなかった彼女が、初めて発声映画《トーキー》に出たんだ。バーにやってきた彼女が言う最初の台詞《せりふ》が、〝ウイスキーをちょうだい〟でね」

　駒子が持ってきた酒杯にスコッチを注ぐと、優作とドラモンドは無言で乾杯をし、一口ずつ口をつけた。優作は、君もどうか、と言ってくれたが、客の手前、聡子は遠慮することにした。

「美味《うま》い」

「もう一生、酒も飲めなくなるのではないかと思いました」

ドラモンドが、感慨深げに手の中のウイスキーを見つめる。

「憲兵どもから暴力などは受けずに済んだだろうか」

「なかった、と言ったら嘘になりますが、ダイジョウブ。大したことはありません」

もう少し釈放が遅かったらわかりませんでしたが、と、ドラモンドは流暢《りゅうちょう》な日本語で恐怖を語り、肩をすくめた。

ドラモンドとほぼ同時期に、数名の英国人がスパイの嫌疑を掛けられて逮捕されていた。その中の一人、東京で逮捕された英国の通信社の支局長は、監視の隙をついて建物から飛び降り、自ら命を絶っている。スパイであることを隠し切れないと考えた結果の自決、と発表されたが、憲兵隊の拷問《ごうもん》から逃れるために仕方なかったのだろう。誰もが皆そう思っている。

憲兵や特高警察の拷問の苛烈《かれつ》さは、聡子も聞き及んでいる。今回は逮捕した英国人一人が不手際で死亡したり、英国の報復で邦人が拘束されたこともあって、ドラモンドの釈放には政治的判断がなされた可能性も否めない。だが、もしも優作の働きかけがなければ、逮捕されたその日から地獄の責め苦が待っていたかもしれない。温厚そうなドラモンドの顔が拷問の苦痛に歪《ゆが》むところを想像すると、聡子は背筋に冷たいものを感じた。

「それにしても、ドラモンドさんがスパイだなんて」

「まったく、酷《ひど》い話だ。おそらく、英国に対する嫌がらせだろう。ジョンが捕まったのも、英国人だからというだけさ。スパイである根拠などなかったと思うね」

「仕方ない。おそらく、ドイツかイタリアのスパイの所為です」

「まあ、スパイ？」

「日本がドイツやイタリアに味方するよう、裏でスパイが活動しています。我々イギリス人は、彼らにとっては邪魔なのでしょう」

優作はウイスキーを一気に呷《あお》ると、「こんな美味い酒を造る国と仲違《なかたが》いするなど愚の骨頂だ」と憤った。そして、そのまま少し、怒りを内にしまい込もうと押し黙る。

聡子は瓶を手に取って、ウイスキーを優作の酒杯に注いだ。

「で、今後はどうするつもりですか」

「釈放はされたけれど、きっと有罪にはなるでしょう。もう、神戸にいることはできないと思いますね」

これを売ることももうできません、と、ドラモンドはウイスキーの瓶を手に取って、深い溜息《ためいき》をついた。

「それは残念でならないな。すぐに英国へ戻られるのですか」

「当面は、シャンハイに滞在しようと思っています」

「上海《シャンハイ》と言うと、共同租界《そかい》」

租界とは、支那国内に置かれた外国人居留地のことだ。上海の共同租界は、本国同士が険悪になっている今も、日米英が中心になって管理している。亜細亜でありながら西欧風の建物が立ち並び、街並みが実に美しい場所だそうだ。聡子が思わず「素敵ね」とこぼすと、優作が「楽しい話をしてるわけじゃないぞ」と眉を顰《ひそ》めた。はっとして、すぐに謝る。

「じゃあ、もしあなたに会いたくなったら、上海に行けばいいのですね」

「そうですね。シャンハイにはまだ少し自由が残っているようですから、ニッポン人とイギリス人が会っていても、とやかく言う人は少ないでしょう」

話は尽きなかったが、あまり長居すると迷惑がかかるから、と、ドラモンドが席を立った。優作もそれに倣って立ち上がり、二人はがっしりと握手を交わした。

「どうか、お元気で」

「アリガトウ。ワタシはもう少し、シャンハイからアジアの行く末を見守ろうと思いますよ」

三

午前零時を報せる時計の音が、寝室の外から聞こえてくる。

六甲山《ろっこうさん》南側の一角に建つ福原邸は、元々独逸人の外交官が建てた邸宅であった。先の大戦がはじまり、持ち主が帰国するにあたって手放した家を、回り回って先代である優作の父が買い取ったものだ。二階建ての洋館だが庭園は日本風で、和洋折衷、独特の雰囲気がある。家の周囲は閑静《かんせい》な住宅街で、喧騒《けんそう》とは無縁だ。

「まだお休みにはなりませんか」

薄明りの中、優作は寝室に置かれた小さな机に書類を広げ、何やら真剣な眼差しで眺めていた。聡子が話しかけると、ようやく我に返ったように、ああ、と息をつき、顔を上げて微笑《ほほえ》む。

「もう結構な時間か」

「明日もお仕事でしょうから、そろそろお休みになられては」

「そうだな」

「何を熱心にご覧になっていたんです？」

「ああ、これか、これは——、その」

「秘密の文書？」

聡子が何気なくそう言うと、優作は、ははは、と声を上げて笑った。

「まさか。夫婦の間に秘密などないさ」

「本当でしょうか」

「もちろんだ。僕が君に隠し事などするわけがないだろう」

聡子が、せやろか、と金村の口真似をすると、優作は苦笑いをしながら、信用がないな、と頭を掻《か》いた。

「先刻《さつき》、ドラモンドさんから渡されたものですか」

「そうだ」

ドラモンドの去り際、優作は玄関の外で暫《しばら》く話し込んでいた。話の途中で、ドラモンドは何やら大きな封筒を取り出して優作に手渡していた。優作が熱心に読み込んでいたのは、その封筒に入っていた書類のようだった。

「何か面白いことでも？」

「いや、そうだな。ジョンが手掛けていた仕事をウチで引き継げないか、という相談だった」

「うちで、と申しますと、福原物産でですか」

「医薬品の調達の仕事でね。お相手は関東軍」

「関東軍ということは――」

「そうだ。商談のために、満州へ行くことになりそうだ」

満州と聞いて、聡子はそっと優作の傍《そば》に近寄り、寝台《ベッド》の縁に腰を掛けた。僅《わず》かに、胸の高鳴りを感じる。支那との戦いで連戦連勝の関東軍の本拠地は、満州国の首都・新京《しんきょう》にある。

「現地に行かなければならないのですか」

「契約を結ぶには、僕が行かなければならんだろうな」

神戸港は日本一の貿易港ではあるが、日本人の貿易商が港から外に出ていくことはあまりない。基本的には、海外からやってきた商人や、神戸に支社を構えている海外の会社と取引をすることが多いのだ。ドラモンドも、生糸の買い付けや酒の輸出のために、神戸に常駐していた男だ。

だが、優作はそれだけでは時代に乗り遅れるとばかり、先代が存命の頃から積極的に海外へ渡航し、現地の商人たちと取引をしてきた。それが福原物産躍進の秘訣《ひけつ》でもあったのだが、家で帰りを待つ聡子はいつも気が気ではない。優作が外国に行っている間は、近所の神社に安全を祈願しに行くのが聡子の日課になる。

それでも、これまでの渡航先は香港《ホンコン》、釜山《プサン》、新嘉坡《シンガポール》といった貿易港が中心であった。港ならば有事の際は船で離れればよいのだが、新京は内陸だ。満州国自体、ソ連、蒙古《モンゴル》、支那に囲まれた場所で、昨年にはノモンハンの紛争が起きたばかりの、紛《まご》うことなき戦地である。これまでとはわけが違う。

「満州は危険ではないですか」

「確かに安全ではないだろうが、ソ連とは膠着《こうちゃく》状態だし、日支の戦争も日本が優勢だ。今が好機《チャンス》とも言える」

「危険を冒すだけの価値があるお仕事なんでしょうか」

「さあな。ただ、ジョンが僕に任せたいと言ってくれた仕事だ。できれば引き継いでやりたいと思っている」

聡子は大きく息を吸い、ゆっくりと吐き出した。こうなっては、何を言っても無駄だ。夫の目は、既に遠い満州に向いている。

「お止めください、と言っても無駄でしょうから」

「おい、そんな言い方を――」

「どうか、お気をつけて。早くお戻りくださいね」

聡子は、優作の胸にそっと顔を埋めた。ほんのりと酒の匂いが残る夫の胸の奥で、心臓がゆっくりと動いていることがわかる。優作の腕がするりと聡子の背に回り、力強く聡子を抱きしめた。

「心配無用だ。一ヵ月で戻ってくる」

「一ヵ月、ですか」

「ちょうど、満州の風景を撮りたいと思ってたところだ。危ないことはない。半分観光のようなものだよ」

「まあ呆《あき》れた。本当に映画の撮影をするつもりですか?」

「もちろん、仕事のついでだがね」

「仕事なんておっしゃって、実は撮影のための口実でしょう」

「馬鹿言うな。僕だってそんなに道楽者じゃあないぞ」

優作が少し顔を離し、聡子の肩に手を置いて、覗《のぞ》き込むように視線を合わせた。確固たる意志に溢れていながらも、子供のように無垢《むく》な目。結婚して七年が経つが、出会った頃とまるで変わらない。

せやろか、と、聡子が囁《ささや》く。優作は聡子の額に自らの額をつけて、そろそろ信用してくれ、と笑った。

一九四〇年　秋

一

昼下がり。秋の柔らかい日差しが窓から降り注いでくるが、聡子の気分は上向かない。ペン先は便箋《びんせん》の上をふらふらと迷ったまま、先に進んでいこうとしなかった。聡子は溜息を一つついてペンを置き、書きかけの便箋をまた一枚畳んで屑籠《くずかご》に捨てた。

「お手紙ですか?」

聡子の様子を見かねたのか、洗濯物を取り込み終えた駒子が声を掛けてきた。慌てて笑顔を繕《つくろ》い、そうなの、と答える。

「横浜のお義姉《ねえ》さんからお手紙を頂いたので、お返ししなきゃと思って」

「ああ、成程」

それは大変や、と、駒子が苦笑する。

優作の姉はもちろん神戸の生まれなのだが、結婚してからは横浜に住んでいる。横浜で生まれ、神戸に嫁いできた聡子とは逆だ。福原家を離れたとはいえ、先代亡き今は一族の最年長である。責任感故《ゆえ》か、優作の私生活から福原物産の経営についてもあれこれ口出しすることが多かった。

特に、結婚して七年経っても子ができない聡子には風当たりが強かった。事あるごとに子はまだか、といった催促を受ける。時には面と向かって体に問題があるのではないか、と言われたこともあった。優作も辟易《へきえき》していて、気にするな、と言ってはくれるものの、気にせずにいるのもなかなか難しいことだった。

「どんなお手紙やったんですか」

「優作さんから連絡はないのかしら、いつ戻るのかしらって。遠回しにだけれども」

「ああ、まあ」

気持ちはわかる。聡子と駒子は同じ言葉を頭に浮かべたのだろう。声には出さなかったが、無言で頷き合った。

優作が満州に渡ってから、もうじき約束のひと月になろうとしていた。初めこそ、現地に無事到着した、といった連絡が電報で届いていたが、それも半月を過ぎた頃からはぱたりと途絶えた。便りがないのは良い便りなどと言うこともあるが、心配しながらただ待っているだけの身には、一日一日が長く、重苦しいものに感じられる。

おそらく、横浜の義姉《あね》も同じ思いなのだろう。今回の満州行きには、文雄が付き従っているのだ。語学に長《た》けた文雄は、英語と独逸語が堪能なのはもとより、支那語も少し話すことができる。優作も日常会話程度の英語を話すことはできるが、商談に向かう時は文雄を通訳として同行させることが多かった。今回の商談は同じ日本人相手で通訳は不要だが、道中のことを考えて文雄を連れていくことにしたようだ。

だが、義姉は文雄が優作についていくのを快く思ってはいないようだった。文雄が優作に対して抱いている思いは一種の崇拝のようでもあり、母親である義姉の目からは、少し危うく見えているのかもしれない。

福原優作という人間は、誰にも迎合しないからである。

優作は福原物産の跡取りとして神戸に生まれたが、父の仕事の都合から、幼少期を横浜で過ごした。六歳で神戸に戻ってきた彼の遊び場はもっぱら港近くの旧外国人居留地で、福原物産の取引先である外国人の商人たちが遊び相手だったそうだ。そのせいか、優作には西洋の先進的な思想が染みついていて、言葉の端々からそれが垣間見える。即《すなわ》ち、個々の人間は自由であり、全ての人間は平等である、という考え方だ。

聡子もまた、横浜に生まれ、異文化に囲まれて育ってきた。優作の思想と相通ずる部分もあるし、自由と平等という思想の上に築かれた優作の人柄に強く惹《ひ》かれているのも事実だ。だが、日支の戦争が長期化している昨今、米英との対立が深まるにつれ、国全体の空気が変わりつつあるのを聡子も肌で感じている。その空気の中では、優作という人は明らかな異端児であり、ややもすれば、危険思想の持主として目をつけられかねない危うさを持っていた。

優作自身は、世間の空気を読んで己を偽ることなど良しとしないだろう。優作に言わせれば「何も悪いことなどしていない」のだ。実際、その通りではある。優作は一人の人間として英国人と対等に話をし、自由を行使して欧米の文化を楽しんでいるだけなのだ。けれど、戦争という暗雲垂れ込める社会の中で、翼を広げて空を舞う優作はあまりにも目立ち過ぎる。目立つ鳥は、猟師の目に格好《かっこう》の獲物として映るだろう。

――行って参ります。

――義叔母さん、叔父《おじ》さんのことはご心配なく。

神戸港を出立する文雄の顔が脳裏を過《よぎ》った。普段は何かと斜に構えがちな文雄だが、優作のカメラを小脇に抱え、大きな船を前にして興奮が抑えられぬ様子で、少年のように目を輝かせていた。はしゃぐ文雄を優作が窘《たしな》めてはいたが、その優作も、文雄と似たような目をしていた。

真っ直ぐに空を見上げる優作の横顔は、聡子の目には眩《まぶ》しく映る。と同時に、いつか自分を置いて飛んでいってしまうのではないかという恐れも感じる。ここのところ、優作がどこか遠くに去ってしまう夢を見て飛び起きたことが何度もあった。

優作は、優作のままであって欲しい。そう願う反面、早く自分の元に帰ってきて欲しいという女としての望みも、聡子の胸の奥で燻《くすぶ》り続けている。相反する想いは、時に聡子を板挟みにして苦しめた。

壁の日暦《カレンダー》に目を遣《や》る度《たび》、世間にも夫にも寄りかかることのできない寂しさに圧《お》し潰されそうになる。同じ思いを持っているはずの義姉に腹の中のものを吐露してしまいたい衝動に駆られるが、自尊心の高い義姉はそのまま受け入れてはくれないだろう。そんなことで福原家の嫁が務まるか、と説教をされてしまうに違いない。

「でも、もう来週には旦那様も文雄様も戻っていらっしゃいますし」

「そう、ね」

「奥様も、今しばらくの辛抱ですね」

駒子がそう言いながら立ち去ってしまうと、胸に穴が開いたような気になった。もう少し話し相手になって貰いたかったのだが、仕事の邪魔をするわけにもいかない。

一見、多くの人に囲まれているようではありながら、結局のところ自分は独りなのだ、と聡子は思った。

再びペンを取り、気が向かないながらも机に向かおうとした時だった。部屋の外から、金村が聡子を呼ぶ声が聞こえてきた。

「奥様、お部屋におってですか?」

聡子が部屋の扉を開けて顔を出すと、金村が階段を急ぎ足で上がってきた。

「ええ。何事かしら」

「電報です。その、旦那様から――」

聡子は金村が差し出した電報送達紙を半ばひったくるようにして受け取った。頬が紅潮していくのが自分でもわかる。文面を見る前に、一呼吸入れて気持ちを整える。

紙面には、やや無機質な書体でカナ文が記されている。一目では文意が摑めず、聡子は何度か文字列の上に目を走らせた。次第に、文節と文脈がはっきりしてくる。心配そうに様子を見守る金村に向けて、聡子は電報文を読み上げた。声が震えないよう下腹に力を籠《こ》めたつもりだったが、それでも最後は少しだけ声が上ずった。

ニシユウカン

キコクオクラス
シンパイムヨウ

二

少し肌寒さも感じる季節だが、秋の六甲山中は清々《すがすが》しい空気に満ちている。聡子は山道を歩きながら、胸いっぱいに息を吸い込んだ。途中、美しい紅葉で名高い紅葉谷《もみじだに》を通ったが、今日のところはまだ少し時期が早かったようだ。それでも、久しぶりに体を動かすのは楽しかった。

「奥様、一寸《ちよつと》休憩を」

「あら、若いのにだらしない」

山道を軽快に歩く聡子の後ろを、駒子が額に玉の汗を浮かべながらついてくる。聡子はころころと笑いながら立ち止まり、持っていた水筒を駒子に手渡した。

優作の帰りが半月延びると聞いて一度は肩を落とした聡子だったが、毎日塞ぎ込んで過ごすわけにもいかない。なんとか少しでも立ち直らなければと自分なりに気を張っていたのだが、無理をし過ぎていたのかもしれない。駒子と一緒に家のことをして気を紛らわせるまではよかったが、あまりにも働きすぎて、駒子の仕事をだいぶ奪ってしまった。

――一日、温泉でゆっくりしてみてはいかがですやろ。

金村の言葉に甘えて、昨日は六甲山の北、有馬《ありま》の温泉旅館「たちばな」に一泊することにした。「たちばな」は福原家が先代から贔屓《ひいき》にしている旅館で、聡子もこれまで何度か優作に連れられて宿泊したことがあった。決して高級宿というわけではないが、有馬川沿い、温泉郷のやや奥まった場所に建てられた湯宿は、風情があって心が安らぐ。

有馬温泉にはいろいろな泉質の温泉があるが、「たちばな」の湯は無色透明の所謂《いわゆる》「銀泉《ぎんせん》」である。時間を掛けて浸《つ》かると、体の芯《しん》まで温もって食欲が湧いてくる。このところ食事も満足に喉を通らなかった聡子だったが、昨晩は旅館の心づくしの料理に舌鼓《したつづみ》を打った。物資もなかなか手に入り難い昨今だが、有馬の旅館も各々工夫して、なんとか営業を続けているようだ。

一晩、何も考えずに休むと、僅かながら気分が上を向いた。どうせ気分を変えるならと、聡子は翌朝迎えに来た駒子と一緒に、山道を散策しながら帰ることにしたのだった。

普段は洋装の多い聡子だが、今日ばかりは髪をひっつめ、もんぺにリュックサックという出《い》で立《た》ちで宿を出た。見た目は地味だが、悔しいかな、動き易くて山歩きには適している。

「駒子の後ろ、零余子《むかご》があるわね」

「なんですか、これ」

知らないの？　と笑いながら、聡子は山道の脇に生えた蔓《つた》にびっしりとついている丸い零余子を、次々と手でもぎ取る。あっという間に両手いっぱいの零余子が集まった。駒子が、不思議そうに聡子の手の中の零余子を指でつついた。

「お芋《いも》の種みたいなものかしら。塩茹《しおゆ》でして、ご飯に混ぜ込んで食べると美味《おい》しいのよ。それに、零余子がついた蔓を辿《たど》っていけば、山のお芋が見つかるの」

「自然薯《じねんじょ》、いうやつですか」

「今度、男手を募って掘りに来ましょうか」

今後、戦争が長期化していけば、食料や衣類は今よりももっと手に入り難くなるだろう。生活必需品はすでに配給制に切り替わりつつあり、必要なものを必要なだけ手に入れることが難しくなってきている。福原家は比較的裕福な家ではあるが、それでも、こうして山から野草や茸《きのこ》を採って来たり、裏庭の空いたところに野菜を植えるなどしなければならなくなってきている。

「山にお詳しいんですね」

「私、こう見えて、小さい頃は山の子だったのよ」

「横浜の御実家もええとこやってお聞きしてますけど」

「そんなことないの。子供の頃なんか、近所の男の子を集めて、毎日裏山を駆け回って遊んでたんだもの。服を泥だらけにしたり、木の枝に引っ掛けて穴を開けてしまったりして、よく母に叱《しか》られたものだわ」

「奥様が？　ほんまですか？」

　駒子が、信じられない、とでも言うように首を横に振った。確かに、洋装ですまし顔をしているいつもの姿からは、男の子を従えて山を駆け回る幼い頃の聡子を想像するのは難しいかもしれない。

　少し休憩して、また山道を歩き出す。道脇に目を遣りながら一時間ほど歩くと、木通《あけび》や野葡萄《のぶどう》、猿捕茨《さるとりいばら》といった果実や野草で、駒子が携えてきた竹かごがいっぱいになった。途中までは疲れた様子だった駒子も、採ったものがそのまま食べ物になると知って、いくらか元気が出たようだ。

山道を抜けると、六甲山上の道路に出る。聡子と駒子の短い冒険は終わりだ。あとは六甲山を南側へ少し下り、中腹にある自宅に戻るだけだった。駒子が、少しほっとしたような表情を浮かべる。山歩きに付き合わせて申し訳なかったとは思うが、いい気分転換にはなった。

聡子と駒子が道路沿いを歩いていると、正面から物々しい一団が近づいてくるのが見えた。軍服姿の男たちが、二列縦隊を作って真っ直ぐにこちらに向かって来ている。駒子は本能的に腰を引き、路肩に寄って顔を伏せた。男たちが腕につけている腕章が見えてきたのだ。

腕章には、「憲兵」の文字が書かれている。

庶民にとって、憲兵は特高と並んで恐ろしい存在だ。街を歩く軍服姿には威圧感があるし、接し方も高圧的だ。下手《へた》に目をつけられれば、政治犯やらスパイやらといわれのない汚名を着せられる可能性もある。できることなら関わりたくない、というのが正直なところだった。

だが、隊の先頭を歩く男の顔が見えてくると、聡子はほっと息を一つついた。聡子が気づくのとほぼ同時に、列の先頭の男も、聡子に気がついたようだった。男はくるりと回れ右をすると、それまで整然と行進していた憲兵たちに向かって一旦停止の指示を出し、十分ほど休憩、と宣言した。

憲兵たちが道端に座り、水筒の水を飲むなどする中、先頭を歩いていた男は聡子たちに向かって走り寄り、敬礼をした。駒子が困惑するのを横目に、聡子は軽く一礼をする。

「まさか、こんなところで福原の奥様にお目にかかるとは」

「やめてください、そんな他人行儀な」

敬礼を解いて笑みを浮かべたのは、津森泰治《つもりたいじ》という男だ。聡子が横浜にいた頃、実家のすぐそばに住んでいた幼馴染である。歳は聡子より三つ上だが、聡子が裏山で遊ぶ時には、半ば家来のような扱いをしたものだ。当時から寡黙で控えめな印象だったが、それは軍人となった今でもあまり変わらない。

聡子が優作と結婚して神戸に来ることになった時、泰治は横須賀《よこすか》米《よね》ヶ浜《はま》の憲兵分隊に所属する憲兵だった。再会したのは、三年半ほど前のことだ。その頃、神戸港のスパイ監視強化のために神戸の憲兵分隊が増員の募集を全国に出したのだが、泰治はそれに応じて異動を志願し、神戸にやってきたのだ。

横浜から単身嫁いできた聡子にとって、泰治は神戸にいる数少ない知己《ちき》の一人だ。

もちろん、優作にも紹介したことがある。

「その、聡子さんは、何故こちらに」

「昨日、有馬の『たちばな』という旅館に一泊したんです」

「ああ、行ったことはないですが、話に聞いたことはある旅館です」

「それで折角なので、今日は山を通ってここまで」

聡子が六甲山中で採ってきたものを見せると、泰治は目を丸くした。

「歩いていらしたんですか」

「ええ。紅葉にはまだ早かったんですけど、気持ちのいい散策でした」

相変わらずですね、と、泰治が苦笑する。

「そういえば、泰治さんは分隊長にご昇進されたとか」

あ、と、泰治が襟元《えりもと》の階級章に触れる。

「おかげさまで、そのような栄誉に与《あずか》ることができました」

「泰治さんなら当然でしょう。頼り甲斐《がい》がありますし」

昔から、と、聡子が言葉を付け加えると、泰治の顔が赤く染まっていった。いやそんなことは、と、真っ正直に照れるのを見て、聡子は相手が憲兵だということを忘れて笑った。

「泰治さんこそ、どうしてこちらに？」

「今日は摩耶山《まやさん》に少し用事が。これから少し六甲を巡回しまして、夕方には庁舎に戻ります」

「激務で大変でしょう」

「いや、とんでもない。戦地にいる同胞を思えば、これしき」

「お休みは取れていらっしゃいます？」

「ええ、有難いことに、人並みには」

「なら良かった。お休みの日は、何をしてらっしゃるの？」

「そうですね、これといって趣味もなく、独り身ですから、家で酒を飲むくらいが唯一の楽しみで」

「まあ、あの泰治さんがお酒を」

泰治はまた少し頰を赤らめると、照れ臭そうに頭を掻いた。

「嫌だなあ、もう山遊びをしていた子供じゃないですよ」

「そうね。お互いに」

聡子と泰治が、一緒になって笑う。憲兵を目の当《ま》たりにして緊張した様子だった駒子も、聡子と泰治が親しそうにしているのを見て、少し警戒心を解いたようだ。

「近々、お休みもありますの？」

「ええ。明日は久しぶりに非番です」

「でしたら、一度家に遊びにいらっしゃって下さいな。お疲れでなければ、ですけれども」

「え、お宅にですか」

「丁度ね、いいお酒が手に入ったんです。良かったら、ご昇進祝いに」

「なんと、それは光栄です」

泰治は満面の笑みを浮かべると、是非お伺いします、と一礼した。そして幾分きりりとした表情に戻り、休憩中の憲兵たちの元へ戻っていった。それまでめいめい自由に休憩をとっていた憲兵たちが、泰治の号令一つでまた二列縦隊を素早く作り上げる。そのまま、一糸乱れぬ行進を開始し、聡子らの前を通り過ぎて行った。

「まさか、憲兵隊に奥様のお知り合いがいらっしゃるとは」

「ええ、私も、彼が神戸に来たのを知ったときは驚いたわね」

「背が高くて立派な方でしたけど、話してみると優しそうな方やって、少しほっとしました」

「そうね。横浜の山で遊んでいた頃は、私が彼の上官だったのよ」

聡子が笑うと、駒子は目を皿のように真ん丸にして、へえ、と大げさに頷いた。

三
「どうぞ、お寛《くつろ》ぎになって」

「失礼します」

翌日、泰治は約束通り福原邸を訪ねて来た。軍服とは違う私服姿の泰治は、横浜にいた頃の素朴《そぼく》な少年の面影《おもかげ》をよく留《とど》めている。聡子は、応接間ではなく、もう少し奥にある客間に泰治を通した。奥まった一室は、外からも中庭からも覗き見られることはない。人の目を気にすることなく話をすることができる。

「泰治さん、その木箱は？」

「ああ、これ」

泰治は小脇に抱えていた木箱を下ろすと、聡子に向かって差し出した。箱の上蓋《うわぶた》を開く。中にはおが屑がぎっしりと詰め込まれていた。

「これは――」

「氷です」

「氷？」

聡子がおが屑を手で少し避けると、泰治が言う通り、四角い氷の塊が顔を覗かせた。台所に持っていき、水でおが屑を流し落とすと、硝子細工《ガラスざいく》のように透き通った板氷が姿を現した。

「六甲山の天辺《てっぺん》に、氷を作るための溜池が掘られていましてね。毎年冬になると氷が張るので、それを切り出すんです」

「へえ、氷を」

「昔は、切り出した氷を氷室《ひむろ》で保存して、夏に神戸の街で売り歩いていたようですが、今はそういった氷屋もほぼいなくなったようですね。でも、今日は美味い酒が頂けると伺ったもので、まだ細々と天然氷を造っている氷屋まで行きまして、氷を少し分けて貰って来たのです」

「まあ、それじゃあ随分お手間を」

「いえいえ、今はもう氷室なんかではなく、電気冷凍庫で保存しておりまして、港の近くに倉庫があるのです。なので、こちらに来るついでに」

「それでも、わざわざ有難うございます。泰治さんの昇進祝いと思いましたのに、かえってお気遣い頂いて」

「天然氷で飲む酒はやはり味わいが違いますから、是非ご賞味頂きたいと持ってきたのですが、その――」

泰治は少し目を泳がせ、左右を見る。客間には、泰治と聡子がいるばかりだ。

「その？」

「福原さんが留守にしておられるとは露知らず」

お邪魔してよろしかったのでしょうか、と、大きな体を縮こめながら、泰治が聡子をちらりと見る。まるで悪戯《いたずら》が見つかった子供の様な顔だ。聡子は思わず噴き出しながら、泰治の持ってきた氷を氷錐《アイスピック》で砕き、酒杯《グラス》に転がした。氷が転がる涼やかな音色が耳に心地よい。

「別に、疚《やま》しいことは何もないじゃありませんか」

「それはもちろんそうですが」

聡子がウイスキーの栓《せん》を開けると、ふわりと独特の香りが漂った。琥珀色の液体を泰治の酒杯に注ぐ。ウイスキーは、先日ドラモンドが持ってきたスコッチの中の一本だ。泰治が、これは珍しい、と興味深そうに瓶を持ち上げてしげしげと眺めていた。

聡子も自身の酒杯にウイスキーを注ぎ、持ち上げる。泰治は少し迷うような視線を向けたが、やがて自分の酒杯を聡子の酒杯と重ねた。ちん、という軽い音が響く。

一口、舌を湿らせるようにウイスキーを口に含むと、芳醇《ほうじゅん》な香りが鼻に抜ける。だが、酒の刺々《とげとげ》しさはあまり感じなかった。天然氷のお蔭だろうか、と、聡子は酒杯の中の氷を揺らす。

「まあ、本当に、味が全然違う」

「そうですか」

「天然の氷で飲んだ方が、まろやかに感じます」

「それはよかった。持ってきた甲斐があったというものです」

「どうぞ、泰治さんもお飲みになって」

酒のつまみは山で採って来た零余子の塩茹でだけという簡素なものだったが、それでも、酒が入ると横浜にいた頃の昔話が弾んだ。縁も所縁《ゆかり》もない土地に独りでいると、時折無性に心細くなることがある。唯一の拠り所である夫がいない時は猶更《なおさら》だ。夫のいない間に他の男を家に招き入れるなど、あらぬ噂《うわさ》を立てられても仕方がない行為であるかもしれない。だが、世間の目を気にすること以上に、聡子は何気ない会話に飢《う》えていた。

懐かしい思い出話は尽きることがない。久しぶりに腹の底から笑い、自分自身がこの世界に存在しているのだと再確認できた。厳めしい憲兵も、軍服を脱いでしまえば、聡子の知る泰治のままだった。

だが、その会話が上滑りしていることも、聡子はわかっている。

きっと、泰治も同じことを感じているだろう。

聡子は、酒杯に残っていたウイスキーをぐっと喉に流し込んだ。氷で薄まり切っていない酒精《アルコール》が喉を焼く。泰治は少し眉を動かしたが、何も言わず、聡子の酒杯に酒を注ぎ足した。

「このお酒、先日ある方が持ってきて下すったんです」

「ある方？」

「ドラモンドさん」

ああ、と、返事をした泰治の表情が、ぐっと強張《こわば》ったのがわかった。

「あの、英国人ですか」

「ドラモンドさんの釈放に、泰治さんにもご尽力頂いたと、夫が」

「とんでもない。自分は何もしておりませんよ」

ドラモンドの釈放のために優作は陸軍幹部に接触したが、それだけではなかなか釈放には至らなかったかもしれない、と聡子に語っていた。決め手の一つになったのは、憲兵隊内部からの働きかけだろうと思われた。ドラモンドは危険な間諜《スパイ》に非《あら》ず、という現場の声が釈放を後押ししたのだ。

だとしたら、手助けをしてくれた人間は、泰治以外あり得ない。

泰治は、周囲を気にする様に鋭い視線を部屋の外に向けた。聡子は少し声を潜めて、金村や駒子も不在であることを告げる。今、福原邸にいるのは、聡子と泰治だけだった。

少し目つきを変えた泰治が、ゆっくりと溜息をつく。頬は僅かに赤味を帯びているが、酒に酔っている様子はなかった。

「今日、自分がここに参ったのは、福原さん、そして聡子さんに一言、ご忠告を差し上げるためでもありました」

「忠告？」

「件《くだん》の英国人の釈放について、分隊内部には納得していないものも少なからずおりましてね」

「ドラモンドさんを釈放すべきではなかったと？」

「ええ。正直に申し上げますと、自分も、あの英国人はきっちりと調べなければならぬと思っておりました」

「まさか、じゃあ、ドラモンドさんが本当にスパイだと？」

「それはわかりません。ただ、可能性がなかったわけではない」

そんなまさか、と、聡子は笑って誤魔化そうとしたが、泰治の眼の色は変わらなかった。

「あまり大きな声では言えませんが、今、この国には驚くべき数のスパイが入国しており、朝に夕に跋扈《ばっこ》しているのです。特に、この神戸という街は外国人に対する忌避感の薄い土地柄ですから、彼奴《きゃつ》らにとっては居心地のいい温床というわけです」

「驚くべき数、ですか」

「おそらく、今、聡子さんが頭に浮かべられた数字は、桁《けた》が足りない」

泰治の言葉に、聡子は思わず絶句した。泰治が言うことが本当だとしたら、神戸にいる外国人は全員スパイだとしてもおかしくないということになってしまう。

いや、泰治はそれが「おかしくない」と言っているのだろうか。

泰治が神戸の憲兵分隊にやってきたのは、神戸港から入ってくる外国人スパイを取り締まるための人員が不足したからだと聞いている。神戸港、ひいてはこの国は、それだけスパイの脅威に晒《さら》されているということだ。泰治ら憲兵たちはその実態を日々目の当たりにしているのだろうし、決して、法螺話《ほらばなし》や誇張で聡子を脅かそうとしているわけではないはずだった。

「じゃあ、ドラモンドさんも」

「あの英国人がスパイだったとしても、十中八九、小物に過ぎなかったとは思います。調べ尽くしても、あまり有用な情報は得られなかったかもしれません。最終的には、国外に追放できればそれでよかった。なので、憲兵隊もあえて釈放を許したわけです。納得していない隊員もおりますが、今は比較的、皆抑制的に捉えています」

「今は、とおっしゃいますと」

そこです、と、泰治は膝を手で打った。

「隊の中には、福原さんがあの英国人と結託しているのではないか、と囁く者もおります」

「そんな、夫がスパイなわけが」

「それはもちろん、自分はよく存じています。が、今回の一件で、福原さんが目をつけられることになった、というのは抗い難い事実です。あの英国人の逮捕に苦労した者もおりますから、顔に泥を塗られた、という思いなのかもしれません」

「夫は潔白です！」

「ご存知の通り、憲兵隊には血気盛んな者も少なくない。悪戯に無辜《むこ》の民間人を逮捕するなどという蛮行は自分がさせませんが、一度調べる、ということになったら、我々は徹底的にやらねばならなくなります。スパイどもは生半可なことでは口を割りませんから、我々はあらゆる手段を講じます」

「拷問、ということですか」

「やむを得ぬ時は、そのような手段を取ることもあります」

「でも、もし冤罪《えんざい》であったら如何《いかが》なさるのですか」

「上は、仮に嫌疑のある者を取り調べた結果無実であったとしても、それはそれで致し方なし、という方針です」

「そんな。あまりにも無茶ではありませんか」

「そうならないように、お気をつけ願いたい、ということです」

「それが、忠告、ですか」

「福原さんは、どうしても目立つのです。聡子さんも、家の方々も、煌《きら》びやかな洋装で出歩かれていることが多い。こうして、家の中に舶来品も多くあります。いざとなった時には言い訳が難しくなる」

「夫も私も、何も悪いことは――」

「悪いことはしていません」

泰治が、聡子の言葉をぴしゃりと叩き落した。昔から知る津森泰治という人間に別人格が乗り移ったかのように見えて、聡子はぞくりとした。

「それは重々わかっています。ですが、これからの数年で、正しさというものは大きく変わっていってしまうでしょう。外国人と会話をすることも、華やかな洋服を着ることも、こうして――」

泰治は酒杯を揺らして、氷を鳴らした。氷は酒に溶けて、既に半分ほどの大きさになっていた。

「洋酒を愉《たの》しむことも、人目を憚《はばか》られることになっていくに違いない」

「何も間違ったことはしていないのに、ですか」

「それが、戦争というものです」

しばらく洋卓《テーブル》に置いていた聡子の酒杯の中で、氷がからりと音を立てて崩れた。酒杯の外側には、びっしりと水滴が纏わりついている。聡子の体にも、冷たい汗が滲《にじ》んでいた。

「自分はきっと、洋酒を飲むのはこれが最後になるでしょう」

「お好きなのに?」

「やはり、分隊長としての体面があります。敵性品をおいそれと飲むわけにはいきませんから。最後に良い酒が飲めて嬉しかった。実に旨《うま》かった」

「そうして、何もかも我慢しなければならなくなるのでしょうか」

「福原さんは、我慢なさらないでしょうね」

泰治が、笑みを浮かべる。その表情とは裏腹に、目は悲しみに沈んでいるように見えた。

「それは」

「いち男子として、福原さんの姿勢に自分は憧れます。己が正しいと信じれば、曲げることなく貫き通す。決して世間の圧力などには屈しない。本来、それこそが日本男児のあるべき姿なのですがね。ただ――」

危うい。

泰治は、胸の奥から絞り出すように、その一言を吐き出した。

「でも、私には、どうすることもできません」

「福原さんに、少しばかり慎むべきだとお伝えいただければ、それでいいのです。意地を張っても不利益を被《こうむ》るだけです」

「ですが、周りの目を気にして息を潜めて生きなさい、と夫に言うことは、福原優作として生きるのをお止めなさい、と言うのと同じことではありませんか？」

「そうなのかもしれません。でも自分は、旧知の間柄として、聡子さんが不幸になる姿は見たくありません」

泰治はそう言うと、シャツの胸ポケットから取り出したメモ紙を一枚ちぎり取り、何やら数字を書き記した。メモ紙は、聡子の前に差し出された。

「これは」

「電話番号です。自分がいる、分隊長室に直通の」

「直通、ですか」

「もし万が一、福原さんの言動に違和感を感じられた時は、自分に直接ご連絡ください。悪いようにはしません。できれば、他の誰かが目をつけるより先に」

「万が一、なんて、そんな」

これではまるで――、と、言いかけて聡子は口を噤《つぐ》んだ。

まるで、私がスパイのか、か、か、ようではありませんか。

四

背後から吹き降ろしてくる六甲颪《おろし》が海風とぶつかって、右に左にと不規則な風を生んでいる。十月も半ばになると、日によっては空気が酷く冷たい。風に弄ばれた髪の毛が激しく暴れて、聡子の頬を容赦《ようしや》なく叩いた。それでも、聡子は波止場の石畳の上を真っ直ぐに歩き続けていた。

今日の神戸港は、薄曇りだ。

メリケン波止場の両脇の海上には無数の艀《はしけ》が揺れていて、まるで川面《かわも》に落ち葉が積もっているようだった。港の沖には大型の船舶が何隻も停泊しているのが見える。聡子の横を、積み下ろしの人足たちが忙しなく行き交っている。

メリケン波止場から見て右手の中突堤《なかとつてい》には、貨客船・高砂丸《たかさごまる》が今まさに戻ってきたところだった。本来なら、夫は半月前にその汽船に乗って神戸に帰ってきているはずだったのだが。

聡子の元に優作から「帰る」という電話がきたのは、昨日のことだった。あまりに急な話に驚いていると、優作はすでに九州の門司港《もじこう》にいると言う。どうやら満州から船で門司港に帰ってきたようで、明日、高砂丸で神戸に戻る、というのが連絡の内容だった。優作は、出迎えは不要、とも言ったが、もちろんそんなわけにもいかず、聡子は到着予定の午前十時に合わせて港にやってきたのだった。

小船が群がって次々と荷下ろしがされる中、高砂丸からは舷梯《タラップ》が下ろされ、乗客が列を作って突堤へと下りてきていた。地上では出迎えの人々が首を動かしながら待ち人の姿を探している。船に向かって手を振る者もいれば、「歓迎」などと書かれた横断幕を広げる一団もいた。

聡子も乗客の列に目を向けるが、夫らしき影はどこにも見当たらない。船名や日にちを聞き違えただろうか、と、胸の鼓動が早まる。いや、そんなわけはない。夫の言葉を一言一句聞き漏らすまいと、受話機に齧《かじ》りつくようにして声を聞き、しっかりとメモも取ったのだ。

もしかして、夫の帰りを心待ちにするばかりに「電話が来た」などとありもしない妄想に取り憑《つ》かれてしまったのだろうか。聡子がそんなことを考え出した頃になってようやく、甲板《デッキ》から舷梯に続く列に並ぶ優作の姿を見つけ出すことができた。遠くからでも、聡子の目には優作の姿がはっきりと見えた。見間違えるはずもなかった。

「優作さん」

思わず、声が漏れた。優作のすぐ後ろには、文雄の姿も見える。二人とも、無事に帰ってきたのだ。ほっとするのと同時に、何と声を掛ければいいのかがわからなくなった。お帰りなさい。そんな簡単な一言さえ言える気がしなくなるほど、聡子の胸は想いがいっぱいになっていたのである。

どうして、自分の心はこれほどまでに優作を求めるのだろうか。

聡子が優作と初めて出会ったのは、八年前の夏のことだ。

当時、聡子はまだ横浜の実家住まいで、家からほど近い横浜伊勢佐木町《いせざきちょう》にある百貨店で洋服などを売る売り子として働いていた。

聡子の父は一代で財を成した商売人だったのだが、同時にかなりの偏屈でもあった。年頃の聡子には縁談がひっきりなしに舞い込んでいたようだが、父は娘をなかなか嫁に出そうとはしなかったのだ。娘可愛さ、というわけではない。女と言えど、気が向かなければ無理に結婚などする必要はない、というのが聡子の父の考えだった。同じ年頃の女子が次々と嫁いでいく中、聡子は女学校を卒業し、家の仕事を手伝いながら外に出て働くことになった。舶来品を好む新し物好きの父の影響で、聡子も洋服に興味を持っていた。好きなことをしながら収入も得られる売り子の仕事は、聡子にとって天職だった。

当時は、聡子自身も髪を短く切りそろえ、化粧をし、首元の開いたワンピースに真っ赤なハイヒール、という格好で横浜の街を闊歩《かっぽ》していたものだ。

だが、その日は聡子の服装が仇《あだ》となった。

夕方、百貨店での仕事を終えて家に帰ろうと歩いていると、年配の男が突然聡子の前に立ち塞がり、何やら怒鳴り声を上げた。男は日が落ちる前からどこかで強《したた》か酒を飲んだのか、既に茹で上がった蛸《たこ》の様に真っ赤な顔をしていた。捲《まく》し立てる言葉はところどころ呂律《ろれつ》が回っていなかったが、目障《めざわ》り、だとか、偉そうに街を歩くな、といった言葉が聞き取れた。要するに「女の癖に生意気だ」と言っているのだった。

恐怖に縮こまりながらも、聡子は男の横をすり抜けて逃げようと試みた。だが、それがかえって男を激昂《げっこう》させることになってしまった。無視されたと思ったのか、怒った男は聡子の手首を摑んで路上に引き倒し、さらに激しく罵声《ばせい》を浴びせてきたのだ。

男は少し足元がふらついてはいたが、体格もよく、腕の太さなどは目を見張るほどだった。騒ぎを聞きつけて周囲に人が集まってきたが、倒れた聡子に手を貸そうとする者はなかった。皆、巻き添えを食うのを恐れていたのだろう。

街にぽっかりとできた丸い円の中に、するりと入ってきたのが優作だった。優作は気負うような様子もなく酔った男の前に立つと、婦女子に手を上げるとは何事か、というようなことを言った。

――彼女には、好きな服を着て街を歩く自由がある。

雑踏の中で凛と響いた優作の声を、聡子は今でも時折思い出す。だが、その優作自身も、鳥打帽《ハンチング》を被り、白シャツにチョッキ、といった小洒落《こじゃれ》た服装であったので、酔った男はなおのこと癪《しゃく》に障ったようだった。ついには拳《こぶし》を振り上げ、冷静に話をしようとする優作に対して、いいからかかってこい、と威嚇《いかく》する始末だ。暴力を振るう気はない、と言う優作に対して、弱虫、臆病者、といった聞くに堪えない罵詈《ばり》雑言《ぞうごん》が浴びせられた。やがて男はついに拳を振るって、優作の顔を殴りつけた。

取り巻く人々が、あっ、と声を上げる。優男の優作は、贔屓目に見ても腕っぷしが強そうには見えなかった。殴られてあえなく尻餅《しりもち》をつき、痛そうに頬を押さえた。男は倒れた優作を見下ろして嘲笑《ちょうしょう》していたが、その男に向かって優作はすっくと立ち上がり、再び正面に立った。

――まだやろうってのか？　若造が。

――殴りたければ、気が済むまで殴ればよい。

だが、僕は絶対に暴力など振るわない。優作ははっきりとそう言い放つと、睨《にら》みつけるわけでもなく、ただ真っ直ぐに男を見つめた。それまで火を噴くような顔をしていた男が、たじろいで一歩足を引いた。

男が再び拳を振り上げようとしたところに、連れと思われる数人の男たちが血相を変えて飛び込んできて、酔った男を押さえ込んだ。みな、口々に詫《わ》びを入れながら、優作と聡子に頭を下げる。周りがあれほど必死になっていたところを見ると、普段から酒癖の悪い男だったのかもしれない。

男たちが去っていくと、周囲の人集《ひとだか》りも何事もなかったかの様にふわりと解《ほど》けていった。倒れた聡子の元に数名の若い女性が駆け寄ってきて引き起こしてくれたが、多くの人間は、我関せずといった様子で街の風景に戻っていった。

優作は転がっていた帽子を拾い上げると、砂を払って再び被り直し、聡子に向き直った。そして、少し照れ隠しをする様に笑いながら、帽子を軽く摑《つか》み上げた。

「お怪我はありませんか」

「あ、その、はい。お蔭様で」

「それは良かった」

では、と、立ち去ろうとする優作の前に聡子は慌てて回り込み、いけません、と首を振った。優作の口元からは、じわりと血が滲んでいた。ハンカチを取り出して血を拭き取ると、優作は笑みを浮かべたまま、僅かに顔を顰《しか》めた。

「何か、お礼をさせて下さいませんか」

「お礼などとんでもない。当たり前のことをしたまでですよ」

「でも、お召し物も汚れてしまって」

砂のついたズボンを手で払い、優作は苦笑いを浮かべた。そこで、聡子と優作の目が初めて合った。やや茶色味がかった目は、力が強い。

優作は懐から懐中時計を取り出して、時間を確かめた。そして、きまりが悪そうにはにかむと、それならば、と、咳払《せきばら》いを一つした。

「お言葉に甘えて、一つお願いが」

「ええ、なんなりと」

「この近くに、オデヲン座があると思うのですが」

「はあ、映画館の」

「ご存知ですか。実は、そこに行こうとしているのですが、どうも道がわからなくて。どう行けばいいか、お教え願えませんか」

「オデヲン座でしたら、このまま長者町《ちょうじゃまち》の方へ――」

長者町、と首を傾《かし》げる様子を見て、聡子は少し可笑《おか》しくなった。まさか、道に迷っていたとは思いもよらなかった。良かったらお連れします、と、聡子は優作を映画館まで案内することにした。優作がまた恥ずかしそうに笑って、助かります、と頭を下げた。

「横浜は初めてですか」

「いえ、小さい頃に少しだけ住んでいたことがあります。街の風景も覚えているつもりだったんですが、随分様変わりしてしまってね」

「前に来られたのは、いつ頃ですか」

「十年、いや、もう少し前かな」

「ですと、大地震がありましたから、少し街の風景も変わってしまったかもしれないですね」

成程そうか、と、優作が頷く。

「わざわざ映画を観にこちらへ？」

「いや、父の仕事で横浜港に来ておりましてね。今日は、前々から観たいと思っていた映画の封切り日で、折角だからと」

「それで、先ほどからお時間を気にされて」

話をしながら道を歩くと、四つ角に「オデヲン」の文字が見えてきた。ああ、ここか、と、優作が胸を撫《な》で下ろすような仕草をした。どうやら、上映開始時間には間に合った様子だった。

「あの」

「はい」

礼を言って去ろうとした聡子に、優作が声を掛けてきた。

「僕は、福原優作といいます」

「はい、あの、私は聡子と申します」

「聡子さん。良かったらその、一緒に観て行かれませんか」

「え、よろしいんでしょうか」

「いや、恥ずかしながら、帰り道も自信がなくて」

もちろんお代は僕が、と、優作は大真面目な顔で劇場の入口を指差した。聡子は思わず噴き出すと、では、折角なので、と頷いた。

「映画なんて、久しぶりです」

「『マタ・ハリ』という作品で。米国の映画なのですが、グレタ・ガルボという女優が主演でして――」

「どういった映画なんでしょう」

「その、ご婦人がご覧になって面白いものかはわからないのですが」

――スパイ映画で。

そう言って笑った優作は、まるで子供の様に無邪気に見えた。

一緒に映画を観たのが縁になって、翌年、聡子と優作は結婚することになった。見合い結婚が当たり前の世の中で、偶然にも心惹かれる相手と出会って結ばれた自分はなんと運がよかったのか、と聡子は思う。今となっては、あの酔った男にも礼を言いたくなるくらいだ。聡子が神戸に来て、もう七年、知らない土地で苦労することも多いが、後悔をしたことは一度もなかった。

船を降り、群衆の間から現れた優作が、聡子の姿に気がついた。何度も旅を共にしてぼろぼろになったトランクを持ち直すと、被っていた山高帽を軽く摑み上げて笑みを浮かべた。あの時と、同じように。

刹那《せつな》、聡子は弾かれたように優作に駆け寄っていた。風が背中を押す。逸《はや》る心は、もはや止めようもなかった。

どすん、と音が鳴るほどの勢いで、聡子は優作の胸に飛び込んだ。勢いに驚いた優作がトランクを取り落とす。だが、聡子が構わず両腕を優作の背に回すと、優作も聡子の体を包み込むように腕を回して力を込めた。潮の香りと、僅かな汗の臭い。夫のにおいを体全体で感じると、ようやく、自分の居場所が戻ってきた気がした。水面でゆらゆらと揺れる舟に港が必要なように、聡子にも戻るべき場所が必要だったのだ。

優作も、同じことを思ってくれているだろうか。

「おい、そろそろ離れないか」

「嫌です」

「周りの目もある」

「知りません」

離れ難いのだ、という気持ちをわかって貰おうと、聡子は懸命に力を込めて優作の体を抱きしめた。その想いに応えるように、聡子の体を抱く優作の腕にも、さらに力が入ったのがわかった。このまま時間が止まってしまえばいい。そして、夫の中に溶け込んでしまいたい。聡子にとっては、今この瞬間が人生の全てであった。

「文雄も見てる」

優作の意地悪な一言で、聡子はようやく我に返った。夫の腕の中から一歩下がると、そこが神戸の港である、という現実が戻ってくる。

文雄は優作の少し後ろに立って、ぼんやりとどこか別の方向に目を遣っていた。視線を辿ると、船から降りてきた一人の女性と重なった。和装の、背が高くすらりとした女だ。出迎えの人間もいないのか、両手に重そうな荷物を持ち、足早に歩き去っていく。聡子は、まあ、と笑った。文雄も、ああいった女に目が行く歳になったということだろうか。

港を出る時は少年のように目を輝かせていた男二人も、さすがに一月《ひとつき》半の満州暮らしと船旅で草臥《くたび》れた様子だった。よく見れば、靴も汚れているし、うっすらと無精髭《ぶしょうひげ》も生やしている。

帰りましょう、我が家に。

聡子が歩く後を、優作がついてくる。明日からまた変わらない毎日が戻ってくる。

聡子は、そう思っていた。

一九四〇年　冬

一

『どうして？』
男の唇が動く。音は無い。
男は聡子の手を離すと、聡子のつけていた仮面を外す。
その瞬間、画面いっぱいに、聡子の顔が映し出された。
『私は、こういう女なんです』
聡子が仄《ほの》かに笑みを浮かべながら、そう唇を動かす。
開けられたままの金庫。
薄暗い倉庫を、聡子は文雄を置いて歩き出す。
離れていく聡子に向かって、文雄が何か喚《わめ》く。

その瞬間、文雄のピストルが火を噴いた。

背中を撃ち抜かれて、ゆっくりと崩れ落ちる聡子。

文雄は頭を抱えて銃を取り落とし、慌てて聡子に駆け寄る。

聡子を抱き起こす文雄。だが、聡子の顔には既に死相が浮かんでいる。

『これで、よかったんです』

文雄の腕の中で、聡子は息絶える。


聡子の顔が消え、「ＦＩＮ」という文字が映し出されると、溜息のような歓声が起きた。部屋の電灯が点《つ》くと、集まっていた人間が一斉に拍手をする。拍手をしているのは、福原物産の社員や使用人たちだ。

「お粗末だった！　余興は以上だ！」

お粗末、と言いながらも、少し得意げな顔をした優作が、社員たちの前に立った。映写幕《スクリーン》の上には、「昭和十五年　福原物産忘年会」という貼り紙がされている。普段は机や棚が並んでいる事務所も、今日は即席の宴会場になっていた。

毎年恒例となっている忘年会の冒頭、社長である優作は社員たちに向けて「まずは見てほしいものがある」と、映写機を用意した。まさか、いよいよ会社でも「日本ニュース」などを見せられることになったものかと勘違いしたのか、社員たちは不安げに顔を見合わせていた。

不穏な空気を他所《よそ》に、部屋の明かりが消され、映写機のリールが回りだした。そして始まったのが、優作の撮った映画『スパイの妻』である。それまで緊張していた空気が、ふわりとほぐれていくのがわかった。

以前、聡子が金村や駒子と一緒に観た時よりも、完成品の映画は随分場面《シーン》が増えていた。何しろ、実際に現地で撮影してきた満州の風景なども話に組み込まれたのだ。それだけでもぐっと臨場感が増した。

いつの間に練習したのか、文雄が壇の脇に立って活弁士の真似事をし、優作もまた、場面に合わせてレコードの音楽をかけるなど細かい演出をしていた。十五分ほどの短い映像だったが、それなりにちゃんと映画として観られるようになっていて、聡子も驚かされた。

映画を会社の忘年会で余興としてお披露目する、と聞いた時には、何度も止めて欲しいと頼んだのだが、優作を止める術《すべ》は聡子になかった。映画の出来はさておき、自分が演技をしているところを多くの人に観られたという恥ずかしさで顔から火が出る思いだったのだが、優作はきっとそれも面白がっているだろう。

「今年もまた、創業以来何度目かという危機に陥ったが――」

明るくなった会場で各人に飲み物が配られる中、少し声の調子を変えて優作が喋《しゃべ》り出した。危機、というのは、ドラモンドの事件があって以降、米国や英国との取引の大半が止まってしまったことを言ったのだろう。欧米との取引を一つの柱にしていた福原物産には、かなりの打撃だった。

「それでも皆がまだまだ尻の青い僕を守り立ててくれたお蔭で、なんとかこの苦境を乗り切ることができた。厳しい時勢ではあるが、心ばかりの食べ物と麦酒《ビール》も用意した。家族がいる者には後で餅と砂糖を配るから、配給の足しにして、どうか良い正月を迎えて欲しい」

会場から、また一斉に拍手が湧《わ》き起こった。

「皆、今年も本当によく働いてくれた。今日は無礼講で楽しんでくれ！　では――」

乾杯、という音頭と共に、忘年会が始まった。普段は戦場のような事務所に、和気《わき》藹々《あいあい》とした笑い声が満ちていく。

だが、〝社長の妻〟にとっては、ここからが戦《いくさ》だ。

聡子は麦酒の瓶を片手に、お酌に回る。会には、福原物産の取引先から客が何人も来ていた。今日は福原家の使用人たちも総出だ。駒子が人の間を巡りながら、食べ物の補充や片づけに奔走している姿が見えた。優作一人では、社員を含め、これだけの数の人を十分にもてなすことはできないだろう。

「先生、おひとついかがですか」

「おお、これは大女優殿」

からからと快活な声で笑いながら振り向いたのは、野崎《のざき》医師だ。大阪と神戸でいくつかの病院を経営する医者で、福原物産にとっては医薬品の大事な卸し先である。仕事上の取引相手というだけではなく、福原家の主治医でもあり、先代とは公私共に親密であったそうだ。

野崎医師は、医師としてはもちろんだが、道楽者としても有名な人だった。もう七十過ぎのはずだが、服装はいつも洒落ていて、人の中にいてもよく目立つ。最近はさすがに自重しているようだが、以前は、色眼鏡を掛けて葉巻を咥《くわ》え、外国製のオープンカーを乗り回す姿もよく見掛けたものだ。

趣味嗜好《しこう》が似通っているせいもあってか、優作も野崎医師とは気が合うようだった。優作が幼い時分には、熱を出したり体調を崩した時は野崎医師が駆けつけてくれたそうで、どこか父親の影を見出しているのかもしれない。優作は仕事で行き詰まるようなことがあると、今でも野崎医師に相談することがあるようだ。

「そんな、揶揄《からか》うのはよして下さい」

「とんでもない。素晴らしい演技やった。高杉早苗《たかすぎさなえ》か、はたまた高峰三枝子《たかみねみえこ》かと思うたくらいや」

本職の女優二人の名前を出されて、聡子は思わず噴き出した。煽《おだ》てても何も出ませんと釘を刺しつつ、麦酒を注ぐ。

「しかし、聡子さんも大変やね」

「大変？」

「亭主があの道楽者では、気苦労も絶えんやろ」

「野崎先生に道楽者と言われてしまっては、夫も恐縮するばかりです」

野崎医師は、また大笑いをすると、こりゃ一本、と、やや禿《は》げ上がった自分の額を撫でた。

「うちの女房は道楽亭主に堪えられんと、実家に逃げ出してしまいよったからね。あんたはようやってる」

「ええ、今のところは」

「今？」

「私だって、夫に愛想を尽かしたらわかりませんから」

そらないわ、と、野崎医師が首を横に振る。顔には笑みを浮かべたままだったが、先程までのように馬鹿笑いはしなかった。

「あんたは、惚《ほ》れとうでしょう。福原優作ちゅう男に」

聡子は、慌てて左右を見る。せっかく落ち着いてきた血がまた体を巡り出して、頰を火照《ほて》らせる。

「まあ、先生ったら意地悪な」

「照れんでもよろしがな。みんな知っとうことや」

「それはその、そうかもしれませんけども」

「優作はね、男の僕から見てもええ男やと思うからね。真っ直ぐやし、女やったら惚れてまうかもしれんね」

そうなったら、あんたとは恋敵《こいがたき》や、と、野崎医師は軽口を言ってまた笑った。いつもよく喋る老人だが、今日は酒も入っていっそう上機嫌であるようだ。

「勝てますでしょうかね、私」

「勝って貰わんと困るねえ。優作にはね、あんたが必要なんやからね」

「私がですか？」

「そうや。優作は昔から、走り出したら止まらん子やった。相手の言うことが間違ってると思うたら、なんぼ言われても自分を曲げへん。それで、上級生に殴られて顔を腫《は》らしてきよったことも何度もあった」

「その面影は、今もどことなく」

「だから、あんたがちゃんと手綱を握っといてやらんと。糸の切れた凧《たこ》みたいに飛ばさんようにせんとね」

「糸の、切れた」

「見てみい、女房が手を放した所為で、こないな暴走老人が出来上がってしもうた」

野崎医師は笑いながら一方的に捲し立てると、最後に「頼むで」と呟《つぶや》き、聡子の腰を軽く手で叩いた。その軽い調子とは裏腹に、聡子の体の芯にずしりと重みが残る。

野崎医師も、わかっているのだ。優作の純粋さと、危うさを。

多くの人に囲まれて、にこやかに応対する夫の姿は、鮮烈なのに、どこか危うげに見えた。野崎医師は糸の切れた凧と表現したが、聡子は、海の上で揺れる船の様だ、と思った。陸上からはどれほど大きく見える船も、一度大海に出れば木の葉の如《ごと》く心許《こころもと》ない。それでも、真っ直ぐに次の港を目指し、荒れる海をものともせずに進んでいかなければならない。

時に地球の裏側まで旅をする船も、いずれは自分の港に戻ってくる。どの船にも母港があって、帰るべき場所があるからこそ、旅をすることができるのだ。

私が、優作さんの帰るべき場所に。

そう思うと同時に、泰治の顔がうっすらと頭に浮かんできた。言動に違和感があれば連絡を。突き出されたメモ紙。憲兵隊に逮捕され、命からがら戻ってきたドラモンドの顔。いろいろなものが頭に渦巻いて、聡子から優作を遠ざけようとしている様な気がした。

「奥様？」

突然声を掛けられて、我に返る。いつの間にか、目の前に駒子が立っていた。

「お疲れでしたら、少しお休みになって下さいね」

「ええ。ありがとう。でも、大丈夫よ」

聡子が笑顔を取り繕うのと同時に、会場に手を叩く音が響き渡った。それまで無秩序に動いていた人の視線が、一点に集まる。先ほどまで映画が映し出されていた映写幕を背に、再び優作が壇上に立っていた。

「宴もたけなわだが、皆に聞いて貰いたいことがある」

会場の全ての人と同じように、聡子も優作を見た。何か、この場で話をしなければならないことがあっただろうか。映画を見せる、ということ以外、聡子は何も聞いていなかった。

優作が目を遣ったのは、壇の脇にいた文雄だ。先程とは打って変わって、少し緊張した面持ちの文雄が壇上に上がり、優作が立っていた場所に立ち止まった。優作は、ぽん、と一つ、文雄の肩を叩いて壇を下りる。心なしか、いつもより表情が固い。

「福原物産にお世話になって、もうすぐ丸二年になります」

いつもは少しふてぶてしい文雄が、声を張って喋り始める。大きな声を出すのに慣れていない所為か、それとも緊張しているのか、僅かに声が震えている。

「大学を出ても自分のやりたいことがわからずにいた僕を、社長が通訳として雇って下さって、その上、いろいろなところに引っ張り回して下さいました」

おい、言い方が悪いぞ、と、優作が野次を飛ばす。

「先日も、満州にまで連れていって貰いまして。これが、なかなか刺激的な旅でした。お蔭で、僕は少し、自分のやりたいことが見えてきた気がしたのです」

最初は、何を言い出すのかという好奇の視線が文雄に向けられていたが、次第に話の輪郭が明瞭《はっきり》としてくるにつれ、その視線は質を変えていった。それは、聡子も同じだった。文雄の話が着地するところが、朧《おぼろ》げながら見えて来ていた。

「僕も、じきに入営することになります。いずれ、戦地に赴くことにもなるかもしれません。そうなる前に、どうしても自分の生きた証《あかし》を残しておきたくなりました」

僕は会社を辞め、小説を書きます――。

そう言い切った文雄の顔には、夢を語る清々しさというより、悲壮感が滲んでいるように見えた。

二

駒子たちを帰らせると、事務所からはすっかり人の気配がなくなった。飲み食いしたものも綺麗に片づけられ、机や棚の配置も元のように戻された。週明けから年末にかけて、まだまだ仕事が山積しているようだ。もうしばらく、酒を飲んで全て忘れるというわけにはいきそうにない。

最後に残ったのは、優作と聡子の二人だけだった。社員と招待した客を見送り、片づけを終えると、もう時刻は深夜になろうとしていた。がらんとした事務所を眺めながら、優作は余ったブランデーを飲んでいた。

聡子は半日気を張って疲れてはいたが、一杯付き合ってくれ、という夫に合わせて酒杯《グラス》を手にした。仏国のコニャックだ。これも、そのうち敵性品として飲めなくなるのだろうか。

香りと甘みの強いブランデーを飲み込むと、体が芯からじわりと熱くなる。会の最中もあちこちで杯を重ねていた優作は、無事に一日を終えた安堵感も相まって、少し目つきが怪しくなってきていた。既に、襟飾《ネクタイ》を緩めてシャツの釦《ボタン》を外している。聡子が、まあだらしない、と笑うと、どうせ誰もいないさ、と無人の事務所で声を張った。

「そんなことより、ご存知だったんですか？」

「ご存知？」

聡子が、文雄さん、と言うと、優作はブランデーを口に含みつつ、ああ、と頷いた。

「ああ、ではなく、ああいうことは私にも言っておいて頂けませんか」

「悪かった。だが、文雄に止められていてね」

「文雄さんが？　どうしてですか」

「君から、横浜の姉に話が行くと思ったんだろう。文雄が物書きになる、なんて言ってみろ。姉さんなら、すぐに神戸に怒鳴り込んできて大喧嘩になるだろう」

「お義姉さんは、今からでも止めに来ますよ、きっと」

「なあに、漕ぎだしてしまえば船はなかなか止まらないものさ」

そんな無責任な、と聡子が溜息をつくと、優作も、そうだな、と言いながら溜息をついた。

「実のところを言うと、僕も止めたのだ」

「文雄さんをですか」

「ああ。でも、文雄は頑として聞かなかった。ずっと子供だと思っていたが、いつの間にかあれも男になっていたんだな」

「にしてもですよ、いきなり小説だなんて。満州で何かあったんですか」

思い返してみれば、満州から帰ってきてからの文雄は、随分人が変わってしまったように見えた。以前は、斜に構えながらも無邪気な部分もあったのだが、神戸に帰ってきてからは明らかに纏っている空気が変わった。言葉にするのは難しいが、どこか鋭利な刃物を見ているような空恐ろしさを感じたのだ。

「さあな。でも、知らない世界を目の当たりにして、文雄にも火が点いてしまったんだろう」

「火が？」

「男なら誰しも、胸の中に火種があるもんだ。燃え上がったら、なかなか消せやしない。誰にも。もしかしたら、自分でさえ」

火。火種。

そんなことを言って、男はいつも海原の向こうばかり見ようとする。前だけを見て走っていく男の後ろで、女はどうすればいいのか。燃え上がったら消せない、なんて都合のいいことを言って欲しくはなかった。男が燃やした情熱の火に焼かれて身を焦《こ》がすのは、いつだって女だ。

「優作さんにもありますか、その、火種は」

優作はブランデーを飲む手を止めて微笑んだが、聡子の問いには答えなかった。その代わりに、聡子の隣にやってきて、肩を寄せた。

「僕はずっと、米国に行きたいと思っていた」

「米国に？」

「この目で見たかったのさ。サンフランシスコの金門橋《きんもんきょう》に、ニューヨークの摩天楼。シカゴギャングの抗争の跡」

「まだお行きになったことはなかったのですか」

「若い頃に一度、ロサンジェルスの港には行ったことがある。けれど、上陸は出来なかった。船から街を眺めていただけでね」

「でも、何故それほど米国に？」

「米国は、自由の国だからさ」

自由、という言葉に、力が籠っている。自由。同じ言葉を、聡子は口の中で繰り返した。だが、優作の言う自由とは一体どんなものなのか、どうしても想像ができなかった。

憲兵や特高にびくびくしなくてもよい世界のことだろうか。

それとも、夫や子供を兵隊に取られない世界か。

「今、世界で自由と平等を国是とする国がどれほどあるだろうか。たとえ、実態の伴わない単なる理想であったとしてもだ。どの国も、国民は使い捨ての駒のようなもので、自由なんかどこにもない」

「米国は米国で、いろいろ難しいこともあるんでしょう、きっと」

「そうだろうな。だが僕は、自由を奪われて死ぬくらいなら、自由という夢の中で死にたいと思うんだ」

優作は、なんてな、と言いながら誤魔化したが、聡子は優作の中にも燻る火種があるのだと確信した。映画で見る米国の光景は、この国とは比べ物にならないほど先進的だ。新しい世界への好奇心と、自由への渇望。夫の体の中で、その火はいつからかずっと燻り続けているのだ。もしかしたら、聡子と出会うよりも前から、ずっと。

——だから、あんたがちゃんと手綱を握っといてやらんと。

野崎医師の言葉が耳の中で何度も響く。

「そんなに怖い顔をするな」

「怖い顔をしていますか」

「僕だって、何も本当に米国に行けると思ってるわけじゃない」

せやろか、と、冗談にしてしまおうとしたのに、聡子の口からは言葉が出なかった。迂闊《うかつ》に声を出すと、涙が零《こぼ》れてしまいそうだった。

「そうでしょうか」

「米国とは、近いうちに戦争になるかもしれんしな」

「日本と、米国が戦争を？」

「今、両国政府が交渉をしている途中だが、米国は日本に満州や朝鮮から軍を撤退させるよう迫ってくるだろう。日本国政府が生命線を手放すような真似をするとは思えんね。そんなことをすれば、軍がクーデターを起こしかねない」

「もし、戦争になったら」

「当然、敵国に渡航することなど無理だろう。ニューヨークも、自由の風も、全部夢物語だ」

だから、そんなに心配そうな顔をするな、と、優作は両手で聡子の頬を包んだ。酒の所為か、少し熱を帯びた手の感触。顔の両側を塞がれると、聡子は正面の夫の顔を見るしかなかった。

「なあ、でも」

「はい」

「いつか米国に移住できるとしたら、君は行きたいか」

「移住、ですか」

優作が挙げた、ニューヨークもサンフランシスコも、映画でしか見たことのない街だ。周りはすべて異国人で、むしろ、聡子自身が異国人になるのだろう。言葉も通じず、文化も知らない。横浜から神戸に出て来た時とは比べ物にならないほどの苦労が待っているに違いない。

だが、それでも。

夫とならば。

「そうだ。自由の国へ」

「貴方《あなた》と一緒なら、どこへでも行きます」

地の果てでも、世界の果てでも。

その言葉が伝わったかはわからないが、夫はじっと覗き込むように聡子を見ていた。夫の瞳の中に、少し青白い顔の聡子がいる。

「どこへでも？」

「ええ。だって、私は福原優作の、妻ですから」

優作は可笑しそうに噴き出すと、聡子を抱き寄せて胸に顔を埋めた。自分の心音が、夫の体を通して聡子の手に伝わってくる。優作は聡子の胸の中で「そうか」と呟いた。

「じゃあ行こう」

「えっ」

起き上がった優作の腕が聡子の背中に回る。開いている手は、聡子のスカートをたくし上げたかと思うと、滑るように聡子の内股を這《は》った。思わず吐息を漏らした聡子の顔を、優作の目がまたじっと見ている。

「酔って、いらっしゃる」

「ああ。酔っている。悪いか？」

「だって、こんなところで」

「目を開けて見てみろ」

ここには、君と僕しかいない。

優作の顔が迫ってきて、視界が埋め尽くされていく。言葉を発しようとした聡子の唇を、優作の唇が塞いだ。

鼓動と、吐息。

聡子の首元に顔を埋めた優作が、「他言は無用だ」と、悪戯っぽく囁く。

聡子の口の中に残る熱の塊のようなもの。

それは、甘いブランデーの香りだった。

三

「では奥様、お気をつけて」

金村が運転する車を降り、聡子は市電の停留所に向かう。暮れの忙しい時期ではあるが、今日は聚楽館《しゅうらくかん》で映画を観る予定を入れていた。そこで、自宅から一番近い停留所まで金村に車で送ってもらうことにしたのだ。

普段は洋装の多い聡子だが、今日は珍しく着物で外に出た。慣れない和服はどうにも歩き難い。小股でしずしずと歩かなければ、裾《すそ》がはだけてしまう。

そういえば、優作と文雄が満州から戻ってきた日、港で文雄が見ていた和装の女性は、両手に荷物を持ちながらも颯爽《さっそう》と歩いていた。自分も慣れればあんな風に歩けるのだろうか、と、聡子は窮屈さを感じながらも、なるべく背筋を伸ばして歩くことにした。

緑色の印象的な市電が到着し、中に乗り込む。乗客はさほど多くない。聚楽館に行くには新開地の停留所が最寄りとなるが、聡子が降りた停留所は、新開地からは少し離れた別の停留所だった。

市場などを横目にしばらく歩くと、周囲とはあまり馴染まない、厳めしい雰囲気の建物が見えてくる。

神戸憲兵分隊の庁舎である。

あまり着慣れない和服で外に出たのも、元々聚楽館ではなく、憲兵の庁舎を訪れるつもりでいたからだった。映画を観に行くだけなのに、いつもと違う格好をすると金村や使用人たちに訝《いぶか》しがられるかもしれなかったが、さすがに憲兵の庁舎に洋装で乗り込むのは気が引けた。

優作は、聡子が洋装するのを好む。見た目を好んでいるというよりは、「洋服を着た方が君らしい」というのが理由だ。その所為もあって聡子も洋服で過ごしていることが多いが、世間は別のところで女子の服装について言い争っている。

たった数年前まで、洋装は誰に憚るものでもなかった。窮屈で高価な和服から洋服に着替えることで、自由に外を闊歩する婦女子は昔よりもずっと増えた。聡子が洋服を好むようになったのは、その身軽さに惹かれたことも大きかった。

だが、女子が着飾って街を歩くことが日常だった世界は、まるで過去の出来事のようになっている。和装は窮屈で動き難い、婦女子を活動的にせねばならぬ、という意見はあちこちから上がるが、その理由は、有事の際に動き易い服でなければ困るからだ。防空訓練に、華美な洋服や、ろくに走ることもできない和服で臨むわけにもいかない。やれ割烹着《かっぽうぎ》だ、やれもんぺだ、と、女子の標準服に関する議論は止まないが、いずれにしても、足の運びが身軽になるのと引き換えに、自由という言葉からは遠くなっていくように感じる。

「あの、分隊長の津森様は御在庁でしょうか」

庁舎入口に立つ男に、「福原です」と名乗る。ぎろりと睨みつけられ、頭の先からつま先まで舐《な》めるように見られた後、少し待つように、とぶっきらぼうに言われて建物の前でしばし待つ。やがて一人の憲兵がやってきて敬礼し、分隊長室へと案内をしてくれた。

物々しい空気の漂う庁舎内を歩き、分隊長室、という札の掛けられた扉の前に辿り着く。案内の憲兵が大声で来客を告げ、扉を開けて聡子を通した。殺風景な部屋の中央にはぽつりと武骨な机が置いてある。

そこにいたのは、泰治だ。

「お呼び立てして申し訳ありません、福原さん」

「いえ、とんでもありません」

「色気のない場所で申し訳ないが、どうぞお掛けください」

分隊長席の正面には飾り気のない長机が置かれ、向かい合わせに木の椅子が一組置かれていた。緊張しながら聡子が席に着くと、すぐに泰治が向かい側に座った。案内に立っていた憲兵は部屋に入って扉を閉めると、泰治の背後にある小さな席に着いた。

まるで尋問だ。

聡子の表情が固まるのを見たのか、泰治が「あまり緊張なさらず」と笑顔を見せた。だが、一切の温もりを感じない部屋の中で、固くなるなというのが無理な話だ。聡子は手荷物を床に置くと、泰治に悟られないように深く息を吸い、糸のように吐き出した。

「それで、御用はどういったことでしょうか」

「ええ、電話でお話しした件なのですが――」

泰治から電話があったのは、三日ほど前のことだった。聞くと、市内で起きた事件について協力を依頼したい、という内容であった。何の事件かと問うても、詳しくは庁舎にて、としか答えが返ってこない。聡子が協力できるような事件など思い当たることもなく、正直に言えば気味が悪かった。

庁舎に出向くことは気乗りがしなかったが、ただでさえ優作に疑いの目が向けられている状況で、憲兵隊への協力を断るのは得策ではないと思った。結局、聡子は聚楽館に行く、などと偽って、家を出てこなければならなくなったのである。

「私に何かご協力できることがありますか」

泰治が、後ろの憲兵に目配せをする。憲兵はすぐに立ち上がり、写真の束を泰治の前に置いた。

「先日、六甲山でお会いした時、有馬の旅館に行かれたとおっしゃっていましたが」

「ええ。『たちばな』さんに」

「よく行かれるのですか？」

「頻繁に、というわけではありませんが。年に一度、行くか行かないか、という程度です」

「以前、お会いした時から、お泊りには行かれましたか」

「いえ。あれからは一度も。今は主人の甥がお世話になっていると思いますけれども」

「竹下文雄君ですか」

「ええ。小説を書くためとか」

「小説。成程」

泰治は、ふうむ、と首を捻《ひね》りながら、一枚の写真を取り出し、聡子の前に差し出した。写っていたのは、女だ。

「この女に見覚えはありませんか」

「お綺麗な方ですが、初めて見る方だと思います」

「ということは、以前『たちばな』にお出でになった時には、この女を見なかったということですね」

「はあ、何か『たちばな』さんとご関係が？」

「仲居です。今年入ったばかりの。名は草壁弘子《くさかべひろこ》と言います」

「草壁、さんですか」

さあ、と、聡子は首を傾げた。やはり、まるで聞き覚えのない名前だ。泰治がじっと聡子を見ている。この女のことを知っていると思っているのだろうか。

「名前をお聞きになったことは」

「いいえ。存じ上げません。この方が何か」

「お電話を差し上げた日の前日ですが、早朝、我が隊の者が神戸港を巡回していたところ、身元不明の水死体を発見致しまして」

「水死体、ということは、お亡くなりに」

「ええ。服装から、『たちばな』の仲居であることが判明しました。『たちばな』の主に話を聞くと、雇い入れたばかりの草壁弘子という女の行方《ゆくえ》がわからなくなっていたそうで。主は、仕事が嫌になって逃げだしたのだろうと思っていたそうです」

「海に落ちたか、自死なさったのでしょうか」

「いえ。死体は一見では男女もわからないほど膨《ふく》れていましてね。港も近く、船も行き来する場所ですから、もし転落や自死であれば、もう少し早く見つかるはずなのです。

おそらくは、重りなどをつけて沈められたものが腐って浮いてきたか、どこか別の場所で水死したものを神戸港に放り込んだか」

「まあ」

「いずれにせよ、他殺であることに間違いはありません」

他殺、と、聡子は息を呑《の》んだ。

「福原さんが『たちばな』で草壁弘子を見ていない、というお話であれば、雇い入れて間もなかったという主の証言に間違いはなさそうですね」

「そう、ですか」

泰治が、もういいぞ、と声を掛けると、待機していた憲兵はまた敬礼をひとつして部屋を出ていった。だが、泰治は聡子に向かって、帰っていい、とは言わない。

「聡子さん」

泰治が上体を少し乗り出して聡子に顔を寄せ、声を潜める。目は優し気ないつもの泰治とは違う、「憲兵」の目だ。

「はい」

「本当に、この女をご存知ありませんか」

「ええ。本当に」

「ここからは、我が隊でも数名しか知らないことで、自分がまだ周りには伏せている話ですが」

「はあ」

泰治は写真の束の中から一枚の写真を選び出し、聡子に見えるよう机に置いた。写っているのは、草壁弘子という女と、もう一人、やはり全く見覚えのない男だった。基督教《キリスト》の教会のような建物の前で二人並んで写真を撮っている。記念撮影だろうか。二人の距離は、それなりに親密さを匂わせていた。

「草壁弘子の隣にいる男は、陸軍の軍医でしてね。妻帯者なのですが、けしからぬことに、草壁弘子とも懇《ねんご》ろな関係だったようです」

「でしたら、この男性にお話を聞けばよろしいのではありませんか」

「ここだけの話ですが、この男は先日、銃殺刑に処されておりまして」

「銃殺ですって？」

「そうです。軍の機密を盗み出そうと企てた罪で」

つまりは、スパイです。

ざわり、と、聡子の腕が粟立《あわだ》った。単なる殺人事件に何故憲兵隊が首を突っ込んでいるのかと不思議に思っていたが、ようやく事の輪郭が見えてきた。

「銃殺刑、ということになっておりますが、実際はどうやら軍法会議にかけられたわけではなく、スパイ行為を見咎《みとが》められて逃走を図ったものの、逃げ切れぬと観念して自決したようで」

「では、草壁弘子という女性も」

「それはわかりませんが、男が死んですぐ、草壁弘子は姿をくらましていたのです」

「姿を？」

「写っている建物をご存知ではありませんか？」

「さあ。教会、のようですが、生憎《あいにく》見たことはありません」

「聖ソフィア大聖堂という教会です」

「ソフィア？」

「そうです。哈爾濱《ハルビン》にあります」

「哈爾濱と、いうことは――」

――満州。

哈爾濱市は、満州国にある都市だ。元々、清《しん》朝の時代に露西亜《ロシア》人たちが造った街で、写真の教会のような、西洋風の建築が多く立ち並んでいると聞く。

「草壁弘子がどうやって満州から本土に戻ってきたのかはわかりませんが、一つ、わかっていることがあります」

「と、おっしゃいますと」

「どうも、草壁弘子は門司港から船で神戸にやってきたようなのです。定期船の乗客名簿に、草壁弘子の名がありました」

定期船と聞いて、聡子の心臓が胸を打ち出した。先日、夫が乗って戻ってきた高砂丸がそれだ。

「偶然ではないでしょうか」

「ということは、ご主人は何もおっしゃっていない？」

「何も？」

「ええ。『たちばな』の主が、草壁弘子を仲居として雇い入れるよう、福原優作氏に頼まれた、と証言しておりまして」

「夫が？」

「そうです。もちろん、満州でお知り合いになられたのか、門司港や船の中でお知り合いになられたのかはわかりませんが、わざわざ仕事を斡旋《あっせん》するくらいですから、赤の他人というわけではありますまい」

「夫が、事件に関与していると？」

「いいえ。ご安心ください。草壁弘子の殺害に関して、ご主人の潔白は確認済みです。ただ、『たちばな』に草壁弘子を紹介した経緯《いきさつ》などを調べておるところで」

「そんなこと、私におっしゃられても――」

「ご本人にお伺いしてもよろしいと？」

泰治の目が、ぎらりと光った。泰治の言う「伺う」がどういう意味か。聡子の頭に、先日、自宅で泰治が語った話が浮かんでは消えた。

――我々は徹底的にやらねばならなくなります。

「いえ、その」

「我々は草壁弘子殺害の件について、今後も調べを進めなければなりません。聡子さんには、またご協力をお願いすることになるでしょう。ご主人や甥っ子さんにも、どうぞお伝え願えませんか」

「伝える、とは、一体何をですか」

「貴方がたの振る舞いを、我々は注視しております、と、そのように」

聡子は、消え入るような声で、わかりました、と頷いた。頭が混乱して、なんと言っていいかわからなかった。草壁弘子という女の影が頭に浮かぶが、実体を結ぶ前にゆらゆらと揺れて散ってしまう。一体、草壁弘子とは何者なのか。夫とはどんな関係なのか。

ふと、泰治の手元にある写真に目がいった。十数枚の束の一番上に、草壁弘子と思われる女の立ち姿が写されていた。和装。そして、目を引くすらりとした姿勢。

この女は。

聡子は思わず息を呑んだ。正面から顔を見たわけではない。確信は持てないが、夫が帰ってきた日、文雄が目で追っていた女の後ろ姿が思い出された。

いや、確信が持てない、というのは、偽りだ。

聡子ははっきりと確信していた。草壁弘子とは、きっとあの女だ。

「何か、思い出したことでも？」

泰治の鋭い目が、聡子を射抜く。

「あ、いえ、その、草壁弘子という方と近しいとおっしゃっていた、軍医の方は」

「ええ」

「一体、何を盗もうとされたのかと思って」

泰治は長机に両肘《りょうひじ》をつき、手を口の前で組んだ。顔の半分が隠れて、表情が読めなくなる。

「自分たちも、事件の詳細を聞かされているわけではありません」

「そうですか。そうですよね」

「ですが、大雑把にではありますが、男が盗もうとしたものについて自分が聞いているのは——」

一度言葉を切って、泰治がもう一度聡子を見た。その瞬間、蛇に睨まれた蛙《かえる》のように、聡子は全身が凍って動かなくなった。

「はい」

「国家の存続に係る機密情報である、ということです」

国家の、と、聡子は呆《ほう》けたような声を出した。言葉があまりにも大きすぎて、呑み込むことができない。辛うじて捻り出したのは、大変なことですね、という間の抜けた返事だった。

泰治は、にこりともせずに、ええ、一大事であります、と答えた。

四

隣に、するりと夫の体が滑り込んでくるのを気配で感じる。ぱちん、と小さな音がして、寝室から白熱電球の明かりが消えた。布団がめくられて温もりがひと時失われたが、夫の体の温度がまたじわりと布団の中に満ちていく。

「寝たのか」

「いいえ、まだ」

聡子の背中越しに、夫が声を掛ける。背中を向けたまま返事をするのも気が引けたが、向き直ろうという気は起きなかった。それでも、優作はあまり気にする様子もなく隣に転がり、息を一つついた。

「ドラモンドさんはお元気そうですか」

「ジョン？　ああ、さっきの手紙か」

昼間、自宅に届いた郵便物の中に、国際郵便が一通紛れていた。差出人は、上海のドラモンドだ。頭にスパイという言葉が過《よぎ》ったが、封はそのままにして夫の机に置いておくことにした。

「上海でも、お元気にされているのかと思って」

「ああ。向こうでも変わらずやっているらしい」

夫の返事には澱《よど》みがなかったが、手紙の内容について饒舌《じょうぜつ》に語るようなこともなかった。話題を掘り下げる取っ掛かりもなく、聡子は口を噤むしかなかった。

「そう言えば、今日は聚楽館に行って来たそうじゃないか」

「え、ええ」

「何を観て来たんだ？　確か、李香蘭《りこうらん》の新作がやっていたな」

「ええ、その」

「最近は国策映画ばかりで些《いささ》か閉口するがね。外国映画の検閲も酷いし、なかなか良作には――」

「行かなかったんです」

饒舌になりかけた夫を、聡子は声で制した。重い体を動かして天井を向く。真っ暗な寝室。聡子も優作も仰向けになっていて、お互いの顔は見えない。ただ、そこにいることだけは感じている。

「そうか」

「ではどこに、とはお尋ねにならないんですか」

「何か他に用事でもできたのか」

「呼び出されたんです。その、憲兵隊に」

「憲兵に？」

「なんでも、『たちばな』の仲居さんが殺されたそうです。私は面識のない方でしたが、『たちばな』には何度も行っておりますし、いろいろ話を聞かれました」

「そうか、それは災難だったな」

「亡くなったのは、草壁弘子という方だそうです。ご存知ですか」

「いや、知らないな」

嘘だ。

夫の返事にはやはり澱みがない。その澱みのなさが、聡子の胸を締めつけた。知らないわけがない、と追及することもできたが、言葉は続かなかった。真実を語られることも、嘘をつき通されることも、どちらも怖かった。

――夫婦の間に秘密などないさ。

いつだったか、夫がそう言ったことを思い出して、聡子は虚《むな》しさに包まれた。隠し事などないと言った夫の中にある、隠れた真実。夫婦の間に秘密がないのなら、自分は優作の妻ではないと言われているのと同じだ。

涙が出そうになるのを、必死で堪《こら》える。悲しいのか、寂しいのか、胸の中に渦巻いているどの感情が目を潤ませているのか、聡子自身にもよくわからなかった。

私は、悔しいのかもしれない。

真っ暗で何も見えないはずの天井に、和服姿の女の顔が浮かび上がってきた。日本人には珍しい、すらりとした長身。年の頃は、聡子とそう変わらないだろう。どこか大陸の匂いを漂わせる目元に、涼やかな唇。和装でも髪の毛は結わず、首元で切り揃えている。泰治は「軍医の愛人」と言っていたが、確かに、家に入った女とは少し違う、妖艶《ようえん》な雰囲気を漂わせる顔立ちだった。

今思えば、港で文雄が女を目で追っていたのは、知らない女に目を奪われたわけではなく、草壁弘子が無事に船を降りたことを確かめていたのかもしれない。自分はなんと呑気《のんき》なことを考えていたのか、と、腹立たしくなる。

もし、泰治の言う通り軍医の男がスパイであったとしたら、関係のあった女を秘密裏に神戸に連れ帰ってくることなど、国家に対する反逆行為と見做《みな》されても仕方がない。あまつさえ、優作は「たちばな」に草壁弘子を仲居として雇わせ、匿《かくま》ったのだ。

理由がどうであれ、その行為はあまりにも危険だった。

泰治ら憲兵が優作をスパイの一味であると判断すれば、聡子もただでは済まない。平穏な生活は瓦解《がかい》し、取り返しのつかないことになる。優作が、その可能性に気づいていないわけがない。つまり、優作は家を捨てる覚悟で草壁弘子を匿ったのだ。

天井に浮かんだ草壁弘子の目が聡子を見る。憐《あわ》れむような、勝ち誇ったような。腹の奥底に、じくじくとした熱の塊があるのを聡子は感じていた。不快さに顔が歪む。

優作は、男なら誰しも心に火を燻らせていると言った。だが、その火は女の中にもあるのだ。青白く、静かに燻り続ける情念の火は、いつ身を焼き尽くすような大きな炎となってもおかしくはない。

「憲兵に呼び出されたと言ったが、呼び出したのは例の泰治君か」

「別に、誰だっていいじゃありませんか」

「彼は、君に惚れているな」

「そんな。幼馴染というだけですよ」

「スパイを捕まえるためなどと言うが、彼が神戸にやってきたのは、君を追って来たのではないか」

「ありえません、そんなこと」

どうかな、と、優作が鼻で笑う。

「ジョンから貰ったウイスキーが、棚から一本無くなっていた。君が一人で飲む量だとは思えないな」

「それは」

「彼を家に呼んだんだろう、僕のいない間に」

「そんなこと――」

――夫婦の間に、秘密などない。

――そう言ったのにな。

だって、あなたこそ、嘘を――。

抗おうとする聡子の唇を、圧し掛かってきた優作の唇が塞ぐ。嫌だ。ぞわぞわと体を這いまわる嫌悪感に、聡子は両腕を突っ張った。部屋は真っ暗なはずなのに、上から自分を見下ろす優作の顔が、はっきりと浮かび上がって見えた。

――奴と、この部屋に入ったのか。

――こうして、唇を重ねたのか。

――なんてふしだらな。

――奴は、どんな顔をして君を抱いたんだ。


――こんな顔か？

その瞬間、優作だったはずの顔が、泰治に変わっていた。悲鳴を上げようとしたが、驚きのあまり声が出ない。泰治が嗤《わら》いながら聡子に覆い被さり、耳元で囁いた。

――あなたは、スパイの妻だ。


「違います！」

寝室に、聡子の声が響いた。聡子は目を見開き、息を荒らげながら上体を起こした。聡子に覆い被さっていた泰治の体は、露のように消えてなくなっていた。

何が起こったのかわからず、聡子はぼんやりとする頭で寝室を見回した。寝台には既に夫の姿はなく、窓掛《カーテン》の隙間からうっすらと朝の陽が差し込んでいるのが見えた。掌《てのひら》を敷布《シーツ》の上に走らせる。聡子の隣には、まだ僅かに優作の温もりが残っていた。どうやら、いつの間にか眠りに落ちて夢を見ていたようだ。優作は朝起きて、聡子を起こさぬように仕事へ出掛けたのだろう。もう陽が東の空に随分上ってきている。酷い寝坊だ。

どこまでが現実で、どこからが夢だったのだろうか。自分の唇に触れながら、聡子は溜息をついた。夢だとしても、一体なんという夢を見てしまったのだろうかと、罪悪感に首を絞め上げられる。

両手で、だらしなく緩んだ顔を覆う。目尻には涙の跡が残っていた。結婚してから、夫に対して不信感を抱いたのは初めてのことだった。聡子を温かく包《くる》んでいた揺るぎないものがぼろぼろと剥がれ落ち、崩れ去ろうとしている。必死にかき集めて元のように包まろうとしても、もう元には戻らない。触れれば触れるほど、聡子は裸になっていく。

どうしてですか、優作さん。

冬の朝の凍《い》てつく寒さに震えながら、聡子は呟いた。だが、答えをくれる者は、どこにもいなかった。

一九四一年　初春

一

「これはこれは、福原の奥様」

　聡子の訪問に慌てて飛び出してきたのは、旅館「たちばな」の主だ。突然の来客に驚いたのだろうか、羽織った縕袍《どてら》は片袖になっている。

「すみません、突然伺ってしまって」

「とんでもございません。ご連絡頂けましたら、駅までお迎えに参りましたのに」

「いえ、ちょうど近くまで来る用事があったものですから、文雄さんの様子を見に、と思いまして」

　そうでしたか、と、主が大げさに頷くが、用事のついでなどと言ったのは、もちろん嘘だ。

「外はお寒うございますから、どうぞ中へ」

「ええ、ありがとう」

三和土《たたき》で履き物を脱ぎ、溜間《ロビイ》に置かれた長椅子に腰を掛けると、すぐさま女将《おかみ》が温かい茶を持ってきた。正月の慌しさがようやく過ぎ、立春を迎えた有馬は、雪がちらつく寒さだ。春とは言葉ばかりで、まだまだ寒い日が続く。

「文雄様のご様子を伺って参りますので、少々お待ちくださいませ」

女将が階段を上がっていくと、主が板間に膝をついて聡子の相手に回った。見ているだけでも寒々しい。

「今日は、おひとりでいらっしゃいますか」

「ええ。主人は仕事ですから」

「左様ですか。それは残念でございました」

「昨年は、主人が色々とお世話になったようで」

聡子が鎌をかけると、主は目を白黒させながら、ええ、とも、いや、ともつかない返事をし、答えをはぐらかした。

「旦那様には、いつも御贔屓にして頂いて」

「そういえば、昨年末は仲居さんの件、大変でしたわね」

「ええ、まあ」

「その後、何か進展はございましたの？」

「へえ、それが何も。お客様にご心配をお掛けしてしまって、誠に申し訳ないばかりでございまして」

「いえ、こちらこそ、ご迷惑をお掛けしてしまって」

主は、とんでもございません、と恐縮はしつつも、話の核心には触れられぬよう、のらりくらりと話をかわした。この寒い中だというのに、主の額にはじっとりと汗が滲んでいる。

聡子が、もう少し突っ込んで話を聞くべきか、と思案していると、女将が戻ってきた。やんわりと主から引き離され、女将の後について二階に上がる。そのまま、きしきしと音を立てる板張りの廊下の先、奥まった角部屋に案内された。引き戸の前には、「杜鵑《ほととぎす》」という部屋名の書かれた札が掛けられている。

女将が、部屋の中に向かって「お客様が参られました」と、声を掛けたが、中からは返事はない。それでも、女将は、どうぞ、と言うように一歩下がった。

恐る恐る引き戸を開け、部屋に入る。中は、飾り気のない六畳ほどの小さな部屋だ。火鉢が置かれてはいるが、それだけでは真冬の寒さには抗いようがない。障子の隙間から吹き込んでくる風で、どうしても体が震える。

部屋の真ん中には、小さな文机《ふづくえ》が置かれている。白い原稿と、山積みになった辞書や本。小さな部屋に渦を巻くように散らかった紙や本に半ば埋もれるように、文雄がいた。

「文雄、さん？」

「どうぞ」

聡子は部屋に一歩入って、戸を閉める。文雄から少し距離を取ってゆっくりと膝を折り、正座をする。綿入れを重ね着し、机に向かっている文雄のあまりの変貌ぶりに、聡子は絶句した。童顔で、少しふっくらとしていた頰は痩《こ》け、目は眼鏡越しでもわかるほど落ち窪《くぼ》んでいた。さながら、幽鬼のような顔だ。

文雄は机の端に置いてあった小さな緑色の小瓶を摘まみ上げると、掌に錠剤《じょうざい》を転がし、湯吞に残っていた茶で喉《のど》に流し込んだ。

「それは？」

「ああこれは、今度発売される新しい眠気覚ましでしてね。もうすぐ薬屋に出回ると思いますよ。僕は、福原物産にいた頃のツテで、発売前の物を送って貰ったのです。あまり大っぴらには言えませんが」

どうぞ叔父さんには内緒にしておいて下さい、と、文雄は引き攣《ひ》《つ》った笑い声を立てた。

「お薬なんて飲んで、お加減は大丈夫なんですか」

「ええ、大丈夫です。ちょっとね、寝ずに執筆をすることもあるので疲れてしまうこともあるのですが、こいつはいいですよ。どれだけ根《こん》を詰めても、一錠で疲労がポンと取れるのでね」

薬の効き目か、それまではどろりとして摑みどころのなかった文雄の目に、少しずつ光が戻ってきたように見えた。文雄は、ああ、と溜息をつきながら首を回し、軽く伸びをした。ようやく頭が回り出したのか、文机の向かい側に座布団を乱暴に置き、もう少し近くにどうぞ、と手招きをした。聡子は、どことなく近寄り難い空気を醸《かも》し出す文雄の不気味さに腰が引けたが、意を決して座布団の上に座り、正面から向かい合った。

「どうですか、小説の進み具合は」

「ああ、小説。小説ね、そうですね」

文雄は机の上に置かれていた原稿用紙を一枚捲《めく》ると、聡子の前でひらひらと揺らした。原稿用紙には数行の文章が書かれていたが、文雄は何の躊躇《ためら》いもなく紙を丸め、後ろに投げ捨てた。

「義叔母さんは、そんなことを聞きに来たのではないでしょう」

落ち窪んだ眼窩《がんか》の奥で、文雄の目がぎらりと光った。聡子は下腹に力を入れて、姿勢を正した。

そうだ。そんなことを聞きに、わざわざ有馬まで来たのではない。

「単刀直入にお伺いします」

「ええ」

「草壁弘子とは、何者ですか」

「さあ。僕はよく知らない」

「惚《とぼ》けないで下さい。文雄さんはここで草壁弘子に会っているはずです」

「死んだ仲居さん、ということくらいしか」

「嘘です」

視線が交わり、静かな火花を散らした。やがて、文雄は鼻で笑いながら視線を外に向けた。うっすらと開いた障子の向こう、外廊下を囲う硝子窓の外は、少し雪が強くなってきている。

「何をおっしゃりたいんです？」

「草壁弘子をここに紹介したのは、優作さんだと聞きました」

「へえ」

「満州で一体何があったんですか？　優作さんも文雄さんも、一体何をしようとしているんですか？」

「そんなこと、わざわざ有馬にまで来るまでもなく、叔父さんに聞けばよいではないですか。何故聞かないんです？」

「それは――」

「第一、仮に僕や叔父さんが草壁弘子という人のことを知っていたからと言って、なんなのです？　僕が、その人を殺したとでも？」

「草壁弘子という人は、満州でスパイ行為をした男の情婦だと聞きました。そんな人と関わっては、どんな疑いを受けるかわかったものではないでしょう」

「義叔母さんは何もわかっちゃいない」

「わかっていない？　ええ、優作さんも文雄さんも、何をしようとしているかはわかりません。でも、何か危険な場所に踏み込もうとしているのだということはわかります。一歩間違えば、文雄さん、貴方にも火の粉《こ》が降りかかってくるのですよ？」

「別に、何か悪いことをしているわけでもなし、火の粉など、いくら降ってきてくれても構いませんよ」

「いいえ。そうはいきません。夫に何かあれば、多くの人間が路頭に迷います。私は妻として、夫を、福原の家を守らなければなりません」

「守る？　叔父さんを？」

文雄は、突然大声で笑い始めた。可笑しい、というよりも、まるで聡子を嘲《あざけ》るような笑いだ。文雄の中の狂気に後押しをされるように、笑い声は大きくなっていく。その内、外まで響くのではないかというほどの笑い声が、聡子を圧し潰していった。

「文雄さん、何がそんなに――」

「これが笑わずにおれますか？　叔父さんを守るだなんて」

「妻として、夫を守るのは当たり前のことではありませんか」

「本当に何もわかっておられない。いいですか、叔父さんは守られてなどいない。叔父さんが、貴女《あなた》を守っているのだ。それがわからないのだから、笑うしかない」

「私を？」

「僕たちは、確かに満州で草壁弘子という人と知り合いになりました。だが、本土に帰りたいという彼女を神戸まで案内してきただけです。そして、良かれと思って働き口も紹介してやった。何か、悪いことをしていますか？」

「でも、夫はそんなこと一言も」

「そりゃあそうです。誰に何を吹き込まれたか知らないが、義叔母さんは、叔父さんを信じていなかった。僕たちが、スパイの片棒を担いでいるとでも思って慌てたのではないですか？」

「それは」

「何故、叔父さんを信用してやらないのですか。福原優作が、間違ったことをする人間ですか？　権力に阿《おもね》って、罪を犯すような人間ですか？」

文雄の声は、さらに大きくなっていく。最早、外の硝子窓を揺らすほどだ。

「もちろん、信じています」

「いいや、信じていない。だからこそ、叔父さんは余計な心配をかけまいと、貴女には何も言わないのだ。福原の家のことがそんなに心配ですか？　貴女は、福原の嫁なのか、福原優作の妻なのか、一体どっちなのか！」

興奮した様子の文雄が立ち上がり、仁王立ちになって聡子を睨《ね》めつけた。聡子の指先は恐怖で震えだしていたが、ここで文雄の狂気に屈するわけにはいかなかった。

「私は、福原優作の、妻です！」

「ははは、口先だけならなんとでも言える！」

文雄は部屋の隅に置かれていた小さな包みを手にすると、再び元居た場所に座った。そして原稿用紙を一枚広げ、すらすらとペンを走らせる。
「妻だ、などと偉そうに言うのなら、もっと妻らしくするがいい！」
大声で聡子を罵りながら、文雄が指先で原稿用紙をつついた。聡子の目が、原稿用紙の文字の上を滑る。
——隣ノ部屋ニ憲兵ガ居リマス
はっとして視線を移そうとする聡子を、文雄が目で制する。口ではわあわあと怒鳴り散らしながら、続け様に文字を書いた。
——叔父サンニ、届ケテ下サイ
文机の下を滑らせて、文雄が聡子の膝元に先程の包みを押し出した。あまり見ないようにして、手で触れる。菓子折りほどの大きさの風呂敷包みだ。中身が何なのかは、触れただけではわからない。先程までとは打って変わって、恐怖ではなく、静かな緊張が聡子の心臓を締めつけた。

「まあ、なんて酷いことをおっしゃるのですか」

「酷い？　よく言ったものだ！　自分の夫を悪人扱いしておいて」

——中ヲ見テハナリマセン

　聡子は小さく頷くと、指先で包みを引き寄せて膝の上に持ち上げた。狂気に満ちていた文雄の目がすっと正気に戻り、聡子の目をじっと見た。文雄が何を言いたいのか、すべて推し量ることはできない。ただ、文雄の目の奥に秘められた意志をできる限り汲《く》み取ってやらねばならない、と、聡子は思った。

　文雄は筆談をした原稿用紙を手に取ると、そのまま火鉢の灰の上に置いた。あっという間に火がつき、橙色の炎を上げながら、紙は灰に変わっていった。

「ああ、もう話にならない！　夫を夫とも思わないような女の顔など、二度と見たくない！」

　さあ、出ていってくれ！

文雄の声を背中に浴びながら、聡子は部屋の戸を開き、振り返ることなく乱暴に閉めた。ぴしゃり、と音が鳴る。部屋の中からは、文雄が聡子を罵る声が、まだ聞こえていた。

二

聡子が「たちばな」を出て何歩も歩かぬ内に、二人の男がどこからともなく現れ、聡子の進路を塞いだ。二人とも帽子を目深に被り、裾の長い外套《コート》を着こんでいる。

聡子は、これは憲兵ではない、と直感した。だとしたら、特高警察か。

聡子が会釈をして横を通り過ぎようとすると、待て、という声が掛かった。背筋に鉄杭を打たれたような緊張が走ったが、できるだけ顔に出さぬよう、聡子は全身に力を入れた。

「何か御用でしょうか」

「今、角の部屋を訪ねとったやろ」

「え、ええ」

「竹下文雄の家の者《もん》か」

「義理の叔母ですが」

「というと、福原優作の――」

「ええ。妻です」

男たちが、顔を見合わせる。

「何用や」

「用という用はありませんが、甥が小説家になる、なんて言い出して旅館に缶詰めになっているものですから、体でも壊してはいないかと様子を見に来たのです」

「外まで怒鳴り声が聞こえとったぞ。何の話をしてたんや」

「何のもかんのもないんです。てんで話にならなくて」

「どういうことや?」

「あの子ったら、なかなか小説が書けないものだから、私に酷い八つ当たりをするんです」

「竹下文雄が書いている小説とは、どんなもんや」

「言ったじゃないですか。小説家になるなんて偉そうに言っておいて、もう二月も経っているのに、一枚どころか、一行も書けていないんですよ。格好ばっかりつけて、親のお金で書生気取りなんですから、いい御身分ですよ」

早口で捲し立てる聡子に、二人の男は困惑の表情を浮かべた。

「ええか、書く内容如何《いかん》によっては、話を聞かんといかんようになるぞ」

「内容も何も、あんな阿呆の子がろくな小説なんて書けるわけがないじゃないですか。なんでしたら部屋までご案内しますから、小説など諦めて、お国のために陸軍にでも志願するよう言ってはいただけませんか」

聡子が無理矢理一人の男の手を引いて旅館に戻ろうとすると、男は慌てたように手を振り払い、そこまでせんでいい、と声を荒らげた。

「もういい。行け」

「そうですか。お勤めご苦労様です」

男たちの間を抜け、聡子は再び歩き出す。背中に男たちの視線を感じながら、平静に、と自分に言い聞かせる。一体何故特高が文雄を監視しているのかはわからないが、まるで針の筵《むしろ》を歩かされている心地がした。

「おい」

ようやく窮地を逃れたと思ったその時、背後から男の鋭い声が飛んできた。僅かに緩みかけていた体が、油の切れた車のように軋《きし》む。折れそうな心を奮い立たせて、冷たい空気を思い切り吸い込んだ。

「まだ何か？」

「その包みは何や」

言い澱んでは訝しく思われる。だが、咄嗟《とっさ》に都合よく言葉は出てこなかった。文雄が中を見るな、と言ったものだ。恐らく、男たちに見られて良いものは入っていないだろう。

頭の中が白一色になったその時、寒風に吹かれてくしゃみが出た。演技ではない、本当のくしゃみだったのが幸いだった。男たちに不審に思われることなく答えるまでに少しの間が取れたお蔭で、聡子の頭は辛うじて言葉を見つけ出すことができた。

「ええ、『たちばな』の女将から頂いたお菓子なんですが」

「開けて見せえ」

「見せるのはいいんですが、どうしましょう。どこで広げましょうか」

周りに、包みを置くような場所はない。聡子は男たちの元に戻ると、先程手を引いた男に、無理矢理包みを持たせた。そして、風呂敷の結び目に手を掛ける。

「中は頼んでおいたお饅頭《まんじゅう》なんですけど、私は不器用なもので、包みを一回解いてしまったらまた女将に結んでもらわないといけないんですよ。あ、もし一つ二つご入用でしたら、蒸《ふ》かしたてのものを貰って来ましょうか。その方がいいですね。寒い中お勤めなさっているんですから」

男たちに言葉を挟ませないように、聡子は全霊を込めて舌を回した。一か八か。男に包みを持たせたまま宿に向かおうとすると、苛立《いらだ》ったような口調で、いい、もうわかった、と、男たちが聡子を止めた。

「別に饅頭を食いたいわけやない。もう行け」

男が乱暴に包みを聡子につき返した。聡子は、わざとらしく、そうですか、と受け取ると、軽く頭を下げ、また男たちに背を向けた。旅館から、一歩、二歩と離れる。今度は、呼び止められることはなかった。

旅館を離れ、人の多い温泉街に向かう。時折後ろを見るが、男たちが追って来ている様子はなかった。次第に、足が小走りになる。一刻でも早く、この場から遠くへ行きたかった。

それにしても、この包みは一体何なのか。

憲兵や特高が文雄を監視しているとは、ただ事ではない。

——国家の存続に係る機密情報である、ということです。

泰治の声が頭の中に響いて、包みを持つ手ががたがたと震えた。寒さのせいだと何度も自分に言い聞かせるが、それで震えが止まるわけでもなかった。

煙草《たばこ》屋の前に置かれた公衆電話に駆け寄って、電話を掛ける。言うことを聞かない手をなんとか動かして、五銭硬貨を投入口に差し入れる。耳に当てた受話器から気の抜けた金村の声が聞こえてくると、ようやく少しだけ安心できた。

「ええ。今、有馬に。そう、文雄さんの様子を見に。申し訳ないのだけれど、車で迎えに来ては貰えないかしら」

通話を終える。金村が迎えに来るまでには、まだ時間が必要だろう。土産屋の軒先に入って、身を縮める。白い息が風に舞いながら消えた。

積もるほどではないが、それでも絶え間なく雪が降る。灰色の重苦しい空が、聡子の頭の上を覆っていた。誰に、というわけではなく、押さえつけていた言葉が口から漏れた。

どうして私は、こんなところに立っているのでしょう。

それも、たった独りで。

三

聡子が優作の会社の倉庫を訪れたのは、昨年の夏以来のことだった。その時は映画の撮影などと言って浮かれ騒いでいたが、今日はそうもいかなかった。誰もいない薄暗い倉庫を、聡子は優作の後についてひたひたと歩いている。

倉庫の奥には、小さな事務机と棚が置かれていた。机は書きかけの書類が置かれたままで、事務棚には倉庫の物品の入出記録簿や過去の注文書といった書類が所狭しと押し込まれている。机の脇に、優作の撮った映画にも登場した金庫が据えつけられているのが見えた。カメラを通さずに見る現実の姿は、スパイに狙われるような謎めいた空気などなく、何の変哲もない事務作業場所に過ぎなかった。

「で、用事というのは何だ？」

「預かり物です」

文雄さんから、と、言葉を添えながら、聡子は文雄から受け取った包みを優作に手渡した。優作の眉が、ぴりりと動く。

旅館「たちばな」を出た後、有馬口まで金村に車で迎えに来てもらうと、聡子はそのまま、港からほど近い旧外国人居留地の中にある福原物産の本社に向かった。優作は当然仕事の最中だったが、忙しそうな社員をなんとか呼び止め、急ぎの用事、と呼びだして貰う。何事かと怪訝《けげん》そうに現れた優作に、聡子は「どこか人目につかぬところを」と囁いた。昔から、福原物産には壁に囲まれた社長室が存在しないのだ。

優作は結局、普段は誰も入らない倉庫に聡子を連れて入った。

「中は、見ていません」

「そうか」

優作は金庫を開けると、包みの中身を確認することなく中に押し込んだ。そのまま金庫を閉め、目盛盤《ダイヤル》を回す。解錠するための番号を、優作以外の社員は知らない。

「文雄さんは、満州で草壁弘子と知り合ったと言っていました。でも、優作さんは以前、知らないとおっしゃいましたよね」

「あいつは、そんなことを言ったのか」

「どうしてですか。私のことを、信用のならぬ女だと思っていらっしゃるのですか」

「信用ならんなどと思っているわけではないさ。ただ、君が知らなくていいこともある、ということだ」

「一体、その包みの中身は何なのですか？　草壁弘子という女は、何をしようとしていたのですか？　そして、何故殺されるようなことになったのですか？」

　矢継ぎ早に投げ掛けた聡子の問いに、優作は深い溜息をつきながら、静かに首を横に振った。

「君が案ずることはない」

「優作さんはおっしゃったじゃないですか。夫婦の間に秘密などない、隠し事などあるわけがないって」

「ああそうだ。君との間に秘密など持ちたくないし、隠し事もしたくない。だからこそ、この話は聞かないで欲しい」

「どういうことですか」

「さっきも言ったとおりだ。この世には、知らなくていいこともある。そして、この件に関して君は知る必要がない」

「必要がないなんて、勝手に決めないで下さい」

「いいか。知らなくていいことは知らないままの方がいいんだ。一度知ってしまったら、どうやっても忘れることはできなくなる。知らなかった自分に戻ることはできないんだ。知ってから、やはり知るべきではなかったと思っても、取り返しがつかなくなる」

「一体、どういうことなのか、私にはわかりません」

「後生だ。これ以上は聞かないでくれ」

「卑怯です、そんなおっしゃり方」


——貴女は守られている。


文雄の言葉が、聡子の頭に一日中こびりついて離れていかない。

恐らく、文雄の寄越した包みの中身は、草壁弘子と何か深い関係があるのだろう。憲兵や特高が「たちばな」を監視していたところを見ると、泰治が言っていた「国家の存続に係る」という表現も、あながち大げさではないのかもしれない。そんな重大な秘密を知ってしまったら、聡子も安穏とはしていられなくなるだろう。

或《あ》いは、草壁弘子のように——。

優作も文雄も、明らかに危険なことに首を突っ込んでいる。夫がもし憲兵隊に捕えられるようなことになったなら、聡子も取り調べを受けるだろう。だが、聡子は何を聞かれても「知らなかった」と言うしかない。本当に何も知らないからだ。憲兵隊は冤罪も已《や》む無しという姿勢のようだが、何も知らなかった、と訴える婦女子を拷問にかけるようなことはさすがにできないだろう。だが、何か隠し事をしている、と勘づかれたなら、その限りではない。

夫は、聡子を守ろうとしているのかもしれないが、それは間違っている、と聡子は思った。たとえ何も知らなかったとしても、夫に全てを背負わせて、自分一人だけ暢々《のうのう》と生き延びることができるだろうか。

——貴女は守られている。

今度は、頭の中に浮かんだ草壁弘子が聡子に向かってそう言い放った。

——貴女は、本当に福原優作の妻なの？

優作も文雄も変わってしまった。聡子が知っているはずの優作は、どこまでも広い海を夢見ながらも、ここが自分の港であることをわかっていたはずだ。家を、会社を、そして聡子を失うような危険な旅に出るような人間ではなかったのだ。

夫を変えたのは、草壁弘子《あの女》だ。

そう思うと、全身に薄気味の悪い悪寒が走った。自分の体を縛りつける感情がなんなのか、聡子ははじめ、全く理解ができなかった。だが次第に、自分の体の奥底にあるものに気づいた時、聡子はその悍《おぞ》ましさに言葉を失った。

それは、嫉妬《しっと》であった。

聡子の両の目から、涙が溢れた。国を揺るがす大事よりも、夫の身よりも、聡子の心を縛りつけているのは、夫を自分から奪っていった草壁弘子への嫉妬だったのだ。

「一つだけ、教えてください」

「いや、聞くな」

「草壁弘子とは、何者なんですか」

「彼女は死んだ。もういいだろう」

「いいえ、草壁弘子は生きています」

「何だって？」

「貴方の中で」

草壁弘子が満州で偶然出会っただけの女であったとしたら、死んでしまえば全てが終わるはずだ。だが、夫も文雄も、草壁弘子が死んでからも未だおかしいままだ。女は死んだのかもしれないが、その意志は優作の中で生き永らえている。むしろ、死んでしまったことで、もう二度と消えることのない烙印《らくいん》を夫の心に焼きつけたのだ。

「馬鹿な」

「教えてください。草壁弘子と、満州で何があったのですか」

「僕は、天地神明に誓ってお天道様に顔向けできないようなことはしていない。信じてはくれまいか」

どうしてこれほど惨《みじ》めなのか、聡子自身にもわからない。夫は聡子にいらぬ火の粉が降りかからぬようにしてくれている。なのに、それがたまらなく悲しかった。

肩を震わせて泣く聡子を、優作の腕が包み込んだ。いつもなら安堵感に満たされていたはずなのに、今日は心に開いた穴が塞がることはなかった。

「神戸に来てから、初めてです。こんなにも貴方が遠いなんて」

「そんなことはない。僕はいつだって君の傍にいる」

「私が傍にいる気になっている間に、どこかに行ってしまうような気がして、どうしようもなく寂しくなります」

「大丈夫だ。僕はどこにも行ったりしない」

優作が聡子の両肩に手を置き、泣き腫らした聡子の顔をじっと見る。自分だけが女々しく泣いているのが悔しくて恥ずかしくて、聡子は思わず目を伏せた。

「どこにも」

「そうだ。僕を信じてくれ。あまり信用はないかもしれないが」

優作が、そう言って笑う。だが、その笑顔はどこか寂し気な感じがした。

「駄目か？」

「信じろと言われたら、信じるしかないのです、私は」

「君を裏切るようなことはしない。だから、信じてくれ」

「信じます。だから――」

喉がしゃくり上がって、それ以上言葉が続かなかった。なぜ自分の夫を信じないのか。頭の中で、文雄が聡子を叱咤《しった》する。文雄が声を荒らげたのは、包みを渡すという別の意図を誤魔化すためではあったが、投げかけられた言葉は文雄の本心であったようにも思えた。

もちろん、信じている。優作が人の道にもとるようなことをするわけがない。それはわかっている。だが、それでも。

――かわいそうに、貴女は信じてもらえないのね。

頭の奥で、また草壁弘子が聡子を嗤《わら》う。

四

玄関を開けると、冷たい風が邸内に吹き込んでくる。足元から忍び寄る寒気に、聡子は思わず体を震わせた。

門の外には福原物産の社用車が既に到着して、社長が出てくるのを待っている。当の優作は二階からゆっくり降りてくると、寒いな、と自分の肩を抱くような仕草を見せた。

玄関で靴を履き終えた優作に愛用のトランクを持たせ、首に襟巻を掛ける。ついでに、少し襟飾《ネクタイ》が曲がっているのを直した。いつも通りの朝の光景だが、聡子と優作の間には、なかなか会話は生まれないままだった。

「お戻りは？」

「来週の頭には戻ってくる予定だ」

今回の出張は、野崎医師から注文のあった漢方薬についての商談だという。行き先は広州《こうしゅう》港だ。戦争の真っただ中でも物を売る人間がいて、それを買う人間もいる。人が殺し合いをする最中、変わらぬ日常を送る人間がいるのだ。戦争など、本当に起きているのだろうか。映画の中だけの話ではないのか、とさえ思ってしまう。

この世界はどこまでが真実なのか、時折、わからなくなる。

「お気をつけて行ってらっしゃいませ」

「大丈夫か？」

優作は、何が、とは言わなかった。何がです？　と問い返すこともできたが、喉まで出かかった言葉を聡子は呑み込んだ。吐き出したところで、きっと良いことは一つもない。夫を追い詰めるだけだし、自分が嫌になるだけだ。

「ええ。家のことはご心配なさらず」

「ああ。頼む」

優作が車に乗り込む。遠ざかっていく車を見送ると、聡子は邸内に戻り、玄関の扉を閉めた。広い家の中に、ぽつりと取り残された気分だ。駒子が忙しそうに庭や家の掃除を始める中、聡子には埋め難い時間の穴がぽっかりと開く。

贅沢《ぜいたく》な話だが、福原家では家事のほとんどを使用人に任せている。邸内の掃除、衣服の洗濯。炊事は聡子が台所に立つこともあるが、片づけは駒子の仕事だ。家のことは心配無用などと言っても、聡子がするべきことはほとんどない。

優作との間に子でも出来ていれば聡子の生活も大きく変わったのかもしれないが、七年の結婚生活の間、聡子が子を授かることはなかった。もう、一生子宝には恵まれないかもしれない、と、半ば諦めている。

朝起きて朝食を取り、仕事へと夫を送り出した後は、無限にも思える時間が待っている。読書をしたり、花を生けたり、時にはミシンで服を作ることもあるが、それでも全ての時間は埋まらなかった。

暇を持て余して外に出ても、最近は国防婦人会の女たちに囲まれて、服が華美だと怒鳴られるようになった。取り立てて服装が派手なものに変わったわけでもないのに、だ。数年前には当たり前だったことが、今は罪悪であるかのように扱われる。


——ぜいたくは敵だ。


勇ましく叫びながら街を練り歩く、割烹着《かっぽうぎ》姿の女性たち。だが、聡子にはそれが悲鳴に聞こえた。家に押し込められ、ただひたすら夫に尽くしながら姑の機嫌を取り、炊事、掃除、洗濯、育児、と、同じことを繰り返す毎日。化粧をすることも、着飾ることも彼女たちには許されていない。その抑圧された日常から少しでも逃げようと、彼女たちは国婦の襷《たすき》を掛け、声高に、贅沢は敵だ、と訴えて回る。

女たちにとって「お国のために」という大義を背負うことは、朧げな自分の存在価値を世間に認めさせる唯一の方法なのだ。抑圧の中から逃れようと集まった女たちは、より強い圧力となって聡子を取り囲み、ハサミを振るって洋服を捨てろと怒鳴りつける。抑圧が新たな圧力を生み、そしてまた誰かを抑圧する。負の連鎖だとは思うが、それに抗おうとするほど強い心を持つことはできない。

結果、外に出ることもほとんどできなくなった。

女が自由でいることは難しい。貧しくても裕福でも、家という窮屈な箱の中に押し込められてしまうことに変わりはない。聡子の住む家は広々とした邸宅だが、男たちが生きている世界の広さに比べれば、なんと狭苦しい空間であることか。

「奥様、お茶をお持ちしました」

「ああ、ありがとう。洋卓《テーブル》に置いて貰えるかしら」

駒子が香りの良い紅茶を持って、聡子の部屋にやってきた。雇い始めの頃はたどたどしかった所作も、随分様になってきている。駒子の元にも、そう遠くないうちに縁談が持ち込まれるだろう。今は洋装の駒子も、いずれ割烹着に着替え、子を産み育てていくようになるのかもしれない。

「何か、他にご入用なものが？」

「え？」

「奥様、ずっとわたしを見てらっしゃったので」

「ああ、違うの。駒子はどんなところに嫁ぐのかしら、と思って」

今度は、駒子が「えっ」と声を上げた。

「突然そんな、どうされましたん？」

「どうってわけじゃないんだけど、駒子だって、もう年頃でしょう」

「そんな、まだわたしには早いんやないですかね」

「そうかしら。お見合いの話は来てない？」

「その、実は何回か、お話だけ頂いたんですけど」

「お断りしたの？」

「まだ早い、って両親に申しました」

「まあ、そんなことがあったの」

「何やろ、わたし、ここのお仕事が好きなんやと思います。わたしは不器用やからこういうお仕事が務まるか心配やったんですけど、旦那様も奥様も優しくして下さるし、すっかり甘えてしもて」

「そう言ってもらえるのは嬉しいけれど」

「今、戦争やなんやって世の中騒がしくなって来てますけど、わたし、ずっとこうして旦那様や奥様のお世話ができたらええのになって思うんです。こんなわたしでよければですけど、もうしばらく置いて貰えたら幸せです」

わたし、何言っとう、とはにかみながら、駒子が紅茶を置いて部屋を出ていく。部屋の中に微かに広がる茶の香りは、この上なく平穏だった。朝は変わらずやってきて、明日もまた同じような一日が繰り返される。いつまでも変わらない毎日が続く。そんな気さえしてしまう。

だが、それはきっと、幻に過ぎない。

聡子は守られているだけなのだ。平穏な日々の営みを揺るがす荒波を、夫一人が被り続けている。おそらく、聡子の平穏はそう長くは続かない。そんな予感がする。泰治の言葉も重く心に残っている。夫は国に害なす者と疑われていて、いつ、ドラモンドのように連れていかれてもおかしくない。そうなったら、夫を救える人間は果たしているだろうか。

聡子は立ち上がり、窓の外の景色を見た。庭木の間から、神戸の街と、その向こうに広がる穏やかな海が見える。だが、崩壊の日は静かに忍び寄っている。聡子が変わらない一日を過ごす間にも、夫は刻一刻と追い詰められているのかもしれない。

洋箪笥《クローゼット》から外套を引っ張り出して着こむ。大きく息を吸って、吐く。聡子は意を決すると、部屋の扉を開けて、金村を呼んだ。

「奥様、お呼びですか」

「ごめんなさい、ちょっと用事が出来ちゃったの。車を出して貰えないかしら」

「あ、ええ。すぐに用意致しますんで、少々お待ちくださいませ」

――あら、どこに行くの？

部屋の隅から、草壁弘子が聡子を眺めて、また薄い笑みを浮かべていた。心がさわさわとさざめくのを、ぐっと抑える。

――大人しく、彼に守られていた方がいいわ。

いいえ。草壁弘子の言葉に、聡子は首を横に振った。

私は、福原優作の妻ですから。

「奥様、どちらに行きはります？」

「会社へ。福原物産まで乗せていって貰いたいのだけど」

一九四一年　春

一

廊下の向こうから、女の悲痛な叫びが聞こえて来た。聡子は廊下の突き当りに置かれた長椅子に腰を掛けたまま、僅かに体を震わせた。少し離れたところにいるつもりだったが、慟哭《どうこく》の声は空気を切り裂き、聡子の胸に突き刺さってくる。

だが、顔は下げまい。

背筋を伸ばし、窓の外の景色を見る。

野崎医師が経営する病院からは、神戸の街並みを見下ろすことができた。咲いたと思った桜はあっという間に散り、もう青葉を広げている。相変わらず戦争の終わりは見えず、米英との対立も日増しに深まっているが、今日の神戸は抜けるような青空が広がっていた。

聡子がいるのは、三棟ある病棟の一番奥まった場所にある、特別病棟だった。外来や一般病棟の賑わいを他所に、ここはいつもしんと静まり返っている。特別病棟に入院しているのは、軍の高官や地元の政治家、そしてその家族といった人間だ。一般の病院や傷兵院に比べて患者への待遇は良いが、それがどれほどの意味を持つかは甚だ疑問だ。

静かな廊下を歩いていると、時折、壁の向こうから苦しげな呻《うめ》き声が聞こえてくることがある。どれだけ裕福な者だろうが、どれだけ権力を持とうが、死を前にすれば皆ただの弱い生き物に過ぎない。金も肩書も、命を救ってくれるわけではないのだ。

そしてそれは、竹下文雄も同じだった。

軍機保護法違反の容疑で文雄が逮捕されたのは、冬の終わりのことだ。きっかけは密告である。旅館「たちばな」から神戸憲兵分隊の庁舎に連行された文雄は、その日のうちに勾留され、憲兵隊の取り調べを受けることになった。

一ヵ月の間、優作にも、実母である優作の姉にも、文雄の様子は一切伝えられることはなかった。庁舎を訪れても門前払いである。そして、数日前になってようやく、文雄が草壁弘子のスパイ行為を手伝い、情愛の縺《もつ》れから殺害したことを認めた、という報せが届いた。

罪を自供した文雄に待っているのは、裁判だ。スパイ行為と殺人という重罪を犯した以上、死刑は免《まぬか》れ得ないものと思われた。

だが同時に、暫《しばら》く裁判は猶予する、との連絡もあった。理由は「被告が裁判に出廷することができないため」というものだ。文雄は取り調べ後に誤って転倒し、頭部を打って意識を失ったのだという。

野崎医師の病院に搬送されてきた文雄の姿はあまりにも無残だった。

顔は赤黒く変色して元の顔がわからないほどに腫れ上がり、髪の毛はすっかり抜け落ちていた。体中に殴打されたと思われる痣《あざ》が残り、手足の爪はほとんどが剝がされていた。火傷《やけど》、刺傷もいたるところにあり、野崎医師の話では、数ヵ所の骨折と、陰部や肛門の損傷もあったという。心臓は動いていて、辛うじて呼吸をしているものの意識はなく、意思の疎通は全くできなかった。

聡子も変わり果てた文雄の姿を見たが、直視することは到底できなかった。光を失い、薄っすらと半分だけ開いた瞼《まぶた》から覗くどろりとした瞳は、物言わぬ屍《しかばね》の様でありながら、見えるもの全てを呪っているようにも見えた。目が合ったわけでもないのに、聡子はじっと見られているような気がして、思わず身震いをした。

文雄のスパイ行為を密告したのは、他の誰でもない。聡子である。

優作が仕事で広州に出立した日、聡子は福原物産の倉庫に向かった。社員に夫が忘れ物をしたと嘘をついて倉庫の鍵を開けさせ、倉庫奥に向かった。倉庫の一番奥には、例の金庫が鎮座していた。金庫の解錠番号は夫しか知らないはずだったが、聡子はその番号を知っていた。映画を撮った時に夫から教えられた数字を、聡子はしっかりと記憶していたのである。

目盛盤《ダイヤル》を回すと、金庫はいとも簡単に開いた。

文雄の包みは金庫に収められた時のまま、解かれた形跡がなかった。夫は、中身に興味がなかったわけではもちろんないだろう。見なくてもわかっていたか、開ける時期が今ではなかったのか。

少しの間躊躇《ちゅうちょ》したが、聡子は包みを家に持ち帰った。

自室の扉に鍵を掛け、窓掛を引いた密室の中で、聡子は包みの結び目を解いた。ランプの仄かな明かりの元に晒されたのは、小さな桐の箱だ。箱の中には、優作が持っている映写機用のフィルムが一本と、日本語で書かれた小さな手帖《ノート》、そして手書きの英文が整然と並んだ文書が入っていた。聡子は英文を読むことができなかったが、大体、中身は想像がついた。手帖の内容を英語に訳したものだろう。

つまり、文雄は「たちばな」に籠って小説を書くなどと言いながら、実際はあの手帖を英文に翻訳する作業をしていたのだ。文書の量を見れば、寝食を惜しんで作業に没頭しなければならなかっただろうということは推して量ることができる。文雄があれだけやつれていたことにも、ようやく合点がいった。

原本である手帖は、ぱっと見ただけでは何が書いてあるのかよくわからなかった。細かい文字で隙間なく字が書かれている上、図や絵も描かれている。文字は、かなりの乱筆だ。暗闇の中で書いたか、それとも手元を見ずに書いたのか。文中には独逸語や隠語とみられる単語がいくつも出て来て、ただ読むだけでは文意が摑めなかった。だが、草壁弘子が軍医と懇意にしていた、という話を頭に置きながらわかるところだけを掻い摘むようにして読んでいると、朧げにではあるが輪郭が見えてきた。

「細菌戦」という三文字が、聡子の目に飛び込んできたのだ。

夫や文雄が草壁弘子のスパイ行為に手を貸しているのだという確信はあった。だが、実際にその証拠を目の当たりにすると手が震えた。スパイ行為が重罪であることは誰でも知っている。ドラモンドの件でただでさえ憲兵に目をつけられているというのに、こんなものを持っていることが明るみになれば、優作は終わりだ。

聡子は、泰治が家にやって来た時に置いていったメモ紙を手にしていた。一晩悩み抜いた挙句、聡子は翌朝、書かれている電話番号に電話を掛けた。直通、というのは言葉通りだった。受話器からは、すぐに泰治の声が聞こえた。

聡子が考え事に耽《ふけ》っていると、廊下をひたひたと歩く足音が聞こえて来た。長い廊下の向こうから、優作が歩いてくるのが見える。表情は険しい。

「一旦、帰ろう」

「義姉さんは」

「とてもじゃないが、話ができるような状況ではなさそうだ。しばらく時間を置いた方がいいだろう」

先程廊下に響いてきた悲鳴は、優作の姉の声だった。文雄が野崎医師の病院に入院したという報せを受けて横浜から飛んできたのだが、待っていたのは半死状態の一人息子の姿だった。文雄を満州に連れて行った優作に詰め寄るのではないかと案じていたが、どうやら、人の責任を問うほどの余裕はなかったようだ。自分の息子があんな姿になっていたらと思うと、子のいない聡子にもその気持ちはよくわかった。

「そうですね」

夫が階段に向かう。聡子も後に付き従った。聡子たちを追い立てるように、また叫び声が廊下に響き渡っていた。

二

優作の運転する車が、林の中を抜ける。野崎医師の病院から家までは真っ直ぐ帰ればすぐの距離だが、優作は少し遠回りをして車を走らせた。時折、車のエンジンが不機嫌そうな唸《うな》り声を上げて、車体が揺れる。いつもよりも運転が乱暴だ。

車は林の中を抜け、やがて止まった。停車したのは天然の展望台のような場所で、神戸の街と海が一望できる。周囲には他に誰もいない。優作だけが知っている場所であるようだ。

エンジンを止めると、優作は前を向いたまま、深い溜息をついた。車内に、重苦しい沈黙が満ちていく。思えば、文雄が逮捕されてからの一ヵ月間、夫婦の会話はほとんどなくなっていた。沈黙を破ろうにも、どこから触れていいのかわからなかった。

「少し前のことだが、泰治君に会って来たよ」

先に口を開いたのは、優作だった。

「泰治さんに」

「文雄は断じてスパイなどではない、と言ったんだがね。無駄だった」

「そう、ですか」

「動かぬ証拠がある、と言っていた。もはや神戸の憲兵分隊で収まる話ではなく、大阪の中部憲兵隊司令部の預かりとなったそうだ。まあ、そうなったら泰治君も何もできないだろうな」

「かもしれませんね」

「動かぬ証拠とは何かと聞いたが、彼は明確には答えなかった。軍の機密だ、とね」

「機密」

「どうしてだ」

「どうして？」

「君は、どうして僕と文雄を憲兵に売ったんだ」

優作が、怒りに声を震わせた。優作が人気《ひとけ》のないところまで聡子を連れてきたのは、もはや怒りを抑えきれない、と思ったからかもしれない。

「私は、貴方と文雄さんを売ったわけではありません」

「泰治君は明言を避けたが、彼の言う動かぬ証拠とは、会社の金庫に入れておいたあの包みの中身だ。金庫の中から、包みが消えていた。解錠番号を知っているのは、社内で僕だけだ。もし、他に知っているとするならば、君しかいない。君は包みを盗み出し、泰治君に渡した。それ以外ありえないのに、しらを切ろうと言うのか」

「確かに、包みの中身を泰治さんに渡しました」

「中を見たのか」

「ええ。私は専門的なことはわかりませんが、それでも、あれが大変な機密情報なのだということくらいはわかります」

「わかっていながら、泰治君に引き渡したわけだ」

「そうです」

「それで、売ったわけではないなどとよく言えるものだ！　これを見てもそんなことが言えるのか！」

優作は、ポケットからハンカチを取り出すと、震える手でそれを広げた。中には、少し大きな魚の鱗《うろこ》のようなものがいくつか入っていた。ところどころ、赤黒い汚れがこびりついている。

「これが、何かわかるか」

言われなくても、ハンカチに包まれたそれがなんであるか、聡子には理解ができた。自分の顔から血の気が引いていくのがわかったが、聡子は目を背けようとはしなかった。

「これは、文雄の爪だ。憲兵どもは文雄が自供したとぬかしたが、爪を剝ぎ、全身が腫れ上がるまで殴る蹴るして吐かせた供述に、どれだけの真正性があるというんだ！　君は、この地獄に文雄を蹴り落とした」

「いいえ、違います」

「なんだって？」

「文雄さんは、自らそれを望んだのです」

「何を馬鹿な！」

「いいえ。私は文雄さんを売ったのではありません。文雄さんと一緒に、貴方を守ったんです」

優作は、文字通り絶句して、口を開けたまま聡子を睨んだ。何を言っているのかわからない、といった顔だ。

「君は、何を言っている」

「草壁弘子が軍の機密を盗み出したことを泰治さんは知っていました。いくら関係がないと言おうとも、貴方と文雄さんが草壁弘子の逃亡の手助けをしたことは言い逃れのしようがなかったんです。憲兵隊も、特高警察も、貴方と文雄さんに目をつけていた。逮捕するのも時間の問題だったんです。文雄さんは、それに感づいていました」

「証拠がなければ、彼らだって無理に逮捕は出来っこない」

「いいえ。証拠は出てくる、ということを憲兵隊も特高も確信していたはずです。逮捕してから家探《やさが》しをすれば、いずれ金庫からあの包みが発見されていたでしょう。逮捕が遅れたのはきっと、憲兵隊と特高との間でどちらが主導するか争ったからです」

「泰治君が言っていたのか」

「ええ。包みの中身をお渡ししたときに、それとなく伺いました」

「なんだって」

「ただ、それが幸い、貴方と文雄さんに猶予を与えました。その間に文雄さんは自分の仕事を終え、私に託して下さったのです。中を見るなとは言いましたが、目はそう言っていなかった。文雄さんは、ご自分の身を賭《と》して、貴方を守ろうとしたんです」

「そんなもの、君の思い込みに過ぎない！」

「いいえ。その証拠に、文雄さんは爪を剝ぎ取られても、貴方が関与しているとは言わなかった。文雄さんがすべての罪を背負ったお蔭で、憲兵も特高も、貴方を逮捕する口実を失ったんです」

「たちばな」で包みを託された時、文雄は聡子に目で訴えていたように感じた。中を見るな、と警告したのは、聡子を巻き込まないという優作の考えを尊重したからだろう。だが、このままでは文雄も優作も捕まることは目に見えている。文雄は聡子に、目で訴えていたのだ。自分が生贄《いけにえ》になる覚悟で。

もちろん、文雄がそう語ったわけではない。あくまで、聡子がそう感じた、というだけだった。自分が全てを背負う、というのが文雄の意志である、と解釈するのは賭《か》けだったかもしれない。だが、だとすればその賭けは間違っていなかった。文雄は、自らスパイ行為に関与したことはすぐに認めていたそうだ。どれほどの拷問を受けても認めなかったのは、優作の関与についてだった。

「確かに、泰治君はこう言ったさ。この件は、これで終わりだ、と。身内から売国奴《ばいこくど》を出した以上、より報国に勤めよ、とね。文雄を犠牲にして僕はおめおめと生き延び、今まで通り暮らせと言うのか？　君は、今まで通り変わらない暮らしが守れてよかった、とでも言うつもりか?」

僕は文雄に顔向けできない、と、優作は唇を嚙《か》んだ。

「文雄さんは、こうもおっしゃいました。私に、福原優作を信じろ、と」

「僕を?」

「貴方が、権力に阿って罪を犯すような人間に見えるのか、と。あの手帖を使って、優作さんは何か大義を成そうとしていたのではないのですか」

優作は目を閉じ、大きく息をついた。今にも破裂してしまいそうな怒りを鎮め、必死に言葉を選んでいる。

「そのつもりだった。だが、そのために草壁弘子が命懸けで持ってきたものを、君は泰治君に渡してしまった」

「そうですね。ですが――」

聡子は、持っていた鞄を開けると、油紙の茶封筒を優作に手渡した。優作が封筒を開け、中の書類を引っ張り出す。きっちりと細かく書かれた英文。文雄が残した、手帖の翻訳文書だ。

「これは――」

「泰治さんには、確かに手帖をお渡ししました。でも、本当に必要なのは、文雄さんが訳したこの文書ではありませんか？」

それからこれも、と、聡子はフィルム缶を優作に手渡した。手帖や文書と一緒に、包みの中に入っていたものだ。ラベルには、「原文」と記されている。おそらく、文雄が翻訳をしながら手帖の原文を撮影したものだろう。優作は震える手で、文書とフィルム缶を握り締めた。

「話していただけませんか」

「話？」

「優作さんは、私を巻き込まないようにして下さったのかもしれません。でも、私は、私の意志であの手帖を見ました。もう、知ってしまったんです。あれを知らずにいた私にはもう戻れない」

「だが――」

「草壁弘子は殺され、文雄さんも目覚めることはないかもしれません。もう、貴方がやろうとしていることを手伝えるのは、私しかいないんです」

「だが、しかし！」

「私は貴方の妻です！　貴方がスパイになるなら、私はスパイの妻にでもなります！」

どうか、真実を話して下さい――。

聡子は、必死の思いを訴えた。スパイ行為などという大それたことをするのは恐ろしい。だが、それ以上に恐ろしいのは、優作が聡子を置いてどこか遠くに行ってしまうことだった。

「知れば、後戻りはできなくなる」

「わかっています」

「一歩間違えれば、君もこうなるんだ」

優作が、ハンカチの爪に目を遣る。

「構いません」

そうか、と呟くと、優作は車のエンジンを始動させた。

三

六甲山中を車は進み、山頂にほど近い場所までやってきた。先の欧州大戦が始まる前には、各国の大使や商人たちが挙《こぞ》って別荘を構えた地域だ。そもそも、六甲山を初めて開発したのも外国人たちだった。今でこそ富裕層の日本人が多く住んでいるが、建物は洋風の物が多い。

優作が車を止めたのは、別荘地区の外れにある、草に埋もれた一角だった。人が住んでいる辺りからは少し離れていて、普段は誰も立ち入らないような場所だ。

車を降り、草をかき分けて少し進むと、古い建物が見えた。古い、というのも憚《はばか》られる荒廃ぶりで、半ば崩れかけの廃墟である。辛うじて、元が教会であったことを示す十字架が残されている。

「ここは」

「昔、この辺りに外国人たちが住んでいた頃、地域の教会だった建物でね。当時は、日曜日に集まって礼拝などしていたんだろう」

崩れた煉瓦《れんが》や朽ちた木材を跨《また》いで、廃墟の中に入る。屋根は半分なくなっていて、雨風を遮ることは出来そうにない。祭壇の跡、そして長椅子がいくつか残っているが、それ以外に教会であった頃の名残はほとんどない。

優作は慣れた様子で廃墟の奥に分け入り、建物の隅で立ち止まった。優作の足元には、鉄の扉のようなものが備えつけられている。優作が古い鍵を取り出し、扉に掛けられていた南京錠を外す。重そうな鉄扉を開くと、驚いたことに地下へ通じる階段が現れた。電気も引き込まれているようで、優作が体半分地下に潜り、灯《あか》りを点けた。

四方を煉瓦で固められた階段は人一人がやっと通れるほどの広さだったが、下りてみると思った以上に広い空間が広がっていた。人が十人は入ることができるだろう。空間の中央には長机と椅子が、両脇の壁には木の棚が置かれていた。

「一体、ここはなんなんですか」

「はっきりしたことはわからないが、おそらくは葡萄酒《ワイン》の貯蔵庫の跡だろうな。樽《たる》や瓶は残っていなかったが、西洋の建物の地下には、こういった貯蔵庫を作ることもあるようだ」

「そう、なんですか」

「見つけたのは横浜から神戸に戻ってきた時分だから、もうかなり前だな。もっとも、この土地を買い取ったのは数年前だがね。手入れもされていないような土地だったから、二束三文で買えたんだ。電気を引き込んで、地下室だけは使えるようにしてある。いざとなったら、ここに全て隠すつもりでいたのだが」

優作は文雄の英訳文書の入った封筒を、棚に収めた。

「夫婦に秘密はないなんておっしゃっていたのに」

「すまない。あまり、人に知られるのはよろしくない場所でね」

優作が、棚からいくつか円形の缶を取り出した。見慣れたフィルム缶だ。それぞれ題名が書き記されている。どうやら、多くは映画のフィルムであるようだ。中には、聡子も聞いたことがある洋画も紛れていた。

「まさか、これ全部、外国の映画ですか」

「敵性品だなどと言われて官憲に持っていかれるのは、真っ平ごめんだからな。ここに隠しておくことにしたんだ」

まあ、呆れた、と聡子は溜息をついた。棚には、洋画のフィルムの他にも、レコード盤や英語の本も並べられていた。よく見れば、机には映写機や電気蓄音機《レコード・プレイヤー》も備えつけられている。

「まるで、スパイの隠れ家《アジト》ではないですか」

「人聞きが悪い」

優作は聡子から受け取ったフィルム缶を開け、中のフィルムを映写機に取りつけた。部屋の奥の壁には白い布が掛けてあって、地下室自体が簡易な映画館のようになっている。

「君は、話が聞きたいと言ったね」

「ええ。聞かせてください」

「何から話せばよいか」

「最初から、全て」

優作は壁に寄りかかると、過去を思い出そうとするかのように、天を仰いだ。

「僕と文雄は神戸を出て門司港に行き、そこから下関《しものせき》に移動した。下関から釜山港に連絡船が出ていてね。それで、朝鮮半島に渡ったのだ」

優作は本当に最初から包み隠さず話すつもりなのだ、と、聡子は悟った。腰を据えて話を聞こうと、部屋に置かれた椅子に腰を掛ける。

「釜山からは急行に乗る。釜山発の新京行き、急行『のぞみ』だ。釜山を朝に出ても、新京に着くのは翌日の昼前になる。丸一日列車の中だ。大陸はやはり広かったな」

「新京は、そんなに遠いのですね」

「鉄道旅はなかなか堪《こた》えたが、辿り着いた首都・新京は華やいでいたよ。こっちではもう感じられないような希望があるように思った。首都建設に人も金も集まっているからね。僕も文雄も、疲れが吹き飛んだな。カメラを回して、できるだけ新京の姿を撮影しておくことにした」

昨年の忘年会で見た、『スパイの妻』の冒頭を思い出す。整然と並ぶ近代的な建物と、往来を行き交う人の波。音が聞こえなくても、その活気は十分に伝わってきた。

「ジョンから紹介された仕事は、関東軍の医薬品調達としか聞いていなかったものでね。取りあえず、僕と文雄は関東軍の総司令部に出向いたのだが、そこでようやく詳しい話を聞いた。医薬品を必要としているのは、関東軍の中の、防疫を専門とする部隊だった。要するに、疫病の研究だな。部隊の活動内容は明らかにされなかったが、防疫が専門なら医薬品が入用になるのも納得だ」

「そうですね」

「そこで、部隊との仲介役を紹介されることになった。それが――」

「草壁、弘子」

そうだ、と、優作は頷いた。聡子は、自分の頬が強張るのを感じた。

「泰治君からは、軍のお医者さんの、愛人だと聞いていたんだったかな」

「成程。それは半分正しくて、半分間違っている」

「半分？」

「軍医の男は、英国のスパイだ。そして、草壁弘子は彼の妻だった」

「それは、どういうことですか」

「軍医の男は、スパイであることを隠すために、別の女との結婚を装ったのだ。だが、本当の妻は草壁弘子だった」

「つまり」

「そうだ。草壁弘子は、スパイの妻なのだ」

聡子は言葉を失って、ただ茫然と夫を見た。和服姿の草壁弘子がどこからともなく現れて、聡子を見ながらくすくすと笑った。


――そう、私はスパイの妻だったのです。

――優作さんとは、何の関係もなかったのよ。


聡子の全身から、力が抜けていく。僅かばかりでも、夫と草壁弘子との仲を疑った自分を恥じたが、もちろん、話がそこで終わるわけではなかった。

「草壁弘子の夫がそのスパイの軍医だったとして、どうして優作さんや文雄さんが巻き込まれなくてはならなくなったのですか」

「巻き込まれた、というのは正確ではない」

「と、おっしゃいますと」

「僕は、自分から草壁弘子に協力を申し出たのだ。文雄もまた、自分の意志で彼女に協力することを決めた」

「どうして、どうしてなんですか」

「僕と文雄が見たものを、言葉で説明することはなかなか難しい」

優作は机に置かれた映写機を軽く手で触る。慣れた手つきでリールにフィルムを巻くと、聡子に向き直った。聡子が無言で頷くと、優作は地下室の電灯を消した。漆黒の闇の中から、映写機が回る音だけが静かに聞こえてくる。

一九四〇年　回想・満州

一

満州国第一の都市・奉天《ほうてん》から北へさらに三百粁《キロ》。少し前に延伸された急行列車「のぞみ」を降りる。朝鮮の釜山から丸一日に及ぶ長旅で痛む腰と尻をさすりながら、福原優作は人でごった返す新京駅を出た。満州の冬は厳寒で知られるが、夏の気候は温暖だ。赤レンガ造りの駅舎の外では、ほぼ空の天辺まで昇った陽が、夏の日差しを惜しみなく大地に注いでいた。

新京の街に一歩踏み出すと、真新しい環状路《ロータリー》がまず目に飛び込んでくる。綺麗に舗装された道路が描く円の中には、緑豊かな公園が作られていた。日本本土にも東京や大阪といった大都市はもちろんあるが、駅前がこれほど広々とした都市はまず見当たらない。

同じ列車から降りてきた客も種々様々であった。優作や文雄と同じ日本人もいれば、大陸らしい顔立ちの漢人、蒙古人らしき服装の者もいる。碧眼《へきがん》の露西亜人も散見された。駅前の一角だけでも、人種や言葉、あらゆるものが渦を巻いて混沌としていたが、それらが互いにぶつかり合っているわけでもなかった。混ざり合い、溶け合って調和し、新京という都市の独特な空気を作り上げているように見えた。

「広いですね、叔父さん」

「そうだな」

文雄が優作の後についてきて、眩しそうに空を見上げた。広い、という至極単純な言葉が、優作には何故か妙に響いた。そう、広い。新京の空は広いのだ。果たして、この空は本当に日本本土と同じ広さの空なのだろうか。そんな気さえする。

「さて、どうしましょうか」

「まずは飯だな。腹が減った」

「はは、そうですね。言われてみれば腹ぺコだ」

駅近くの宿屋《ホテル》に荷物を預けて身軽になると、優作と文雄は改めて新京の市街地に出た。駅から真っ直ぐ南に伸びる中央通りは、幅が三十米《メートル》はあろうかという広々とした道だ。新京駅からはタクシーや乗合バスも出ているが、優作と文雄は「歩く」ということで意見が一致した。

新京の街並みは、これまで優作が見てきたどの街とも異なっていた。モダンな西洋建築を基調としながらも、日本風の要素が取り込まれた建物が並ぶ。だが、少し歩けば、元々の文化の匂いを漂わせる建物が集まった街区もあった。異なる文化が集まって、一つの街を形成している。「五族協和の王道楽土」という満州国の謳《うた》い文句も、あながち言葉だけの建前ではないのかもしれない、と、優作は思った。

腹ごしらえのために飯屋を探し歩くと、どこに行っても人で賑わっていて驚く。蕎麦《そば》や寿司といった和食屋もあれば、西洋料理屋もある。もちろん、昔からこの地で食べられてきた食べ物もあった。文雄は、マントウという小麦粉を練って蒸した麵麭《パン》のようなものをいたく気に入っていた。優作は、馬芹《クミン》や肉豆蔻《ナツメグ》といった香辛料の香りがする羊肉の串焼きを、豆皮《ドウピ》と呼ばれる厚い湯葉のようなものと合わせて食べ、空腹を満たした。

腹が膨れて人心地つくと、抗い難い眠気に襲われた。どうやら文雄も同じ思いであったようで、新京観光は後回しに、宿でゆっくりと休むことにした。関東軍との商談は翌日の昼の約束だ。綿の様に疲れた体を引きずって部屋に戻り、そのまま翌朝まで泥の様に眠った。

作りのいい寝台《ベッド》で半日眠ると、ようやく長旅の疲れも癒えた。新京二日目は頭を仕事に切り替え、目的地へと向かう。行き先は関東軍司令部の庁舎である。

駅前の乗り場からタクシーに乗り、中央通りを南下する。広い道をとにかく真っ直ぐに進み、新発路と繋がる大きな交差点の手前で車を降りた。何歩も歩かないうちに、関東軍の庁舎が見えてくる。文雄が、なんだこれは、と言いながら口を開けた。庁舎は、鉄筋造りの洋風建築に日本の城郭のような屋根が乗っかった、実に奇妙な様式の建物だった。

異様な威圧感を感じながら、庁舎に入る。

本土の陸軍との商談でも感じることだが、軍人という輩《やから》はどうも高圧的で、話していて気分が良くない。優作のような商人を、御用聞きのようなものだと思っているきらいがある。買ってやるから良きに計らえ、といった横柄な態度で応対されることが多いのだ。

本土の陸軍相手でもしばしば閉口するが、関東軍の軍人は輪をかけて態度が大きかった。関東軍と言えば、本土でも常勝軍として名が通っている。ノモンハンでこそソ連軍を相手に苦杯を嘗《な》めたが、支那事変が始まって以降は連戦連勝、大陸各地の要所を次々と攻略し、膨大な戦果を挙げていることもあって、下士官に至るまで皆鼻高々な様子であった。その尊大ぶりには、優作も文雄も唖然とするしかなかった。

優作と文雄は庁舎の奥の倉庫のような部屋に放り込まれ、ここで待て、という一言のみで、たっぷり二時間は待たされた。約束の時間も何もあったものではない。文雄が痺《しび》れを切らして外に飛び出そうとした頃になってようやく、本件の担当、という人間がやってきた。

「お待たせして、申し訳ございませんでした」

部屋に入ってきたのは、意外にも女だった。

「福原物産社長の、福原優作です。こちらは部下の竹下文雄」

「福原さん。ドラモンドさんからお話は伺っております」

女は、草壁弘子、と名乗った。女性ながらある部隊に所属する軍属で、必要な物資の調達が主な任務であるそうだ。

「すみません、どうも話の行き違いがあったようで、お約束の時間が誤って伝わってきておりまして」

「そうですか」

「こんな場所で恐縮ですが、どうぞお掛けになってください」

用意されていた質素な椅子に腰掛け直しながら、文雄が優作に向かって「美人ですね」と囁いた。しっ、と制しながらも、優作も同意を目で返す。

　草壁弘子、と名乗った女は、涼やかな目元が印象的な、長身の美女であった。年の頃は、ちょうど聡子と同じくらいだろうか。軍属ではあるが制服などは着用しておらず、薄手のブラウスにスカートという出で立ちだ。長い髪の毛は、どこか民族的な香りのする複雑な形に結い上げられている。そう言えば、言葉の端に僅かばかり独特の訛《なま》りが残るように感じる。満州人か、朝鮮人か。もしかしたら純血の日本人ではないのかもしれない、と優作は思った。

「本日は医薬品の調達について、こちら側の条件など概要をご説明させて頂こうと思うのですが」

「ええ、当方もそのつもりでおります」

「ただ、実際に契約など、種々お手続き頂くのに、部隊の拠点までお越し頂く必要がございます」

「と、おっしゃいますと、新京《ここ》で契約に至るわけではない、と」

「ええ。何分、特殊な部隊でございまして、先に新京にて面談させて頂いた後に、私が拠点までご案内差し上げることになっています」

　そうなんですか、と、優作は頬を引き攣らせた。軍の人間とは事前に予定を擦り合わせていたつもりだったが、新京から移動するなどとは初耳である。

「もちろん、移動先での宿泊などについては、私が手配いたしますのでご安心なさってください。旅費についても、部隊が負担いたします」

「どちらにお伺いすることになるのでしょうか」

「哈爾濱《ハルビン》です」

哈爾濱、と、優作と文雄が声を合わせた。哈爾濱と言えば、日本本土では「歓楽の街」などと呼ばれている満州国北部の玄関口にある大都市だ。清朝の時代に露西亜人たちが作った街で、新京と同様に華やかな街と聞いている。軍の金で哈爾濱まで見に行けるのは願ったりではあるが、そのためには新京から二百五十粁ほど北上しなければならない。考えていた以上の長旅になる。

草壁弘子の受け答えは他の軍人たちと比べれば遥かに柔和なものだったが、それでも、優作らの都合などを勘案しようという気は毛頭ないようだった。さすが関東軍の軍属だな、と、優作は苦笑せざるを得なかった。

「わかりました」

「お連れするのは、来週の頭になります。それまでは、どうぞ新京でゆっくりなさって下さい」

予定が変わったとはいえ、元々、一月ほど時間を掛けて新京で商売の種でも探して回ろうと思っていたところだ。致し方なし、とばかり、優作は文雄に向かって軽く肩をすくめた。

「その、差し支えなければですが」

「はい」

「特殊な部隊とおっしゃったのは、どういった任務に就かれていらっしゃるのでしょうか」

「軍の機密に係ることですので、あまり詳しくは申し上げられないのですが、簡単な言い方をすれば、防疫が主な任務です」

「ボウエキ、ですか」

「疫病を防ぐ、方の〝防疫〟ですね」

きょとんとした優作に代わって、文雄が言葉を挟む。ああ成程、と、優作は頷いた。ボウエキと言われると、仕事柄、頭には「貿易」の文字が浮かんでしまう。陸軍が〝貿易〟とは如何に、と思ったのだが、〝防疫〟ならば話は理解できる。

戦場において、疫病対策は重要な任務の一つだ。支那大陸や南方諸島での戦闘では特に、険しい山岳地帯や密林の中を行軍しなければならないことが多々ある。そのような場所には、未知の風土病が待ち受けている可能性も高い。また、川の水や湧き水から赤痢の様な病気に感染してしまえば、兵士は戦闘どころではなくなってしまう。

「それなら、医薬品も沢山必要でしょう」

「他の部隊よりもいろいろな薬品が入用になるものですから、本部の調達部を通さずに部隊が直接調達を行うことになっているのです」

それで、司令部の人間が他人事だったのか、と納得する。

「ただ、わざわざ我々の様な神戸の業者を使わずとも、他にいくらでも業者がいるのではないかと思うのですが」

ほんの一瞬だが、草壁弘子は答えを出す前にじっと優作の目を見た。答えることに窮したのではなく、優作の本音を炙《あぶ》り出そうという目であるように感じた。

「申し上げました通り、特殊な任務を仰せつかった部隊なものですから、誰も彼もというわけにはいかないのです。信用できる方と取引をしたいと思っていますので」

「それで、新京で一旦面談を」

「そうです。まずは福原さんの人となりを確かめさせて頂こうと思いまして。試すようなことをしてしまって、すみません。どうぞお気を悪くなさらないで下さいね」

「いえ、お気遣い頂き恐縮です。ただ、お会いして幾ばくも経たぬうちにお聞きするのは些か性急に過ぎるかもしれませんが——」

「ええ」

「どうでしょう。我々は合格ですか」

草壁弘子が、優作の両目を見つめたまま、僅かに口角を上げた。

「もちろんです。部隊にはそのように報告を」

二

大地に引かれた一本道を、砂埃を上げながら車は駆け抜けていく。道の両脇はすべて畑だ。大豆畑や玉蜀黍《とうきび》畑が地平まで続いている。もう少し行けば、高粱《コーリヤン》や麦の畑も見えてくるそうだ。これほど広大な土地があれば、そこから得られる収穫物も膨大な量になるだろう。国連を脱退してでも、日本が満州国に拘《こだわ》る理由がよくわかる。

車の助手席の窓を開けて外の風を受けながら、文雄はカメラを回している。優作は草壁弘子と並んで後部座席に座った。車はシボレーの最新型で、実によく走る。車を運転しているのは、軍属ではなく民間の運転手のようだった。

新京から哈爾濱《ハルビン》までは満鉄京濱線が通っているが、草壁弘子は電車ではなく、車で移動すると説明した。理由は伝えられなかったが、おそらくは人目を避ける目的なのだろう。

車は、新京の街を出て北西方向に向かっている。哈爾濱は新京から見て北東の方角だが、直接哈爾濱に向かうのではなく、途中、前郭鎮《ぜんかくちん》という街にある部隊の施設で一泊し、二日がかりで哈爾濱に向かうことになるようだ。何故直行しないのか、などと聞いたところで、予定が変わるとは思えない。優作も文雄も、文句を言わず草壁弘子に従うことにした。

「新京の街は堪能できましたか」

「そうですね。どこに行っても新鮮な街でした」

「それは何よりです」

「お蔭で、いい映像が撮れましたよ」

優作が文雄のカメラに目を遣りながら笑うと、草壁弘子も微笑んだ。

結局、優作は新京に十日間滞在することになった。その間、カメラを片手に市街地を見て回ったが、その豊かさには驚くばかりだった。

新京駅を基点に街は綺麗に区画が整理され、会社や銀行の集まる商業街、店の立ち並ぶ繁華街も賑わっていた。圧倒的な広さの大同《だいどう》公園は、池や花壇、噴水も備えられ、小舟《ボート》遊びに興じる若い男女の姿も見受けられた。郊外の住宅地にはモダンな様式に住宅が立ち並び、住人が平和な毎日を過ごしている。競馬場に野球場、庭球場《テニス》に打球場《ゴルフ》も整備されていた。

聡子が「満州は戦地ではないか」と心配したのが馬鹿らしくなるほど、新京の街は平和で文化的だった。優作自身は、米英と対立してまで大陸で戦争をすることにどれほどの意味があるのか、と懐疑的であったが、実際、自分の目で見た新京では、日本人のみならず、満州人や朝鮮人、支那人や蒙古人も自由に暮らしているように見えた。

戦争だ、非常時だ、と、日本人が自らの首を絞めるように自由を失っていく中で、優作は米国の文化に自由の風を感じていた。だが、新京で感じたのは、それに劣らぬ自由と平等の風潮だ。それは愛すべき好もしいものとして優作の目に映った。

「新京の人々は、皆、楽しそうでしたね」

「そうですか」

「もっと戦争の影が色濃いのかと思っていましたが、そんなことはなかった。満州は平和そのものです」

「哈爾濱も、平和で美しい街ですよ」

「実に楽しみです」

「ただ――」

新京を出てから数時間、道の両脇にちらほらと人の住む住居が見られるようになってきた。草壁弘子は急に表情を曇らせると、窓の外を撮影する文雄の肩を叩いた。

「もうそろそろ、窓を閉めて、カメラをしまって頂けますか」

「え、あ、はい」

突然咎められて、文雄が腑に落ちないといった様子で撮影を止めた。言われた通りに助手席の窓を閉めると、少し不貞腐《ふてくさ》れたような仕草で座席に座り直す。優作が文雄を窘めようと身を乗り出した時、前方に濛々《もうもう》と立ち上る黒煙が目に飛び込んできた。明らかに、焚火《たきび》や野焼きといったものとは異なる煙の立ち方だ。

「煙が出ているが、火事ですかね」

「ああ。あれはおそらく、家を焼いているのだと思います」

「家を？」

「ここのところ、付近で伝染病が流行しているのです。感染が拡大しないように、感染者の家をああして焼却しているようですね」

「伝染病、とは」

「ペストです」

黒死病《ペスト》、と呟き、優作は息を呑んだ。草壁弘子はさらりとその名前を口に出したが、優作は頭を殴られたような衝撃を受けた。

ペストは、細菌が引き起こす感染症である。感染すると高熱を出し、全身に内出血を起こして真っ黒になって死ぬ、という話を聞いたことがあった。特に、十四世紀に欧州で大流行したペストは、当時の人口の半分以上を死に至らしめた、という話は優作もよく知っている。

ペストを描いた西洋絵画などの印象から、欧州土着の病気であるかのようにも感じるが、十四世紀のペスト流行は、元々支那大陸で猛威を振るったペストが、シルクロードを経て欧州にまで伝染したものである。マラリアの様な熱帯地域の熱病とは違い、ペストは寒冷地で流行するそうだ。満州は自然の中にペスト菌が常在する地域であり、毎年各地でちらほらとペストが発生するのだ、と草壁弘子は説明した。

「伝染を防ぐためとはいえ、人の家を焼いてしまうのですか」

「ペストは、菌を持った鼠《ねずみ》の血を蚤《のみ》が吸い、その蚤が人間の血を吸う時に感染するようなのです。ですから、ペストを発症した人間の家には、ペスト菌を持った蚤や鼠が潜んでいます。残念ながら、今のところは家ごと焼いてしまう他、対処が出来ていないようです」

「だが、病に冒された上に、家まで失った人はどうなるのですか」

草壁弘子は黒煙から優作に視線を移すと、「こういう言い方はしたくありませんが」と前起きをした。

「家を残す必要がなくなるのです」

「どういう意味でしょうか」

「ペストを発症した者がいる家は、数日後には一家全員が死んでしまうことが多いものですから」

絶句する優作を他所に、車はペストが流行しているという街の真ん中を走り抜けていく。城門をくぐり抜け、少し速度を落として街の大通りを突っ切る。中心部には建物が密集しているが、新京の様な活気は無い。道沿いに見える建物の中には、人の気配がないものも多かった。ペスト感染者が出たのか、既に焼かれて真っ黒な炭になってしまっている家もいくつか目に入る。目に見えない菌がひたひたと忍び寄ってくるのを想像して、体が強張る。

「草壁さん、貴女の部隊は防疫が任務とおっしゃっていましたが、こういった疫病対策は行わないのですか」

「もちろん、軍医を派遣して調査は行っているのですが、ペストに有効と言えるほどのワクチンはまだ作られていないのです。いずれ、命令が下れば部隊が対策に本腰を入れることになるのでしょうが――」

「そんな悠長なことを言っていいものですかね。もし、ペストが新京に広まるようなことになれば、大変なことになる」

新京の人口は五十万人を超える。有効なワクチンもない致死率の高い伝染病が蔓延《まんえん》してしまったら、どれほどの混乱が起きるかは想像もできない。

「もちろん、そうならないように対策は取られることになるでしょう」

「そう、ですか」

車は市街地を抜け、北側の城外に出る。途中、数名の男たちが大きな穴を掘っている横を通った。穴の周囲には、穀物を入れる麻袋のようなものが積まれていた。だが、目を凝らしてみると、それが穀物袋などではないことがわかった。

袋の端々から、人の手足が生えているのだ。

麻袋には、おそらくペストで死んだ人間が入れられている。その数は、一人二人、という単位ではない。ざっと見ただけでも、二十以上の死体が積まれているように見えた。突き出た手の中には、伝え聞いた通り、墨で塗ったように真っ黒になっているものもあった。

草壁弘子の話によると、ペストで死んだ人間の遺体を、住人達は深い穴を掘って埋めてしまうのだという。無論、それでは感染を封じ込めることは難しい。穴を掘っていた人間が、数日後には自分が埋められる、というのも珍しいことではないらしい。

華やかな新京のすぐ近くで、死の影に怯《おび》えながら生きている人間がいる。麻袋から零れ落ちた手は、無念の内に力尽きたのか、虚空を摑むようにして固まっていた。

三

「叔父さん、戻りました」

「どうだった。美味いもんでもあったか」

文雄は苦笑しながら、首を横に振った。

「味なんかわかりませんよ。食った気がしない」

まあ、そうだろうな、と、優作も苦笑いをする。

新京を早朝に出て、軍の施設がある前郭鎮に到着したのは、西の空に日が随分傾いた頃だった。大陸は街と街との間隔が広く、狭苦しい島国の比ではない。移動も一日がかりになってしまう。

　優作と文雄には部隊の宿舎の一室が割り当てられ、そこで一泊することになった。草壁弘子は「夕食なら」と、この辺りで評判の飯屋を教えてくれたのだが、優作はどうも食欲が湧いてこなかった。昼間に見たものが、ずっと胸の中で渦を巻いたまま、腹に落ちていかなかったのだ。

　わざわざ店を教えてもらった手前、誰も行かないということも失礼だろうと文雄に無理を言って店に行って貰ったのだが、結局は文雄も飯を味わうような気分にはなれなかったようだった。

「すまなかったな、無理に行かせて」

「でも、面白い話を聞きましたよ」

「面白い？」

　草壁弘子が紹介してくれた店は、満州人たちが集まる小さな酒家であった。言葉が少しわかる文雄は、食事ついでに現地の客たちと話をしてきたようだ。

「客の中に、昼間通ったあの街から逃げて来た、っていう人が何人かいたんですよ」

「そうか。まあ、逃げ出したくなるのも無理はないが」

「今回、ペストが起きたのは、夏の初め頃だそうですよ」

「夏の初め？　もう二、三ヵ月は放置していることになるな」

「あの草壁弘子という人のいる部隊かはわからないですが、街に軍から医者や兵隊は来てるみたいですけどね。でも、死体を調べるとか、隔離所に患者を放り込むとか、そんなことばっかりみたいです。やり方もかなり荒っぽいようで。身内に感染者が出ると、家族全員が隔離所に引っ張って行かれるので、みんな怯えていたそうです」

「怯えて？」

「ほとんど帰ってこれないんですよ。隔離所から」

「成程な」

「軍の人間を、〝活閻王《フォイエンワン》〟なんて言ってましたね」

「フォイエ？　なんだ？」

「生ける閻魔《えんま》様、ってとこじゃないですか」

死を司る、冥界の王。こちらの「閻王」は、日本の「閻魔様」とは少し意味合いが違うのかもしれないが、少なくとも、軍の医師たちは「病気から救ってくれる神様」には到底見えなかった、ということだろう。

「だが、やはりちょっとおかしいな」

「おかしい？」

「新京からあれだけ近いところでペストが流行しているのに、反応が鈍いとは思わないか。首都に伝染病が蔓延なんてことになったら目も当てられないのに、三ヵ月もろくに対策を取らずにおくなんて、おかしいだろう」

昔、日本本土でもペスト感染が起きたことがあったが、ペストを媒介する鼠を徹底的に駆除するという防疫対策の結果、ペストは国内から根絶されている。その対策の徹底ぶりを思えば、新京近郊のペストへの対策は、随分と緩慢な印象を受ける。

「それです、叔父さん」

文雄は急に声を潜め、部屋の扉を開けて廊下を見る。再び扉を閉めて鍵を掛けると、無言のまま優作の隣に座った。

「それ？」

「件《くだん》の人たちが、口を揃えて言っていたことがあるんです」

「どんなことだ」

「今回のペストは、おかしい、と」

「おかしい？」

「確かに、あの街では草壁弘子の言う通り、ペストが発生することが何年かに一度あるんだそうですよ。ただ、その前には兆候があるみたいで」

「城の外の下水が流れ込む川なんかに鼠の死体が沢山浮いてくると、ペストに罹《かか》る人が出てくる、と言ってました。だから彼らはペストを〝鼠疫《シュウィ》〟と呼ぶそうです。鼠《ねずみ》が持ってくる疫病、という意味でしょうかね」

「その兆候がなかったのか」

「いえ、それが、今回は城内の一角で鼠が固まって大量に死んでるのが見つかったそうです。そもそも、ペストが発生するのはいつも城壁の外の村らしいんですよ。これほど一気に、かつ城内でペストが広まったことはない、と言うんです」

　ふうむ、と、優作は腕を組んだ。

「つまり、常在している菌が自然と鼠に感染したのではなくて、城の中にペスト菌が持ち込まれた、ということか」

「ええ。彼らはこう言ったんです」

　——日本軍が、ペスト菌を撒《ま》いた。

「兆候？」

「なんだって？　軍が？」

「もちろん、あくまで噂話であって、証拠は無いようなんですが」

「何のためにそんなことをするのか、皆目見当がつかんな」

「ええ、そうですね。でも、彼らにそう思わせるようなことがあったんでしょう」

優作の脳裏に、草壁弘子の横顔が浮かんできた。

ペストが流行しているという街を通った時、草壁弘子はあまり感情の起伏を見せなかった。どこか他人事の様に街を眺め、死んだ人々が埋められていても、まるで風景の一部を見ている様だった。仕事柄、疫病で死んだ人間を見慣れているのだろうか。

ぞわり、と、二の腕に鳥肌が立った。もし、何らかの意図をもって軍があの街にペスト菌を撒いたのだとしたら、感染者が現れてからすぐに感染の封じ込めへと動かないことにも説明がついてしまう。

――何分、特殊な部隊でございまして
「こっちの言葉は拙《つたな》いので、もしかしたら聞き間違えているやもしれませんが」
「そうであって欲しいものだな」
「でも、もし彼らの言っていることが本当だったら」

もし本当だったら。それは、当然許される話などではない。ただでさえ日本の大陸侵攻は国際世論から「侵略戦争である」と非難されているのだ。その上、実質的な植民地である満州国内で住民の命を弄ぶような行為を行っているのだとしたら、鬼畜の誹《そし》りは免れ得ない。

だが、何のために。優作には、その理由がわからなかった。

「だったら、なんだ」

「だったらって、とんでもない犯罪行為じゃあないですか。もしそれを主導しているのが草壁弘子の部隊だとしたら、取引をすることで僕らも加担することになりますよ」

「わかってる」

文雄の言うことは、もちろんわかっている。だが、かといってそれが真実だという確証はどこにもない。

「この話、請けるんですか、叔父さん」

「わからん」

「もし彼らの言うことが本当なら、僕は関東軍と取引するのは真っ平ごめんです」

「いいか、その話が真実なのか、確かめようがない」

「じゃあ、たとえ犯罪行為を助けることになっても、知らないのだから仕方がないと言うのですか？」

違う、と、優作は首を振った。

「ウチが取引を止めたからといって、何かが変わるのか？」

「何も変わらないから、見て見ない振りでも構わない、って――」

「違う！」

優作の声が、部屋に響いた。文雄が慌てた顔で外の様子を窺《うかが》い、少し落ち着きましょう、と言うように、深呼吸をした。

「違う、とは」

「いいか、その話が本当なら、ウチが関東軍との取引を止めたくらいで、彼らを救うことなどできないじゃないか。代わりの業者は腐るほどいる。きっと、悲劇は起こり続ける」

「救う、って、どうするつもりですか」

「今はまだわからん。あくまで噂であって欲しいとも思っている。僕たちにできることなど何もないかもしれん。ただ――」

優作は顔を手で覆うと、溜息をついた。

知らなくてよいことを、知ってしまった。
知らなかった自分には、もう戻れない。

四

結局のところ、関東軍との商談は最終的な契約までには至らなかった。卸し価格の折り合いがつかなかったことと、軍が要求するだけの物量が本当に確保できるのか、神戸の本社に戻って諸々《もろもろ》確認せねばならなかったからだ。無論、話が拗《こじ》れたというわけではなく、再度交渉する、というところに話を落とし込んだ。商談は、実に半月に及んでいた。

草壁弘子は部隊の拠点が哈爾濱《ハルビン》にあると言っていたが、正確には哈爾濱市街地からは少し離れた特別区域内に拠点が作られていた。だが、当然のように優作ら民間人は区域内への立ち入りが許されず、交渉事は哈爾濱市内の軍の事務所で行われることとなった。軍人のみならず、草壁弘子の様な軍属の人間も特別区域内に作られた居住区に住んでいて、交渉の度に市内までやってくる、という形を取らざるを得なかった。その出入りの手続きが酷く煩雑で、会うだけでも随分時間が要った。

ただ、契約の締結まではいかなかったものの、一通り話は出来た。後は社員に任せても上手くやってくれるだろう。肩の荷を下ろしてほっとする。長い満州滞在だったが、ようやく帰ることが出来る。

だが、気が緩むと同時に、優作の頭の中で膨らんでくるものがあった。

哈爾濱に来る途中に見た、あの街の光景だ。

ペストに冒され、命を落とした亡骸《なきがら》。真っ黒になった指先や、女子供と思われるか細い手足も見た。忘れようにも忘れられない光景だ。

――お前たちが殺した。

宿の部屋でベッドに仰向けになっていると、真っ黒になった亡者に取り囲まれて断罪されるという妄想に捉われる。優作は幻の亡者たちにさえ、僕は何もしていない、と反論することが出来なかった。

もし、あの光景を見ていなかったら、優作は満州をただただ平和な場所だと思っていたかもしれない。活気に満ちた新京の街は、民族同士の対立もなく、自由と平等が約束された理想的な都市だと思った。それを日本人が主導していることに、仄《ほの》かな誇らしささえ感じていたのだ。だが、新京から僅か数十粁離れただけの街で、不審な死を遂げている人々がいるということを、優作は知ってしまった。

一体、軍は大陸で何をしているのか。

いずれ、優作や文雄にも令状が届いて、戦地に送り込まれることになるかもしれない。銃を持たされ、人を殺せ、と強制されるだけではなく、ペスト菌を撒いて来い、などと言われるのだろうか。

満州国は、やはり累々と築かれた死体の山の上に建てられた国なのだろうか。

前郭鎮の夜以降も、文雄は関東軍との商談についてあれこれ言うようなことはしなかった。だが、決して気持ちを整理できているわけではないだろう。文雄の言葉の端々に、抜けない棘《とげ》のようなものを感じるのだ。口数も減り、宿に閉じこもって塞ぎ込む時間も増えた。

そしてそれは、優作も同じだった。

「少し、外を歩いてくる」

「ええ、お気をつけて」

無言で荷造りをする文雄を置いて、優作は哈爾濱の街に出た。新京の様な発展著しい新興の街とはまた違って、重厚な歴史を感じる街だ。露西亜人たちが造り上げたというだけあって、水滴のような形が特徴的な円蓋《ドーム》を備えた露西亜風の建築物がそこかしこに見られる。

どこからともなく、風が吹き抜けていく。日中はまだ日も照るし風が肌寒いという程度だが、夜になると一気に冷え込む。もうそろそろ、朝方は氷点下になるそうだ。

優作も文雄も、薄手の夏服しか用意してきていない。たまらず厚めの外套を買うはめになった。夜は部屋の暖炉《ペチカ》に火を入れないと寒くて眠れない。

どこへ行くでもなく街を彷徨《さまよ》っていると、優作の目が見覚えのある横顔を捉えた。行き交う人はすべて顔を知らぬ赤の他人という異国の地では、知っている顔は殊更浮き上がって見える。

草壁弘子だ。

草壁弘子は気づく様子もなく優作の前を通り過ぎ、どこかに向かって歩いていく。いつもは丁寧に結っている髪を下ろし、裾の長い外套を羽織っていた。優作は思わず声を掛けようとしたが、すんでのところで喉を閉めた。草壁弘子が、これまで見せたことのない、険しい表情をしていたからだ。

まるでスパイの如く、優作は草壁弘子の後を尾行《つけ》た。中心街から少し外れた場所に抜けた草壁弘子は、迷いなく路地を進んでいく。何度も歩いている道なのだろう。

十五分ほど歩いて辿り着いたのは、教会だった。

哈爾濱市内には、いたるところに教会がある。中には絢爛《けんらん》な装飾を施した威容を誇る教会もあるが、草壁弘子が入って行ったのは、街の外れにあるこぢんまりとした小さな教会だった。市内にある教会の多くは露西亜正教の教会だが、目の前の小教会は、他と違う欧州様式の教会だ。入口には、「天主公教會」と書かれた札が掲げられている。どうやら、カソリックの教会であるようだ。

信徒でもないのに中に入るのは気が引けたが、教会の門扉は来訪者を拒むことなく開かれていた。優作が教会の中に入っても、咎める者はいない。信者と思《おぼ》しき老婦人が一人、椅子に座って祭壇をぼんやりと見ているだけだった。

優作は先に入ったはずの草壁弘子の姿を探したが、どこにも見当たらなかった。狐につままれたような気分で、後方の長椅子に座る。優作自身は基督《キリスト》教徒ではないが、それでも十字架に磔《はりつけ》られた神の子の像を前にすると、自分が罪深い存在に思えてくる。自分は神の前に引き出されても、罪など犯していない、と胸を張って清廉潔白を主張できるだろうか。

少し考え事をしていると、前方で小さな物音がした。音は、奥にある木造りの箱のようなものから聞こえてくる。大きさは少し大きめの洋箪笥ほどで、外側には装飾が施してあり、仮漆《ニス》が塗られて艶やかに光っている。

箱の扉が開き、中から草壁弘子が出てきた。木の箱の中は人一人がようやく入れるほどの広さしかないようだが、小さな椅子が備えつけられていた。成程、これが告解室か、と、優作は奇妙な木の箱をしげしげと眺めた。

カソリック教徒はこの小さな告解室で、自らが犯した罪を懺悔《ざんげ》すると聞いたことがあった。箱の向こうには神父がいるが、神父が信者の顔を見ることはなく、素性を尋ねることもない。懺悔の内容が如何なるものであっても、絶対に外には漏らさないという。そして、罪を告白した信者には、神の赦《ゆる》しが与えられる。

一体、貴女は何について神に許しを乞うたのか。

告解室から出てきた草壁弘子は、少し涙ぐんでいるようにも見えた。備えつけられた長椅子の間を歩いているうちに、優作がいることに気がついたようだ。一瞬驚きの表情を浮かべたが、すぐに平静を取り戻すと、静かに優作の隣に腰を掛けた。

「先程、街で偶然お見かけしましてね。思いつめたような顔をされていたので、気になってついてきてしまったのです」

「そうですか」

優作は、後をつけてきたことを謝ったが、草壁弘子は怒るでもなく、ただ淡々と謝罪を受け流した。

「ここには、よく来られるのですか」

「ええ。私の父母もカトリックですから、教会には幼い頃からよく来ておりました」

しばらく、無言の時間が流れた。ついてきてはみたものの、何を話していいかわからない。草壁弘子も困惑しているのだろう。会話の糸口を探っているようだった。

「そう言えば、もうじき神戸にお帰りになられるのですね」

「ええ。明日か明後日には哈爾濱を出ようと思っています」

「でしたら、新京に行かれるのは、お止めになった方がよいかと」

「新京？　何故ですか」

「ここ数日、どうやら新京でもペストが発生したようなのです」

「それは本当ですか」

「ええ。恐らく、来月の初めには、私たちの部隊に命令が下るでしょう。新京に部隊を派遣して、ペストの封じ込めに入ることになります」

「遅きに失した感が否めませんが」

「命令がなければ、部隊は動けませんから」

「ペストの伝染が早々に収まってしまうと、ご都合が悪かったのではないですか」

草壁弘子が、会話をぶつりと切る。重苦しい沈黙が、しばし優作と草壁弘子の間に横たわった。

「どういった意味でしょうか」

「言葉通りです。実は、軍がペスト菌を撒いている、という噂を小耳に挟みましてね。あくまで噂ですが、それなら防疫が後手に回った理由にも説明がつきます」

「根も葉もない噂ですね」

「果たしてそうなのでしょうか」

優作は、草壁弘子に目を向けた。涼しげな横顔からはやはり感情を読み取ることが出来ない。目は真っ直ぐ前を向いたままで、福原さんはどうされますか」

「もし、それが本当の話だとしたら、福原さんはどうされますか」

「さあ。どうしていいかはわからない。ですが、何かしなければならぬ、とは思います。本当なら、これは許されざる所業だ。僕はそのような人道にもとる行為に同胞が手を染めているのを、見て見ぬふりは出来ない」

草壁弘子は何故か口元を緩め、微笑んだ。そして、ようやく優作に目を向けた。草壁弘子の目が、優作の奥に入り込んでくる。

「福原さんは、伺った通りの方ですね」

「聞いた?」

「ドラモンドさんが、ユウサクは他の日本人とは違う、天皇や国ではなく普遍的正義に忠誠を尽くしている、と」

「彼が、そんなことを」

「私、福原さんにもう一度謝らなければなりません」

「謝る、とはどういうことですか」

「ドラモンドさんに福原さんをご紹介頂けないかとお願いしたのは、私なのです」

「なんですって?」

「元々、この商談はドラモンドさんと進めるつもりでございました。でも、ドラモンドさんがあのようなことになって、代わりに満州まで来ていただける人がいないか、ご紹介をお願いしたのです。そして、福原さんは私が希望した通りの方でした」

「希望とは何です」

「真実を見抜く目があること」

「一体、貴女は——」

「今から申し上げる話は、絶対に他言せぬとお約束頂けませんか」

草壁弘子は優作の膝に手を添え、優作を仰ぎ見た。それまで、絵画の様に動きのなかった顔に、感情が浮かび上がってきたのがわかる。頬はほんのりと紅潮し、目は揺れるように潤んでいた。

「約束しましょう」

草壁弘子は、有難《ありがと》うございます、と一言呟くと、優作に体を寄せ、更に声を潜めた。

「ご推察の通り、件の街にペスト菌を撒いたのは、軍、それも私の部隊の人間です」

「そんな、まさか、何のためですか」

「ペストを、兵器として使用するためです」

草壁弘子の話は、驚くべきものであった。

草壁弘子の部隊は防疫と共に、病原菌を兵器として使用する、所謂「細菌戦」の研究をしているのだという。攻撃目標の都市に予《あらかじ》め病原菌を散布して戦闘不能に陥れた後に、ワクチンを投与した日本兵が攻撃する。戦法としては効率的と言えるのだろうが、敵兵だけではなく、罪のない一般市民をも巻き込む外法《げほう》だ。

軍が新京を危険に晒《さら》してでもあの街にペストを蔓延させたのは、街が元々ペストの常在地であったからだ。自分たちの手で培養した「人造の」ペスト菌が、自然に居るペスト菌と同様の感染症を引き起こし、人を死に至らしめるのか。その経過や威力を確かめるために、ペスト菌を体内に持たせた蚤を市内にばら撒いた――。

「その話は、誰から聞いた話ですか」

「誰から？」

「軍属とはいえ、そのような機密を軍が貴女に漏らすとは考え難い」

「その通りです。実は、私の夫が軍医として部隊中枢に入り込んでいるのです。素性を変え、別の女と結婚したことにしておりますから、私の夫であることを知る者はいませんが」

「どうしてそんなことを」

「私の夫は、スパイです。英国の」

私は、スパイの妻なのです。

優作は、思わず息を呑んだ。なんと荒唐無稽《こうとうむけい》な作り話か、と一蹴してやることもできたが、草壁弘子の目からは、そう言わせない必死さが溢れていた。法螺話や与太話《よたばなし》であったとしても、軍属の人間がこんな話をした以上、誰かの耳に入ればただでは済まない。真実であれば、草壁弘子も、その夫も、間違いなく極刑に処されるだろう。

草壁弘子は、優作に自らの命を握らせたと言ってもよかった。

思えば、新京で初めて出会ってから今まで、草壁弘子は優作を観察していたのかもしれなかった。わざと遠回りをしてペストの被害を見せ、優作の反応を逐一確かめていた。だが、大事を打ち明けられる人間なのか、今の今まで確信が持てずに迷っていたのだろう。

「そんな話をして、僕に何をしろと言うのです」

「止めて頂きたいのです」

「止める？」

「日本という国を」

「国を、止める？　僕が？」

「細菌戦に手を出すなど、軍はついに一線を越えてしまいました。軍も国も、このまま膨張を続けていけば、いずれ大きな破滅に向かうことになります」

「しかし、僕にはそんな力など」

「夫が、あの特別区の中で行われている研究の実態を詳細に書き記した手帖《ノート》があります。それから、区内の研究棟には撮影された資料映像が保管されているのです。私や夫が哈爾濱より外に持ち出すことは到底できませんが、ここで資料映像を映したところを、福原さんがお持ちになっているカメラで撮影して頂ければ、外へ持ち出すことが出来ます」

「持ち出したものを、どうすれば」

「公表してほしいのです。アメリカで」

「米国で？」

「今、欧州各国はドイツとの戦争で手一杯です。日本がこのままアジアで覇権を強めていけば、ドイツはますます勢いづくでしょう。戦況を見てソ連がドイツ側につけば、欧州は終わりです。ですから、イギリスは日本を抑える役割を担ってくれる国の参戦を望んでいます」

「それが、米国」

「アメリカも、実は参戦の機を窺っているのです。ですが、国内で戦争に反対する声が大きく、開戦に踏み切れずにいます。私の夫の手帖と映像が公開されれば、世論を大きく動かすことが出来ると思います」

優作は、ううむ、と唸った。米国が参戦すれば、日本は四方を敵に囲まれることになる。その上、米国の国力は絶大だ。いずれ、日本は国力の差の前に屈することになるだろう。だが、日本はそれでも蟷螂《とうろう》の斧《おの》を振りかざし、勝ち目のない戦に突き進むことになる。もはや、日本という国は坂を転がる木の車だ。転がり落ちて、何かに当たって壊れるまで止まることが出来なくなっている。

「だが、米国を巻き込めば、どれだけの同胞が命を落とすことになるか」

「ええ。多くの人が死ぬことになるでしょう。ですが、日本国は既に深刻な病に冒されつつあります。国全体が、戦争という熱病に浮かされている。残念ながら、この熱病を食い止めるには、一度、国中に蔓延《はびこ》る病原菌をすべて焼き払ってしまう以外に方法がありません」

燃やされて真っ黒に燃え尽きた、ペスト患者の家が優作の目に浮かんだ。家に火をかけるという痛みを味わいながら、彼らは病と戦い、生き残ってきたのだ。

「しかし」

「アメリカという炎は、完膚なきまでに日本国を焼き尽くすでしょう。ですが、その焦土の中から自由が芽吹くのだと、私は信じています」

自由、と、優作は嚙み締めるように呟いた。

頭の中に、家で優作の帰りを待つ妻の顔が浮かんだ。福原邸から見える、神戸の街の眺め。豊かな生活。屈託なく笑う妻の笑顔。

その幸福を手放すのか。

だが、優作の幸福は、不正義の上に成り立っている。知らなければ、その幸福を享受していられたのかもしれない。だが、優作は知ってしまったのだ。知らずにいた頃には、もう戻れない。

——聡子。

「資料映像を区域外に持ち出すことは可能なのですか」

「もちろん危険は伴いますが、部隊が新京に展開している間は、特別区内は手薄になります。その間であれば、なんとか」

「成程」

優作は目を閉じ、自分が為《な》すべきことを考えた。だが、どうしても、出てくる答えは同じものであった。

「草壁さん」

「はい」

「二週間、帰国を遅らせましょう」

五

資料映像、と草壁弘子が言ったものは、見るに堪えないものだった。

音のない映像では状況をすべて把握することはできなかったが、数名の軍医たちが死体の解剖を行っている様子や、摘出された臓器といった生々しい場面が映し出される。中には、ペストと思しき、真っ黒に変色した遺体も写されていた。草壁弘子によると、あの街で隔離されたペスト患者の死体の一部は哈爾濱の特別区域内の施設に運び込まれ、病理解剖が為されたという。自分たちが撒いたペスト菌が、確実に「機能」したことを確かめるためだ。

もちろん、映像を恣意《しい》的に切り取って、草壁弘子がありもしない軍の所業をでっちあげている可能性も否定はできなかった。何しろ、彼女の夫は英国スパイなのだ。日本軍の不正義を暴くことが大事なのではなく、米国の参戦を促すところに目的がある。「日本軍が人道を無視している」ということが言えるなら、映像が真実でも捏造《ねつぞう》でも、どちらでもいいのだ。

だが、これは真実だろうな、と思わせるものがある。

目だ。

映像に映し出される人々の目。日本人と思われる軍医や研究者たちの目。病に冒された、現地の人間と思われる男の目。そして、これだけの機密を命を賭して優作に打ち明けた草壁弘子の目。たとえ、優作がその場を目撃することはできなくとも、それらの目が優作に真実を語っているように思えてならなかった。

「叔父さん、フィルムが」

「あ、ああ」

いつの間にか映像が終わり、フィルムが巻き上がってからからと音を立てている。もう何度この作業を繰り返しただろう。人の業が渦巻く映像を見続けるには、心を鈍《にぶ》らせる必要があった。そうでなければ、とてもまともには見ていられない。感情を押し殺し、撮影することだけに集中していると、いつの間にか意識が違う方向にいくこともあった。

草壁弘子が部隊の施設から持ちだしてくる資料映像は、すべて十六ミリフィルムに記録されていた。優作は哈爾濱市内で十六ミリフィルム用の映写機を手に入れ、宿の部屋の壁に白い布を張って簡易な映写幕《スクリーン》を作った。草壁弘子から預かったフィルムを映写し、持ってきたカメラで撮影する。既に、九・五ミリフィルムで七本分の映像を撮影していた。

「次、やりますか」

「少し休憩しよう」

「そうですね」

映写機からフィルムを外すと、全身を気怠《けだる》さが襲う。窓の外はもう暗くなってい
た。文雄が、寝台の上に体を投げ出して大の字になった。
本当は、文雄を巻き込みたくはなかった。だが、先に帰らせようとすると、文雄は
何かを悟ったのか、頑として帰ることを拒否した。文雄自身も薄々、満州国の闇を感
じ取っていたのかもしれない。
「でも、そろそろではないですか」
文雄が、草壁弘子の夫が書き記したという手帖を開き、頁《ページ》をめくる。一見すると複
雑な数式が書いてあって何のことかわからないが、文雄が言うには、どうやら細菌兵
器を航空機から投下する際の高度や速度を計算するための数式や、細菌を培養した場
合の菌体増殖速度の計算式などが詳細に書かれているらしい。驚いたことに、もう既
に実戦投入したという記録も残されていた。
「そうだな」
文雄に促されるように、優作は時計を見た。今日は、午後七時に草壁弘子が新しい
フィルムを持ってくる予定になっていたが、もう約束の時間を随分過ぎている。
「何か、あったんでしょうか」
優作ははっとして、文雄に荷造りをするように言いながら、自らもトランクに手あ

たり次第荷物を詰め込んだ。フィルムは土産物に偽装して鞄の奥に隠し、いつでも宿を出ていけるように準備する。文雄も飛び起き、映写機の片付けに入った。部屋の扉を叩く音が聞こえたのは、その時だった。

優作が扉に駆け寄り、内側から扉を叩き返す。決まった回数。もう一度、同じ拍数で扉を叩く音を聞いて、扉を開ける。廊下に立っていたのは、草壁弘子だ。

「遅かったようだが」

「ええ」

草壁弘子は優作らの部屋に入ると、携えていたフィルムを文雄に渡し、これが最後です、と呟いた。

「最後？」

「そうです。お二人は、明日朝早くにここを発って下さい」

「どういうことですか」

元々色の白い草壁弘子だが、さらに血の気が引いて顔面蒼白《そうはく》といった様相だ。唇は震え、目は少し潤んでいる。何かあったのだろうと察するには十分だった。

「もしや、感づかれたのですか」

「かもしれません」

「ええ。先ほど教会に寄ったのですが、夫からの連絡が」

「教会に？」

「あの教会は、哈爾濱にいる英国スパイの連絡所になっているのです。そこに、夫から伝言がありました。事前に取り決めておいた符牒《ふちょう》です。恐らく、もう夫は生きていないでしょう」

「それならば、貴女も逃げなくては」

「いいえ。私は戻って、福原さんが満州を出るまでの時間を稼ぎます」

「しかし、正体を悟られれば、貴女の命もない」

「私と夫の務めは、この映像と手帖を施設の外に出すことなのです。福原さんが無事に満州国を出れば、私の任務は終わりです」

「だが、それでは」

「私には神がいますから、大丈夫、怖くはありません」

優作は、文雄に目配せをする。文雄が無言で頷き、部屋の物入れを開いた。中には女物の和服が一式入っている。

「こんなこともあろうかと、着替えを用意しておきました」

「着替え？」

「哈爾濱で、顔見知りになった運転手がいるのです。金を何度かやったら、夜でも朝方でも車を出してくれると言ってくれましてね。和装に変え、車で哈爾濱を出れば、しばらく人の目を欺けるはずだ」

「私のことは、どうかお気になさらず」

そうはいかない、と、優作は首を横に振った。

「僕は神ではないから、全ての人を救うことはできない。貴女の夫も、ペストに冒された人々も救えなかった。だが、目の前にいる貴女を見捨てていくことなどできない。そんな薄情な人間に、軍を断罪する権利があるだろうか」

失礼、と一言呟くと、優作は棚に置いてあった鋏《はさみ》を手にして、草壁弘子の肩に手を回した。そのまま有無を言わさず、結んであった草壁弘子の長い髪に鋏を入れる。金属の軽い音と共に、束ねられていた髪の毛がほどけ、おかっぱ頭のようになった。

「何を」

「ほら、これなら一目では貴女だとわからない」

文雄が、部屋に置いてあった置き鏡を渡す。草壁弘子は、鏡に映った自分の姿を見て、短くなった髪に触れた。髪を切っただけだが、随分印象が変わる。

「しかし、私は――」

「もう議論は無しだ。僕は考えを変える気などないし、今は一分でも惜しい」

「でも、どこへ行くおつもりですか」

「満州国を出れば、関東軍の手も回らないだろう。だがおそらく、新京に出て急行で釜山に向かうのは得策じゃないな」

「新京には部隊が展開していますから、おそらくすぐに報せが行きます」

文雄が荷物から満州国の地図を引っ張り出し、寝台の上に広げた。

「まず、哈爾濱から車で吉林《きつりん》へ向かおう。追手が我々の帰路を考えた時に目をつけるのはおそらく、釜山と――」

「大連《だいれん》ですね」

文雄が、地図の一点を指差す。遼東《りようとう》半島の先端に位置する大連からは、日本本土行きの貨客船が航行している。

「大連は先回りされる恐れがあるな。我々は、吉林から奉天に出て、そこから安東《あんとう》を目指そう」

「安東？」

安東は、遼東半島の東の付け根、朝鮮半島との境にある港町だ。朝鮮半島と満州内陸の物資が集まってくる物流の拠点で、多くの日本企業が進出している。

「ここなら、知り合いの貨物船に乗せてもらえるはずだ」

「フィルムはどうしますか、叔父さん」

「九・五ミリは持ち帰る。十六ミリは、持っていると後々危なくなるだろうな」

「なにしろ原版《オリジナル》ですからね。処分してしまいますか？」

「いや。これも重要な証拠だ。上海に送ろう」

「上海に？」

草壁弘子が、怪訝そうに優作を見た。

「上海には、ジョンがいる」

「ドラモンドさんへ渡すのですか」

「元々、そのつもりだったのではないですか」

「それは、そうですが」

「映写機はどこかで処分するしかないな。車に積んで、申し訳ないが道中で川にでも捨ててしまおう。さあ、何をぼやっとしているのですか。草壁さんは早く着替えを」

「福原さん」

「議論ならもう無しだと」

「どうして、こんなにして頂けるのか」

「さあ。自分でもわからない。ですが、僕は船乗りなものでね。今の僕を表す、とても端的な言葉を知っている」

「言葉、ですか」

乗り掛かった船、だ。

優作はそう言って笑うと、さあ急ごう、と手を叩いた。

一九四一年　初夏（前編）

一

かつて教会であった廃墟の地下。

だんだんと初夏の日差しが照りつけるようになってきても、夫が独りこつこつと作り上げた秘密の地下室はひやりと冷たい。石と煉瓦と、小さな裸電球一つが作る閉ざされた世界の中で、聡子は黙々と作業をする優作を眺めていた。

優作は、満州から持ち帰ってきたフィルムを切り貼りして一本にまとめようとしていた。二時間以上もある映像の中から有意な場面を切り出して繋ぐという作業は、かなりの苦痛を伴う様だった。人間の業を切り取った様な不快な映像を何度も見返しながら進めなければならないのだ。その所為か、作業は遅々として進まなかった。会社の仕事の忙しさも相まって、結局、完成までに随分時間が掛かってしまった。

だが、逆にそれでよかったのかもしれない。

夫の話を全て呑み込むのに、聡子にも時間が必要だった。満州で関東軍がペスト菌を兵器として使っている。そして、その効果を確かめるために、人知れず細菌を散布している。そんな突飛な話を、簡単に信じろと言われても難しい。それは、夫も理解してくれていたようだ。優作が聡子に向かって、僕の話を信じろ、と言うことは一切なかった。

優作の話が概《おおむ》ね真実であろうと思えるようになったのは、横で映像を観ていたからだ。音のない、やや乱れた映像ではあったが、目をそむけたくなるような光景が克明に記録されていた。それが真実なのか作り物かはわからないが、作り物と言うには大掛かり過ぎる、と感じた。

聡子には判断が難しいが、夫がこれを見て「事実である」と考えたのならきっとそうなのだろう、と思うことにした。福原優作という男を信じろ、と言った文雄の声が、まだ耳に残っている。

「お疲れではありませんか」

拡大鏡《ルーペ》を置き、溜息をつきながら天井を見上げた夫に、聡子は声を掛けた。いつもなら笑みを浮かべる夫も、さすがに固い表情のまま、そうだな、と頷いた。

「映像が出来上がったら、どうするおつもりなのですか」

「わからん」

「わからない？」

「彼女は、米国に持って行って軍の所業を告発したいと言っていたがね」

彼女、という言葉と共に、和服姿で笑う草壁弘子の顔が頭に浮かんだ。正直に言えば、あの女さえいなければ、と思うこともままあるが、その思いは胸の奥深くに仕舞うことにした。恨んだところで、草壁弘子はもう死んでしまったのである。

泰治からは「草壁弘子は軍医の愛人」と聞かされていたが、実はその軍医こそが草壁弘子の夫であり、かつ英国のスパイであったのだと聞いて、聡子は驚いた。スパイの夫は身分を偽って別の女と家庭を持ち、軍を欺いていた。聡子が草壁弘子の立場であったらどうだろうか。スパイ活動のためとわかっていても、優作が別の女を妻と呼ぶのを想像するだけでも手が震える。夫を夫とも呼べない。そんな生活を数年堪え忍んでいた「スパイの妻」の心境を思うと、やるせない気持ちになった。

命からがら神戸に戻ってきた草壁弘子は、夫の形見となったフィルムと手帖《ノート》を持って米国に渡航することを計画していたようだった。草壁弘子自身がスパイ行為をする義務などなかったが、夫の遺志を継ぎたい、という強い思いがあったのだろう。

だが、草壁弘子の夫が残した手帖を読解するにはかなり専門的な知識が必要だった。しかも、米国に持っていくためには英語に訳さなければならない。スパイでありながら実際に医師でもあった草壁弘子の夫がいなければ、英訳することは困難だった。そこで、帝大出で語学も堪能な文雄が英訳を引き受けることになったのだ。

文雄が「たちばな」で英訳作業を進める間、優作は草壁弘子の米国渡航の手助けをしていたようだ。だがおそらく、旅券申請をしたことが仇となって草壁弘子の居場所が漏れる結果になってしまった。優作は今も、迂闊に動いたことを後悔している様子だった。

草壁弘子を殺したのは、陸軍関係の人間か、もしくは独逸《ドイツ》のスパイか。英国のスパイが自分たちの存在が明るみに出るのを恐れて口を封じた可能性も否めなかった。いずれにしても、真相は藪《やぶ》の中だ。

草壁弘子が死んで、夫も文雄もスパイ行為をする意味を失ったはずだった。だが、文雄は草壁弘子の死後も手帖を訳し、完成させて聡子に託した。夫もまた、草壁弘子の遺志を引き継ごうとしている。

手帖の内容や映像が真実であれば、確かに人として恥ずべきことだ。とはいえ、草壁弘子の代わりに、全てを失ってまで夫が告発の遺志を継がなければならない理由が、どこにあるだろうか。

「米国でこれを発表したら、どうなりますか」

「おそらく、戦争になるだろうな。米国は日本と戦争をするための大義を得ることになる。非道な日本軍から支那大陸を解放するための正義の戦い、というね」

「もし米国と日本が戦争になったら、日本は勝てますか」

「日本は負ける。必ずだ」

「必ず、ですか」

「日本と米国では国力に差がありすぎる。局所的な戦闘に勝つことはあるだろうが、いずれ物量に圧し潰されることになるだろう」

「でも、それで日本が負けることになったら、優作さんは売国奴の誹りを受けることになります」

売国奴、か。優作は独り言のように呟くと、ふっと鼻で笑った。

「そうだろうな」

「それに、多くの日本人が死にます。それでも、軍の悪行を告発することが正義なのでしょうか」

「わからない」

「わからない？」

「僕は、正しいことをしたい。この戦争には反対だ。君を戦渦に巻き込むようなこともしたくはない。だが僕がどう行動しても、誰かが傷つき、誰かが死ぬことになる」

「それは、そうですが」

「米国との戦争になれば、多くの日本人が死ぬ。兵士だけじゃない。罪のない民間人も死ぬことになるだろうね。かといって、僕が見て見ぬふりをすれば、散布されたペスト菌に冒されて死ぬ罪なき人々が、今後も増えていくことになるだろう。どちらを選んでも犠牲が出る。正解がないんだ」

「ですが、軍の行為は、優作さんが責任を負うことではないのではありませんか？」

「前はそうだった。僕は知らなかったからだ。だが、何の因果か、僕は真実を知ることになってしまった。神様の様な存在が僕を選んだのか、偶然が僕という一点で交わっただけなのか。だが、知ってしまった以上、僕は選択せざるを得ない。行動するか、しないか」

　夫の言葉からは強い意志を感じる。だが反面、呑み込み切れない迷いのようなものも感じた。一言一言、聡子の問いに答えているのではなく、自分に言い聞かせているようだった。

「それで、行動する、という選択をしたのですね」

「正直に言えば、僕もどうすることが正しいのかはわからない。僕の行動で、それまで死ぬ運命になかった人を死に追いやることになるのだから。迷いはないと言ったら嘘になる」

「じゃあ、何故」

「草壁弘子は、僕にこう言ったのだ。戦火に焼かれた焦土の中から自由が芽吹く、自分はそう信じている、とね」

「自由」

「日本が勝ち続けていけば、ますます軍の力が強くなる。今でさえ、戦争に反対する僕のような人間は憲兵や特高に目をつけられるのだ。それだけじゃない。今はみな自分の意志を失って、右へ倣えになってしまっている。僕は外国人と取引をしているだけで思想犯のように扱われ、君も洋服を着ているというだけで非国民と罵られる」

「確かに、年々、そのようなことが多くなっているように思います」

「戦争に勝てば、日本は豊かになるだろうか。物質的にはそうかもしれない。新京はとても豊かな街だった。だが、その見せかけの豊かさのために、僕たちは最大の財産を〝国〟という実体のあやふやな怪物に捧げなければならないんだ」

自由。夫の言う最大の財産とは何か、聡子にはすぐにわかった。

「日本は、負けたほうが良いということですか」

「負けるのが良い、とは言わない。負けるまでに犠牲になる人を思えば、簡単に言えることではない。だが、米国が参戦すれば、そう長くは戦えないだろう。僕の見立てでは、五年はもたないと思っている。三年、長くて四年以内には戦争が終わる」

戦争が終わる。その言葉は、聡子の胸にじわりと滲《し》みていった。いつ果てるともわからない戦争という雲に覆われて、日々の暮らしは息苦しくなっている。負けて終われば、いろいろ不自由な思いをすることもあるかもしれないが、少なくとも、望まない人殺しをするために遠い異国の地へ行く男はいなくなり、ある日突然、紙切れ一枚で寡婦になる女もいなくなるだろう。

負けることで、戦争を早く終わらせる。

優作が苦悩の果てに導き出した結論は、それだった。

「まあ、偉そうなことを言っているが、未だ米国に渡る方法が見つからないわけだがね。僕は、何をしているのか」

「赤坂の米国大使館に持ち込んでは如何ですか」

「それも難しいだろう。なにしろ僕は要注意人物だからな」

ただでさえ米国との関係が悪い中、旅券を申請して渡航許可を貰うのは至難の業《わざ》だ。その上、優作はドラモンドや文雄の件で憲兵や特高に目をつけられている。身内からスパイ行為を自白した人間を出してしまった以上、優作が少しでも目につく行動を取れば、すぐに憲兵隊に取り囲まれることになるだろう。

「最近は、仕事で海外に出ることすらままならないくらいだ。米国に行くなんて無理かもしれんな」

「この期《ご》に及んで、何を迷っておられるのですか」

「なんだって？」

「正規の方法で渡航もできず、この重大な秘密を託せるような人もいないとなれば、方法は一つしかないのではありませんか」

「と言うと」

「密航です」

優作は一瞬、きょとんとした顔をしたが、やがて、声を殺して笑い出した。

「なんて女だ、君は」

「それしか方法がないなら、そうするしかないではないですか。優作さんもわかっているはずです。米国に渡るということは、もう貴方の中で決まっていることなのでしょう？」

優作は固い表情に戻ると、聡子に向き直った。電球の仄かな明かりが照らす夫の顔は、いつもよりも陰影が濃い。その分、顔に気持ちがよく現れているように感じる。

「そう、米国に渡るには密航するしかない。だが、とてつもなく危険で、過酷だ。君を連れて行くのは気が引ける」

「何をおっしゃいます。申し上げたはずです。私はどこまでも貴方についていきます」

「とはいえ、密航ともなれば相当な覚悟が必要になるぞ」

「わかっています」

「国を棄《す》てることになるんだ。もう神戸にも横浜にも戻れないし、家族にも会えない。もちろん、別れを言うことすらできない」

「構いません」

「見つかれば、死刑だぞ」

「ええ。その時は、私も貴方と一緒に死にます」

「本気か」

「もちろん、本気でなければこんなことは言えません」

優作は静かに目を閉じると、大きく息をついた。

「しかし」

「米国に渡りましょう、私たち二人で」

「後悔するかもしれん」

「貴方と一緒なら大丈夫です。それに、私も見てみたいんです」

サンフランシスコの金門橋。

ニューヨークの摩天楼。

シカゴギャングの抗争の跡。

優作は、そうか、そうだな、と呟くと、ゆっくりと頷いた。

米国へ密航する。とても正気の沙汰とは思えないが、聡子は、行く、と腹を決めた。行った先にどんな運命が待っているかはわからないが、優作がいればどんな困難でも乗り越えられると思えた。

きっと、横浜で夫と初めて出会った時からこうなることは決まっていたのだろう。神様が決めたことか、偶然が聡子という一点で交わっただけなのか。それはわからないことだが。

二

「乗せてくれそうな船が見つかった」

深夜。真っ暗闇の寝室で、夫が口を開いた。聡子は寝台の上に仰向けになったまま、隣で囁く夫の声を聞く。

「本当ですか？」

夫と二人、米国へ密航する。そう決めてはみたものの、当然、米国へ渡ることはそう簡単なことではなかった。文雄が身を賭して全ての罪を引き受けてくれたとはいえ、未だ監視の目は優作に付きまとっている。

密航計画の相談は、夜こうして夫婦だけになった時間に行われた。電灯を落とし、寝台に並んで声を殺す。まさか、寝室内の会話を盗み聞こうとする者もいないだろうが、壁に耳あり、だ。用心するに越したことはなかった。

「米国に渡ってからはどうなさるおつもりですか」

「まずはロサンジェルスに行く。リトル・トーキョーという日本人街があるからな。そこで協力者を探す」

「協力してくれる人などおりますか」

「米国内の日系人は、今立場が危ういはずだ。日本が欧米の植民地を攻撃しているせいで、内患扱いだろうからな。彼らは、米国に忠誠を示さなければならない状況に追い込まれている。おそらく、日本を告発するという僕たちの話に乗ってくるだろう」

「だといいのですが、その――」

「何か心配事でもあるか」

「あの手帖の写しとフィルムで、本当に米国が動くのでしょうか」

文雄によって翻訳された手帖の内容がどれほど重要かはわかりようもないが、夫が編集した映像は聡子の様に知識がない人間でも感じるものはあった。ただ、元の映像を再撮影したものであるだけに、像が不鮮明であることは否めない。それに、隠し持つことを考えて、数時間の映像を掻い摘んで一本にまとめた所為か、目まぐるしく場面が変わり過ぎて、どうも作り物のように感じてしまう。

密航が成功し、米国のしかるべき機関に資料を持ち込むことが出来たとしても、映像は捏造である、と思われてしまったら、どうすることもできなくなる。日本にも米国にも居場所を失うことになってしまうのだ。

「どう思う?」

「米国に行くことに反対するわけではありませんが、一国を動かすには弱いのではないでしょうか。草壁弘子は十分だと考えていたのですか？」

「君は名前の通り聡《さと》いな。その通りだ。あの資料だけでは米国を動かすことは難かしかろうな」

「では、どうなさるのです？」

「実は、十六ミリの原版《オリジナル》フィルムがあるんだ。哈爾濱から草壁弘子を連れ出す日に彼女が施設から持ち出してきた二本と、その日、僕と文雄が撮影を終わらせて彼女に返却する予定でいた二本だ。最後に草壁弘子が持ってきた二本については、原版を僕に託すつもりでいたようだ」

「原版を、優作さんに？」

「その二本には、特に核心となる場面が撮影されているらしい。僕もまだ見ていないがね。原版は当然、再撮影されたものよりもずっと映像が鮮明だ。ただ、原版を大量に持ち出すのは難しかった。そこで、草壁弘子は補足と成り得る映像を僕に撮影させ、核心となる二本だけを盗み出す計画だったのだ」

「その原版はどちらに？」

「哈爾濱を脱出してすぐ、吉林から上海に送った」

「上海と言うと、もしや」

「そう、ジョンのところにだ。僕たちがフィルムを持ったままでは、万が一、軍の検問に捕まって荷物検査でもされたら言い逃れができなかったからな。僕たちが満州から持ち出すよりは安全だと思ったのだが――」

優作は一度言葉を切り、溜息をついた。

「が？」

「それが間違いだった。彼は、英国人の癖にソ連の国際共産党《コミンテルン》のスパイだったんだ。ジョン・フィッツジェラルド・ドラモンド、という英国人も実際にいることにはいたが、僕の知るジョンとは別人で、英国内に住んでいるそうだ」

「ドラモンドさんがスパイ？　本当ですか？」

「ああ。こっちに戻ってきてからだが、草壁弘子が彼女の夫と繋がりのあった英国人スパイ経由で調べたことだから、間違いないだろう」

「神戸には、スパイ活動のために来ていたということですか」

「コミンテルンの連中は世界中で革命を起こしたがっているからな。恐らくは、日本で社会主義革命を起こすことが出来得るのかを探っていたのだろう」

「話が大きすぎて、私にはもうわかりません」

「泰治君は彼をスパイだと見破っていたのだろう？　さすが分隊長、慧眼《けいがん》だよ。スパイである上に、共産党員《アカ》だったんだからな。付き合いのあった僕や文雄に、憲兵隊やら特高やらがついてきたのも道理だ」

俄《にわ》かには信じ難い話だったが、泰治の鋭い眼差しが思い起こされた。あの時、泰治はドラモンドがスパイであると確信を持っていたのかもしれない。聡子には見えないところで、憲兵も特高警察も盛んに動いている。注意を怠れば優作の米国密航の計画にも気づかれてしまうかもしれないと思うと、恐ろしくなる。

「では原版は、どこか別の国に渡ってしまったのですか？」

「それが、ジョンの奴はフィルムを買い取れと言って来た」

ああ、と、聡子は頷いた。いつだったか、夫がドラモンドからの手紙を受け取っていたことを思い出したのだ。

「スパイであっても、個人的にお金が必要なのでしょうか」

「ソ連はここ数年、酷い内輪揉《も》めをしているらしくてな。スターリンは、たとえ共産党員であっても、国内の外国人は皆殺しにしているそうだ。ジョンも、コミンテルンに戻れば殺される運命なんだろう。まとまった金を持って、どこかに亡命するつもりだろうな」

「まあ、そんなことが」

「それにしても、あのフィルムを金に換えようとするとはね。米国に持参すれば、少しは丁重に扱ってもらえただろうに。まさに、貧すれば鈍するとはこのことだな」

「フィルムは買い取るのですか」

「悔しいが、仕方がない。買い取ると返事をしてある」

「ということは、米国に行く前に、一度上海へ行くのですね」

「そういうことになるな。米国へは、二手に分かれて行こう。君は神戸から直接サンフランシスコへ。僕は一度上海に行ってフィルムを取り戻し、すぐに君を追う」

えっ、と声を上げながら、聡子は思わず起き上がった。思った以上に大きな声が出て、優作が、しっ、と制した。だが、声の大きさを慮《おもんぱか》る余裕などなかった。夫の一言は、聡子にとって思ってもみなかったことだったのだ。

「私に、独りで米国に行けとおっしゃるんですか！」

「あまり大きな声を出すな」

優作も起き上がり、枕元のランプを点ける。仄かな明かりが、険しい夫の顔を浮かび上がらせた。

「無茶です、独りでなんて」

「大丈夫だ、心配ない。船に乗るだけだ。サンフランシスコに着いたら、船長が宿まで案内してくれる。二日後には僕も到着する予定だ。そこで落ち合おう」

「嫌です！」

「おい、どうした、どんなに過酷でも覚悟すると言ったじゃないか」

「米国に行くのがどれほど過酷でも我慢はできます。途中で死んだとしても後悔はありません。ただ私が恐れているのは、貴方と離れること、それだけなんです！」

「たった二週間だ。辛抱してくれまいか」

「嫌です、私も上海へ行きます！　貴方と、一緒に！」

きっと、戦争も、軍の犯罪も、死んでいく罪のない人々のことも、自分には何もかもどうでもいいことなのだな、と、聡子は悟った。

米国に行く、という同じ言葉を口にしていても、優作と聡子では見ている世界が違っていた。大義？　正義？　そんなものは知らない。聡子は妻として、夫が行く道に寄り添おうとしているだけなのだ。優作が、行く、と言えば、世界の果てまでもついていく。留まる、と言えば、日本中が火の海になろうとも死ぬまで添い遂げる。それだけだ。

夫の横顔は、いくら聡子が追い縋《すが》っても前を向いたままだった。視線ははるか先に向いたまま、聡子の姿を見ることはない。聡子の気持ちは、優作もわかっているはずだ。にもかかわらず、別々に米国に行こう、などと言う残酷さに、聡子の心は堪えきれなくなった。

涙が溢れる。もう、言葉は出てこなかった。両手で顔を押さえ、激しくしゃくり上げる聡子を、優作が静かに抱き寄せた。子供をあやす様に、優作の手が聡子の背中を叩く。心臓の鼓動と同じ速さで、ゆっくりと。

「僕もこんなことはしたくないが、二人一緒に上海に渡るのは危険すぎる。感づかれたらお終《しま》いなんだ」

聡子は、嫌だ、と首を振る。

「サンフランシスコ行きの船に乗りさえすれば、君は安全だ。二週間、窮屈な生活に堪える必要はあるが、領海の外に出れば、あとは時が過ぎるのを待つだけなんだ。だが、上海に行くとなれば話が変わってくる。軍の目もあるし、二人で行動すると目立ち過ぎる」

おそらく、二手に分かれるという計画は、優作がいろいろな危険を考慮した結果なのだろうということは聡子にもわかっている。船に乗ってしまえば安心だ、と言うからには、聡子の身の安全を保障できるように相当腐心したのだろう。だが、そうではないのだ。聡子は、身を案じて貰いたいわけではなかった。ただ、優作にも、どれほど危険であろうとも離れ難いと思って貰えればそれでよかった。

一緒であれば、死んだってかまわない。

聡子の中で燻る情念の火が、背を叩かれる度にゆらゆらと揺れた。夫の寝間着に手を差し入れ、背に爪を立ててしがみつく。優作は、痛い、とも言わずに、聡子の背を叩き続けた。同じ速さで、同じ強さで。

「これが、最後だ」

「最後？」

「そうだ。僕が君と離れるのは、これが最後だ。今までも何度もあっただろう？　僕が仕事で家を空ける間、君は家で僕を待ってくれていた。だがそれも、米国へ行く二週間だけで終わりだ」

「二週間、だけ」

「そう、二週間。その後は、嫌でもずっと一緒になるぞ。野崎先生の奥さんは実家に逃げ帰ったそうだが、米国に行ってしまってはそうもいかないんだからな」

「嫌だなんて、そんなこと、絶対にありません」

「向こうに渡れば、僕たちは米国人たちにとって敵国人だ。誰も助けてくれないだろうし、二人で手を取り合って生きていかねば仕方がない。君が僕に愛想をつかしても、二人しかいないんだ。二十年、三十年か、あるいはもっと、ずっと一緒だ」

次第に、夫にしがみついていた手から力が抜けていく。二週間もの間離れ離れになることは不安でならないが、それが最後の試練だと思えば、短い期間と言えるかもしれなかった。二週間我慢すれば、もう一生離れることはない。日本と米国が戦争をしている間は息を殺して生きていかなければならないだろうが、夫の言う通り、三、四年で戦争が終わったら、どこか誰も知らないような未開の土地に行って、二人で細々と暮らしたっていい。広大な米国なら、夫婦二人が住まう場所くらい、どこかにきっとあるだろう。

「なあ、そう言えば、そろそろ結婚記念日じゃないか？」

「結婚？」

突然、夫が結婚記念日などと言い出すので、聡子は驚いて顔を上げた。まだ涙は止まらなかったが、それまで頭に渦巻いていた絶望の渦は、その言葉に押し出されて、どこかに消え去った。胸を押さえながら、改めて夫を見る。優作は先程までの険しい表情から一変して、いつもの悪戯っぽい笑みを浮かべていた。

「そうです、けれど」

「毎年、仕事で一緒にいられなかったからな。今年は、今までの分も盛大に祝おう」

「あの、それは、どういうことですか」

「戦争だなんだといきり立っている連中が馬鹿らしいと言い出すくらい、思い切り楽しんでやろうじゃないか。なあ」

僕たちは、自由なんだ。

優作は、どこにあるかもわからない、目にも見えない「自由」という言葉を、噛み締める様に吐き出した。自由。自由とは一体何だろう。感情の波に揉まれて上手く働かない頭に入ってくる、自由、という言葉は、とても甘美なもののように思えた。

三

「優作さん、どうかしら、これ」

「いいんじゃないか。君によく似合っている」

聡子が、空に向かって手を広げる。指に嵌《は》められた指輪は、大粒のダイヤで飾られていた。手を捻って光を当てると、硝子や水晶とは比べ物にならないほどの煌《きら》めきが目に飛び込んでくる。

「そちらも見せてもらえるかしら」

あい、というやる気のない返事をしながら、初老の男が新しい箱を開ける。中には、艶やかな輝きを放つ、真っ白な真珠の首飾《ネックレス》が整然と並べられていた。

「これ、とても素敵ね」

「さすが奥さん、お目が高くていらっしゃいますな。全てアコヤ貝の本真珠でございますからね。ほんまもんの逸品ですよ」

神戸市街地の路地裏。普段は誰も通らないような裏道だが、少し前から、どこからともなく贅沢品を扱うヤミ商人が集まってくるようになった。木箱をひっくり返したものを陳列台に、青空の下で高価な品々の売買が行われている。

昨年、ちょうど優作と聡子が映画撮影の真似事などをしていた頃に発布された七・七禁令で、贅沢品の製造販売は全面的に禁止されることになった。宝石、宝飾品、貴金属製品は全てご法度、腕時計やカメラも、必要以上に贅沢な物は買うことができない。手に入れたければ、こういったヤミ商人に声を掛けるしかない。

物資が足りない、贅沢は敵だ、と言われる世の中ではあるが、軍需品の取引で大儲けしている戦時成金も世の中には溢れている。贅沢品は、そういった富豪たちからの隠れた需要があるのだ。

ヤミ商人の半分ほどは、禁令以前は宝石商などを営んでいた人々だ。百貨店《デパート》に自分の店を構えていた者もいるが、戦時という名分のもとに、出店そのものが禁止された。成金の金を目当てに二束三文の品を破格の値段で売り捌《さば》いて暴利を貪る様な輩もいるが、禁令発布までに捌き切れなかった在庫を抱えてやむなくヤミで売り歩いている者もいて、探せばかなりの掘り出し物が出てくることもあった。

聡子に真珠を見せるヤミ宝石商の男も、元は神戸の一等地に店を出していたそうだ。ヤミ商人に身をやつしても目利きの誇りは捨てていないようで、並べられた宝飾品はどれも上等なものだった。もちろんその分値も張るが、もし禁令などなく正規に売り買いすることができたなら、もっと良い値がついていただろう。

「品物も良いようだし、欲しい物があったら全部買ったらいい」

「でも、こんなに首飾があっても、掛ける首は一つしかありませんから」

「真珠なら、数珠《じゅず》代わりにいいじゃないか」

「まあ、お数珠に？　そんな罰当たりな」

聡子が、じゃあこれとこれと、と、手あたり次第宝飾品を選び出すと、ヤミ商人の男は目を丸くし、手もみをせんばかりに前のめりになった。ついには足元からとっておきの箱を出して、聡子の前で開いた。納められていたのは、どこで手に入れたのかと思うほどの最上級品ばかりだった。

「何かええことでもあったんですか」

「ああ。実は、結婚記念日でね。戦争が激化していったら、祝い事などできなくなるだろうから」

「左様ですか。そら、奥さんにええもん買《こ》うて、存分にお祝いなさった方がよろしいですな」

「でも、優作さん、どれも素敵で選べないわ」

「よし、じゃあ全部貰おう。いくらになる？」

ヤミ商人の男は興奮で顔を真っ赤にしながら無言で算盤《そろばん》を弾き、優作の前に恭《うやうや》しく差し出した。聡子が横から見ると、目の玉が飛び出そうな金額になっていたが、優作は躊躇うことなく鞄から札束を出し、男に渡した。

「奥さん、このご時世にええ旦那さんをお持ちになりましたね」

大金を鞄に押し込んでほくほくと笑みを浮かべる男に向かって、聡子も「ええ、そうですの」と笑顔を返した。

ヤミ宝石商との様子を遠巻きに見ていたのか、その後は次々にヤミ商人たちが優作に声を掛けてきた。優作はヤミ時計商の男からスイス製の高級腕時計をまとめて買い、全て現金で支払った。

一通り贅沢品を買い漁《あさ》り、優作と聡子はヤミ商人たちの集まる路地裏を出た。聡子は優作に駆け寄り、腕に手を回す。往来を行き交う人々の視線が集まるが、左程《さほど》気にはならなかった。

「あと、どれほどお買いになりますの？」

「そうだな、一万円分くらいは買っておきたいな」

「一万円も？」

一万円と言えば、つましく暮らせば二人で三年は暮らせるほどの額だ。福原家が裕福であるとはいえ、考え無しにぽんと出せる金額ではない。

「戦争が終わるまでは、仕事が見つからないかもしれないからな。何とか食い繋げるくらいは持っておきたいところだ」

「そうですね。それでしたら、金や銀にも換えておきましょうか」

「いや。貴金属は重くて持ち運びが不便だ。嵩張《かさば》らない宝石類がいいだろう」

「銀行のお金はどうなさいますか」

「少しずつ下ろすつもりだが、全額引き上げようものなら噂が立って、憲兵に感づかれるかもしれないからな。勿体《もったい》ないが、ほとんど全部残していくことになる」

優作の言う、「結婚記念日のお祝い」の目的は、現金を貴重品に換えることだった。米国への密航には、とにかく金がかかる。その上、米国についてからもすぐに収入が得られるようになるとは思えない。密航前にまとまった額の金を用意する必要があるが、持っていくのが日本円では当然役に立たない。そこで、円を宝石や宝飾品に換え、上海に持ち込んで米国のドルに換えようと考えたのだ。

しかし、ヤミ商人相手とはいえ、高価な品物を買い漁っていれば人の目につく。これだけの買い物をするには、それなりの口実が必要だった。そこで、優作が考えたのが「結婚記念日」という言い訳に近いものだ。いくら何でも、結婚記念日に一万円も使う人間はそうそういないだろうが、見咎められた時に理由として説明はできる。わざと浮かれ騒ぐことで、裏で密航を企てているなどと思わせない、という意図もあるようだった。

高級な背広《スーツ》に革靴、そして洒落た帽子を被った優作は、世間の目を気にする素振りも見せず、堂々と街を歩く。少しでも華美な服装をしていれば容赦なく怒鳴りつけてくる者たちも、優作があまりにも自然に歩いているので、遠巻きに見て眉を顰める程度だった。

「こうして、二人で街歩きをするのも久しぶりだな」

「そうですね」

「だが、街の風景は昔とはずいぶん変わってしまったな。皆、下を向いて歩いているじゃないか。あれじゃあ前が見えやしない」

普段の優作は、さほど贅沢を好む性格ではない。米国文化に傾倒したこともあって服装には独特の拘りもあるが、常に高級品で身を固めているわけではなかった。三度の食事も質素なものだ。酒だけは高価な洋酒を好んではいたものの、それも毎日飲んでいたわけではない。浪費癖もなく、派手好きというわけでもない。福原物産を継いでからは、自身の報酬を減らし、社員の給金を上げたくらいだった。

にもかかわらず、こうして優作がこれ見よがしに高級品を纏って街を颯爽と歩いているのは、密航準備を悟られないようにする、という理由だけではないだろう。

おそらくこれは、日本を去る優作の〝遺言〟なのだ、と聡子は思った。

街角には、もう見慣れてしまった「ぜいたくは敵だ」の標語が書かれた看板が掲げられていた。横を通り際に、優作は看板を拳で小突いた。

「贅沢を敵だと思うことが、今この国には一番の敵なんだがな」

「一番の敵、ですか」

「何も、金を使うことや物を買うことだけが贅沢というわけじゃない。贅沢とは心を潤すことなんだ。なのに、皆が隣の人間の脚を引っ張りながら、自分から貧しくなろうとしている」

「そうですね」

「どうしてだろうな。贅沢を敵にして、幸せになる人間がどこにいるんだろうか」

「戦争が終われば、きっと皆さん目を覚まします」

「だといいがね」

さあ、もう少し店を回ろう、と、優作がまた歩き出した。この先には、質屋がある。質流れ品の中に、外貨へと換金しやすい物が見つかるかもしれない。

「優作さん」

「どうした？」

聡子は前を向いたまま声を潜め、優作の腕に回した手に力を込めた。

「誰かに後をつけられている気がします」

「確かか？」

「確かかどうかはわからないのですが、先程、車を降りた時に見た男が今も後ろにいます」

聡子が振り返ろうとするのを、優作が、見るな、と止める。

「憲兵か、特高か？」

「わかりません。もしかしたら、単純にお金を狙っているのかも」

「背格好はどんな男だ？」

「国民服姿ですが、帽子を目深に被っているので顔はわかりません」

「わかった。君はこのまま真っ直ぐ行って、質屋の前でタクシーを拾って家に帰れ」

ぴりりとした緊張感が、優作と聡子の間に漂う。聡子の手はじっとりと汗ばみ、優作の腕の筋肉が強張ったように感じる。

「優作さんはどうされますか」

「僕は、次の角を曲がって路地に入る。僕をつけているなら、その男も一緒に曲がるだろう。どうにかして、顔を見てやる」

「でも、危険です」

「大丈夫だ。心配無用」

優作は、後ろを向くな、と聡子に念押しをし、言葉通り、小さな交差点に差し掛かったところで急に進路を変え、左側の路地に入った。聡子は、言われた通り、後ろを振り向かずに真っ直ぐ歩く。心臓が胸骨を叩き、どんという音が聞こえるような気がした。それでも、動揺を見せないようにと、懸命に背筋を伸ばし、歩き続けた。

五分ほど歩くと、優作の言った質屋の看板が見えてきた。丸の中に「質」と書かれた、実にわかりやすいものだ。質屋の向かいは乗合バスの停留所で、道を走るタクシーの姿もちらほらと見えた。

歩道から路肩に下りて手を上げようとしたが、聡子は一旦その手を止めた。歩いてきた道を振り返るが、夫の姿も、後をつけてきた男の姿も見当たらない。夫と初めて出会った日のことを思い出すと、胸が心配で張り裂けそうになった。優作は、体格が良いわけでも、腕っぷしが強いわけでもない。人気のない路地裏で男に襲われたら、怪我をさせられたり、持ち物を奪われたりするかもしれない。それだけならまだいい。草壁弘子の様に、何者かによって命を狙われるかもしれない。

気がつくと、聡子は元来た道を戻り始めていた。最初は、危険がないか確かめる様にゆっくりと歩いていたが、次第に早歩きになり、やがて迫る不安感に煽られる様に走り出していた。

夫と分かれた交差点に差し掛かり、聡子は優作が歩いて行った道に入った。途中、向かい側から来た男と肩がぶつかって怒鳴られたが、気にしている場合ではなかった。道を走りながら交わる路地にも目を遣るが、夫はいなかった。

夫の姿を求めて、どれほど走り回っただろうか。つま先の細い靴のせいで足がしくしくと痛みだした頃、聡子の視線の先に、曲がり角から出てくる優作の姿が見えた。優作は聡子に気づかなかったのか、背を向けて歩き出す。足が痛むのも構わず、聡子は優作の背中を追った。息が弾むほど思い切り走ってようやく追いつくかと思った瞬間、つま先が道路に引っかかって倒れそうになった。そのまま、前のめりになって夫の背中に抱きつく。

「優作さん！」

「驚いた。タクシーに乗らなかったのか」

「貴方のことが心配で」

「大丈夫だ。心配無用と言ったろう」

「ええ、でも、どうしても。それで、つけていた男はわかりましたか」

「顔はわからなかったが、明らかに僕をつけていたな。細い道をぐるぐる回ってやったよ。どうやら撒《ま》いたようだ」

「そうですか、よかった」

「尾行に気づいたのは、君のお手柄だな」

ほっと息を吐くと、腹の底から何故か笑いが込み上げてきて、聡子は噴き出した。夫の胸に顔を埋めながら、抑えきれない可笑しさに肩を震わせる。

「なんだ、笑っているのか？」

「ほっとしたら、何故だか可笑しくなってしまって」

「笑い事じゃないだろう」

「でも、ようやく、少しだけ貴方のお役に立てた」

「そんなことはない。いつも君には支えられているさ」

「ええ、でも、そうではなくて。言葉にするのは難しいんですけど」

夫と、自分しか知らないこと。

秘密を共有して、夫と自分しか見えない世界の中にいると、まるでこの世界に二人だけ取り残されたような気になる。今までは、文雄が言う通り、聡子は優作に庇護《ひご》されていたのかもしれない。だが、この二人だけの世界では、聡子も優作を守らねばならなかった。

そして、聡子にはそれがたまらなく嬉しかったのだ。

「嬉しいんです、私。今ようやく貴方と二人で生きているという感じがするんです」

四

緑色の景色が、後ろに飛んでいく。聡子は風を受けて乱れる髪の毛を掻き上げたが、髪はすぐにまた躍《おど》って目の辺りを叩く。それでも、不快な感じはしなかった。むしろ、自ら風を浴びようと首を伸ばしたくらいだ。初夏の風は、緑の香りがして心地よかった。

六甲山中の林道を、聡子を乗せた車が駆け抜けていく。天井のない、外国製のオープンカーだ。優作曰《いわ》く、「結婚記念日」のために野崎医師に無理を言って借りてきたのだという。車が唸りを上げて速度を上げていくと、聡子は林の中を飛んでいるような気になった。

「ちょっと、速度を上げ過ぎではありませんか」

「なに、これくらい大したことはないさ」

優作は無邪気に、そして荒々しく車を駆《か》る。車が走っている林道は、人通りなどまずない道だ。事故を気に掛ける必要もあまりなかったが、それ以上に、優作はわざと雑に運転をしているようだ。時折、車が軽く跳ねて悲鳴を上げる聡子を見て、可笑しそうに笑う。

座席《シート》に背中を預けたまま、聡子は自分の手を空に翳《かざ》した。指には、買ったばかりのダイヤの指輪が輝いている。後に換金するために買ったものだが、今日一日はつけていても罰は当たらない、と、優作は身につけることを勧めてきた。最初は少し気が引けたが、実際に指に通してみると、やはり心が躍った。

日差しを受けて、またダイヤが輝く。高価な宝飾品を身につけたい、という欲求はさほどなかったが、その輝きは純粋に美しいな、と聡子は思った。こんなところを誰かに見られたら、何を言われるかわかったものではない。だが、きれいなものを、素直にきれいだと言えない世界とは一体なんなのだろう。

優作の言う「自由」とはこのことか、と聡子は思う。

好きなものを好きということもできず、やりたいことをやることもできず、皆、閉塞感に喘《あえ》いでいる。そればかりか、互いに首を絞め合う始末だ。自由には程遠い世の中は、いつまで続くだろう。戦争が終われば、全ては元に戻るのだろうか。

「どうした、浮かない顔をして」

「私、そんな顔をしていましたか」

「眉間にしわが寄っているぞ。あまり楽しくないか」

聡子は慌てて額を撫で、笑顔を作る。

「いいえ。今日一日がとても楽しかったものだから、逆に切なくなってしまって」

「切ない、か」

「優作さん、いつかまた今日の様な結婚記念日を過ごせる日が来るでしょうか」

優作は少しの間、答えを返さなかった。もちろんだ、きっと来る。そう言って欲しいという気持ちもあるが、叶わぬ希望だけを持たされるのも残酷だ。優作は、希望を語るか、現実を語るか、どうすればいいか迷ったのかもしれない。

「さすがに、一万円も散財するような記念日は勘弁願いたいな」

おどけてみせた優作の横顔を見ながら、聡子は、ふふ、と笑った。

運転する夫は、前を見続けている。

林道の先には、神戸の街を一望できる小さな展望台がある。以前、文雄の様子を見た帰りに来たところだ。木の長椅子《ベンチ》が二台備えつけられただけの粗末な展望台だが、新緑に囲まれた高台から見下ろす世界は、何よりも美しいものに見えた。神戸の港と、凪《な》いだ大阪湾。木々を揺らす風の音と、控えめな鳥の囀《さえず》り。今この瞬間だけを見れば、世界は平和そのもので、戦争など起きているとはとても思えなかった。

優作は眼下に広がる風景を撫でる様にカメラをゆっくりと動かし、風景を撮影していた。もう二度と戻っては来られないかもしれない自らの故郷を、映像として記録しておきたかったのだろう。やがて、一通り風景を撮影し終えたのか、今度は聡子にカメラを向けた。

「私は、いいですよ」

「なんだよ、こっちを見て笑ってくれ」

「だって、恥ずかしいですし」

「今日の君は一段と綺麗だから、残しておきたいんだ」

優作の言葉に、頬が紅潮していくのがわかる。今日は、結婚してからは控えていた踵《かかと》の高い靴を履き、鮮やかな色の洋服を選んだ。髪型を整え、口にはしっかりと紅を引いている。手には煌めくダイヤの指輪、そして職業婦人の様な腕時計もつけている。化粧をして着飾ると、足が軽くなったように感じる。どんよりとした重い空気が圧し掛かってきても、顔を上げる力が湧いてくる。

カメラの一眼に見られていると、恥ずかしさもあるが、撮られているのだから綺麗に映りたい、という気持ちにもなる。映画を撮った時は忘年会で披露されるという憂き目を見たが、ただ撮られるだけならば人に見られる心配はないだろう。

夫は、今日の聡子は綺麗だ、と言ってくれた。だが、歳を重ねていけば、若さや彩《いろ》が失われていくのは仕方がないことだ。米国で苦労することになれば、なおのこと老け込んでしまうかもしれない。ならば、今の姿を残しておきたい、とも思った。十年後、二十年後。今日の映像を見直して、優作は、あの時の君は綺麗だった、と言ってくれるだろうか。聡子は、今は綺麗ではないのか、などと拗《す》ねながらも、今日の日を思い出すことになるのだろう。

聡子は長椅子から立ち上がると、海に向かって両手を広げた。体に風を受けると、そのままふわりと浮いて飛んでいけそうな気さえした。海の向こうへ。重苦しい戦争の雲を抜けることが出来れば、そこには自由な空が待っている。

「自由」

「ん？」

「私、今、自由です」

聡子が振り向くと、カメラを覗き込んだまま、優作が、そうだな、と頷いた。

「僕たちは、いつだって自由だ。心まで縛ることは、誰にもできない」

「海の向こうには、もっと素晴らしい自由があるのでしょうか」

「きっとあると、僕は信じたい」

両手を広げて、少女の様にくるりと回ってみせる。調子が出て来たじゃないか、と優作が笑った。

「ねえ優作さん、折角だから、もう少し別の場所にも行きませんか」

「ああ、そうだな。残り半日、思う存分好きなことをしよう」

「美味しいものでも食べて」

「残しておくのも腹立たしいから、ジョンのウイスキーも全部飲んでしまおう」

「まあ、あんなにたくさん飲んだら、また変に酔ってしまうんじゃないかしら」

「酔って悪いか？　僕たちは自由なんだ。酒に酔っても、誰に憚るものでもないさ」

自由。

聡子は、カメラ越しの夫に向かって、もう一度そう呟いた。いい笑顔だ、と、優作が笑った。

一九四一年　初夏（後編）

一

玄関先で、優作が軽く帽子を摑み上げながら、行ってくる、と微笑んだ。駒子が丁寧に頭を下げながら、いってらっしゃいませ、と普段通り見送る。優作はまた数日、商談のために長崎へ出張に行くことになっている。滞在は一週間程度で、福原物産ではよくあることだ。

だが、今日は違う。

いつもと変わらない様子で出ていく優作だが、もう二度とここには帰ってこないのだ。皆が騒ぎ出す頃には、優作は既にサンフランシスコ行きの船に乗って、洋上の人となっているだろう。

いよいよ、米国への密航計画を実行に移す。そう決めたのは、先週のことだった。船がようやく確保できて、全ての準備が整ったのだ。優作は仕事と称して神戸から長崎へ行き、長崎から客船で上海に渡る手筈《てはず》になっている。上海行の船は神戸港からも出ているが、憲兵や特高の目をかいくぐるために、あえて長崎から乗ることにした。

上海の共同租界でドラモンドからフィルムを買い取った後は、租界から本国に帰る米国の船に潜り込む予定だ。首尾よくいけば、半月後には聡子より二日遅れで米国に上陸することが出来る。とはいえ、上海は半ば関東軍の占領地である。捕まってスパイであると見做されたならば、その場で銃殺されてもおかしくはない。

「お気をつけて」

「ああ、大丈夫。心配無用だ」

心配無用、は夫の口癖だが、今日は心配するなと言う方が難しい。果たして無事にサンフランシスコで再会できるのだろうか。玄関を出て金村の用意した車に向かう優作の背中を見ながら、聡子は唇を噛んだ。少しでも気持ちが揺らげば、駆け寄って行って、やっぱり米国への密航など止めましょう、と言ってしまう。本当に、これが神戸で見る最後の夫の姿なのだと思うと、醒《さ》めない夢の中にいるような気分だった。

夫を乗せた車が、ゆっくりと走り出す。泣き出したくなるのを必死で抑え込みながら、聡子は踵を返して家の中に戻った。優作のことが心配なのはもちろんだが、人の心配ばかりもしていられないのだ。

夫を見送るついでに郵便受けを覗いた駒子が、一通の封書を手に戻ってきた。白い、飾り気のない封筒だ。

「奥様、お手紙が」

「あら、私に？」

「ええ。奥様宛に。横浜のご実家からですね」

聡子はその場で封書を開き、中の手紙に目を通した。だが、目はほとんど文章を追うことはしなかった。何が書かれているか、聡子は予め知っていたからである。

「大変、父が倒れたみたい」

「え、お父様がですか？」

「命には別状ない、と書かれているけれど、心配だわ」

「一度、横浜に行かれてはいかがですか」

「そうね、早い方がいいわね」

「大事やないといいんですけど」

「明日の晩、夜行列車で横浜に行くことにするわ。夫も出ていて申し訳ないのだけれど、家のことを任せてもよいかしら」

「もちろんです。お任せください」

「じゃあ、お願いね。帰ってくるのが少し先になるかもしれないけれど」

「もしお父様の具合がよろしくなかったら、横浜でしばらくゆっくりされたら如何ですか。あまりご実家にも帰られておられないですし」

「そうね、優作さんがいるものだから、なかなか家を空けられなくて」

「どうぞ、家のことはご心配なさらないで下さい。奥様がいつ戻られてもええように、わたしがしっかりやっておきます。一週間でも二週間でも、なんやったら、この戦争が終わるまででも」

雇い始めの頃は頼りなかった駒子が、引き締まった表情で胸を張る。いつの間にこんなに逞《たくま》しく、頼もしくなったのだろう。

準備をするからと言って、聡子は二階の寝室に入り、扉を閉めた。一人になると、心が少し緩む。堪え切れなくなった涙が、一粒二粒と頬を伝って落ちた。

「駒子が、あんなことを言うなんて」

横浜の実家から届いたという手紙は、聡子自身が自分宛に出した偽手紙だ。消印をよく見れば神戸局の管内で投函されたことがわかるはずだが、駒子もさすがにそこまで細かく手紙を見ることはない。ただ、横浜の父親が倒れた、と思って貰えればよかったのだ。聡子は、横浜の実家に戻るという口実で明日の夜に家を出て、密航船の待つ神戸港に向かうつもりでいるからである。

だが、駒子は気づいているのかもしれない。

ここふた月の間、優作と聡子は着々と密航の準備を進めてきた。家にある金目の品物を売り払い、日本円を宝石などの小さな貴重品に換え、現地で必要になるであろう物品を買い込んだ。金村や駒子には悟られないように気を配ったつもりだったが、あったはずの調度品がなくなったり、優作や聡子の様子が変わったり、小さな違和感を駒子は敏感に感じ取ったのだろうか。


――なんやったら、この戦争が終わるまででも

決意に満ちた駒子の表情を振り切る様に、聡子は部屋の奥から旅行用鞄を引っ張り出してきた。神戸に嫁いでくる時に、父が買い与えてくれたものだ。女が持つには若干大きいこともあって、神戸にいる間はほとんど出番がなかったが、ようやく活躍の時が来た。大きな鞄には、もう既に荷物が詰められていた。着替えや日用品は最低限に留め、いざという時の食料となる缶詰類、英語の辞書といったものが幅を取っている。なんとか手に入った少しの米貨幣と、換金用の宝石類もいくらか持った。鞄に入

れるものは厳選したものの、それでもかなりの大荷物になった。

だが、一番「重い」ものは、鞄の奥、服の中に隠されている。

「これは、金村と駒子に残していこう」

昨晩のことだ。夫婦だけになった寝室では、最後の準備が進められていた。優作は二つの包みを寝台《ベッド》の上に置いた。それぞれに宛名が書かれている。聡子が中を見ると、多額の現金が入っていた。

「そうですね」

「今の給料を考えれば、数年分にはなるだろう。それでも、仕事を失った埋め合わせになるかはわからないが」

「この家はどうなさるんですか？」

「さあな。家については置いていくだけだ。僕たちが米国に渡ったと気づいた後、国が没収なり放置なり、勝手にするだろう」

「では、会社は？」

夫の仕事に口出しすることは避けてきたが、金村や駒子と同様、福原物産の社員たちも、働いて食っていかねばならない。優作がいなくなった後の福原物産はどうなるのか、聡子にとっても気がかりなことではあった。

「会社は、姉さんに任せることにした」

「義姉さんに？」

「僕たちが日本を出た後、姉のところに、会社を継いでくれと頼む手紙が届くようにした。僕が持っている会社の株も、全て姉に譲渡されるようにしてある。僕の仕事自体は、社員の中に優秀なヤツがいてね。そいつに全部叩き込んだ。最初は大変な思いをするだろうが、すぐに立ち直るだろう。僕の父が突然死んだ時もそうだった」

「いきなり会社を任せると言われて、義姉さんがやると言うでしょうか」

「ああ。姉さんはやるだろう。今は家に入っているが、元々優秀な人だし、元は職業婦人でね。福原の家のためと思えば、きっと上手くやってくれる。今でも会社の大株主だからな。新社長に就任しても、誰も文句を言えないだろう」

無茶が過ぎる、とも思ったが、あの義姉さんならやるかもしれない、と妙な納得もできた。自分にも他人にも厳しい人だが、その奥には、家を守ろうという強い使命感がある。義姉の夫も自身の会社を持つ経営者で、場合によっては福原物産を自社の傘下に収めてくれるかもしれない。

「だといいんですが、文雄さんがあの様子ですし、余裕があるかどうか」

文雄は相変わらず、野崎医師の病院に入院したままだった。憲兵の目もあって転院もできないため、義姉は横浜と神戸を行き来しながら、植物状態になってしまった文雄の面倒を見続けている。

「その件だが、実は、少し前に文雄が目を覚ましたのだ」

「え、文雄さんが！」

「まだ立って歩くことはできんし、喋ると吃音《きつおん》が残るがね。それでも意識ははっきりしている。もちろん、野崎先生に頼んで、意識が戻ったことは伏せて貰っているが」

「いつまで隠すおつもりですか」

「戦争が終わるまでだ。日本が負けて戦争が終われば、文雄は無罪放免になるだろう。僕のために、文雄はとてつもない犠牲を払った。姉さんに会社を渡しておけば、いずれ文雄が継いでくれるかもしれない。あいつに、生活の糧《かて》を得る手段を残してやりたくてね」

成程、と、聡子は頷いた。やはり、優作の目は細やかに未来を見通している。聡子が心配をせずとも、後を濁《にご》さずに発てるよう、あらゆる手配をしてあるのだろう。

「それから、君にこれを預ける」

優作はそう言って、一本のフィルム缶を取り出した。教会跡の隠れ家で夫が編集していた映像フィルムだ、と、ぴんときた。

「これを、私が？」

「そうだ。草壁弘子のフィルムを再撮影したものと、文雄が手帖の原本と英訳を撮影してくれたものを一本にまとめてある。もし、万が一、僕が上海で拘束されるようなことがあれば――」

優作は、それ以上は何も言わなかった。優作が聡子と二手に分かれようと考えたのは、目的を果たすために、どちらか一方でも米国に辿り着けるようにするためだ。そう考えることは当然と言えば当然だが、聡子は、なんと非情な、と思った。

「そんな、万が一なんておっしゃらないで下さい！　私一人では、到底無理です！」

「無論、僕もむざむざと捕まる気などないし、何としても米国に行くつもりだ。それでもこれを君に渡しておくのは、本当に万に一つの可能性を考えてのことなんだ」

「やっぱり、私も一緒に上海へ――」

「だめだ。どうかわかってくれ。もし、フィルムを米国に持ち込むことが出来なかったとしたら、僕たちが日本を棄てる意味がなくなってしまう」

「ですが――」

「不安なのはわかる。だが、この不条理な戦争を終わらせるためだ。どうか堪えてくれないか」

　聡子は、消え入りそうな声で、はい、と返事をする他なかった。手渡されたフィルム缶はさほど大きなものではないが、持ってみると、ずしりとした重みを感じた。人間の生と死、庶民には理解し得ない国同士の思惑。そんなものが呪いの様にまとわりついていて、フィルムは聡子の手に余る重さになっている。

「二週間、だけですよね」

「ん？」

「本当に、二週間我慢すれば、また一緒に暮らせますよね」

　どうして自分は、こうも情けなく涙を流してしまうのか。聡子は自分の弱さを嫌悪しながらも、やはり涙を止めることが出来なかった。だが、福原優作の妻で居続けるということは、こういうことなのだろう。荒波に揉まれても真っ直ぐに遥か先を見続ける夫の横に立つには、自らも荒波に身を晒さなければならないのだ。

　優作は、心配無用だ、とは言わなかった。夫自身、二週間後に再会できるかどうか確証が持てないのだろう。だが、たとえ嘘でも気休めでも、心配無用、と言って欲しかった。

「今からでも遅くはない。君が日本に残ると言うなら僕は止めはしない」

「何故そんなことを！」

「フィルムを持って米国に渡ったことが知れたら、僕はあらゆる罵詈雑言を投げつけられることになるだろう。非国民、国賊、売国奴。そして、スパイだ。その汚名は、君にも着せられることになる。だが、僕に騙《だま》されたと言えば、神戸に残ることもできるだろう」

「そんなことはできません」

「しかし」

「誰かに何か言われるだとか、私にはどうでもいいことなんです」

「どうでもいい？」

「貴方の妻であることに変わりないなら、私はスパイの妻と呼ばれて石を投げつけられたって平気です」

優作は、そうか、と呟いたまま、少しの間口を開かなかった。心なしか、両の目が潤んだようにも見えた。

「一つだけ、わかっておいて欲しいことがある」

「一つだけ？」

「スパイとは、為政者に操られて他国の情報を盗もうとする輩だ。僕がやろうとしていることは、傍目《はため》にはスパイ行為だと映るだろう。だが僕は、自分の自由意思と良心に従って米国へ渡るのだ。断じて、国を売ろうというわけではない」

「もちろん、私はよくわかっています」

「君は、スパイの妻などではない。世間が何と言おうとも、君は、福原優作の妻だ」

夫の言葉が胸を刺し貫いて、聡子は言葉を失った。出会ってから今まで、優作が面と向かってそんなことを言ったことなど一度もなかった。聡子はいつも前ばかりを向いている夫に追い縋って、横顔を見ていただけだった。それでもいいと思っていたのだが。

私は夫に、自分を見て欲しかっただけなのかもしれない。

聡子は、夫の頬に手を伸ばした。毎日見ているようで、見えていなかった顔だ。今ようやく自分は福原優作の妻になった。そんな気さえした。

女から求めるのははしたないとは思いながらも、聡子は夫の唇に、自らの唇を重ねた。夫は、僅かに拒むような仕草を見せたが、聡子がしがみつくようにして夫の首筋に唇を這《は》わせると、聡子の腰に手を回し、体を入れ替えた。寝台の上に寝かされた聡子の上に、優作の顔が浮かんでいる。少し震える手を伸ばして、夫の頬に触れる。腕を不器用に絡ませて、互いの服を剝《は》ぐ。剝《む》き出しになった肌を合わせると、火傷をしそうなほどの熱を感じた。体の奥で、火が燃えているのだ、と聡子は思った。自分の中に眠る情念の火は、今まさに、聡子の体を焦がしていた。夫のために、家族を、国を、全てを棄てる。

聡子の股を割って、夫が中に入ってくる。その瞬間、雷鳴が頭の中で鳴り響いた。全身が硬直し、指の先まで力が入る。熱い。熱くて、苦しい。優作の手が伸びて、部屋を照らしていた明かりが消えた。暗闇の中、一塊の肉となった二人の吐息だけが聞こえていた。

ふと、聡子が真っ暗な部屋の隅に目を遣ると、和服姿の女がじっと聡子を眺めていた。草壁弘子。聡子は意識の波間に揺蕩《たゆた》いながら、草壁弘子に向かって笑った。草壁弘子は、微かに肩をすぼめ、見ていられない、といった様子で静かに部屋の外へと消えていった。そう、それでいい、と聡子は頷いた。

福原優作の妻は、自分だ。

渦に巻かれて沈んでいきそうになるのを、夫の体にしがみついて堪える。仄かに汗ばんだ、温かい体。舌を絡め、掌を這わせて夫の象《かたち》を体に刻む。優作の手もまた、聡子の体を駆け回った。腕を、うなじを、内股を、首を。

嵐の海の中で溺《おぼ》れかけていると、彼方に雲間から覗く光が見えた。光はやがて聡子を包み、暗闇を真っ白に染め上げていった。

どのくらい時が過ぎたのだろう。窓掛（カーテン）の隙間から、白んでいく空が見えた。聡子の上で、優作は大きく波打っていた。まるで、体全てが心の臓になったかの様に。燃え上がった炎が、聡子の奥の何かを焼き尽くした頃、とろりとした眠気がやってきて、聡子をひと時の安息へと引き込んでいった。頭には何も残っていなかった。ただ倒れる様に眠りに落ちることが出来たのは、いつ以来のことだっただろう。

私は――。

昨晩の想いごと鞄を閉じる。下腹の奥にじわりと残る疼《うず》きが、夢と現《うつつ》との境目を報せているようだった。窓からは、夏の日差しが差し込んできている。今日は暑くなる、と直感する。

神戸に嫁いでから、ようやく自分の居場所と馴染んだ寝室を見回した。草壁弘子の姿はもうない。耳に煩《うるさ》い蟬《せみ》の声が遠くから聞こえる。ほんの僅かに残る、酸い香り。聡子は、窓を開けた。南風が室内に吹き込んできて、昨夜の残り香を攫《さら》っていく。

庭木の間からは、神戸の港が見えた。湾の外には、白い入道雲が聡子を手招きしている。あの海の向こうに何が待っているのか、聡子の目には未だ何も見えなかった。

二

「サトコ？」

暗がりから、あまり優しくない人工的な光が聡子に向けられた。ようやく闇に慣れてきていた目が眩んで、前がよく見えない。手で光を遮りながら瞬《まばた》きを繰り返すと、岸壁に小さな舟が浮かんでいるのが見えた。

聡子に光を当てていたのは、夜闇に半ば溶け込んでしまっている黒人の男だ。見上げるような大男で、闇の中にぽっかりと白い歯だけが浮いているように見えた。男は小舟でやってきて岸壁に上がり、聡子を待っていた様子だった。

「そうです、聡子です」

黒人の男はあまり日本語は理解できないようだったが、身振り手振りを交えながら、聡子を舟に乗せようとする。見れば、釣り舟の様に頼りない大きさの小舟だ。こんなもので太平洋を渡るのか、と聡子が青ざめると、黒人の男もそれに感づいたのか、違う、と首を振りながら、沖を指差した。

「オオキイ、フネ、アッチ」

何度か片言の日本語でやりとりをしているうちに、男が何を言いたいのかがわかってきた。実際に聡子が乗るのは大きな貨物船で、今は神戸港の沖に錨泊《びょうはく》しているようだ。男が乗ってきたのは通船で、岸壁から沖の船まで聡子を乗せていくためのものであるようだった。

黒人の男との待ち合わせ場所は、貨物船の集まる突堤《とってい》と新港の間にある、港の隙間の様なところだ。元々、あまり人気のありそうなところでもなく、更に夜ともなれば、人影などどこにもない。密かに舟をつけるには良い場所なのかもしれない。

聡子が家を出たのは、午後九時になろうかという時間だった。金村に車で駅まで送ってもらい、そのまま電車には乗らず、駅前でタクシーを拾った。神戸港、という行き先を告げると、運転手は怪訝そうに、もう客船は出ないが、と言った。構わないからと言うと、首を捻りながら車を出した。駅から港まではそう遠くない。途中、水上警察の庁舎前を通った時は緊張したが、特に呼び止められるようなこともなく、目的地に辿り着くことが出来た。

旅客船が接岸するのは主にメリケン波止場や中突堤だが、聡子がタクシーを降りたのは、貨物船専用の突堤が並ぶ区域だった。貨物を保管する倉庫の横を、聡子は独り、とぼとぼと歩いた。灯りは申し訳程度の街灯があるばかりで、足元もおぼつかないほどの暗さだった。

「サア、イクヨ」

「あ、はい」

黒人の男が、突如、聡子に向かって手を伸ばしてきた。聡子は身構えたが、どうやら荷物を預かろうとしたようだ。大丈夫、と首を振り、ゆらゆらと揺れる小舟に乗る。黒人の男は、長い櫂《かい》のようなものを使って岸を離れ、暫くは手漕《てこ》ぎで舟を進めた。やがて、突堤から少し離れたところでようやく動力《モーター》を使う。静かな音を立てながら舟は一気に加速し、沖に向かって進んでいった。

十分、いや十五分ほど舟を走らせただろうか。男が聡子に笑い掛けながら、フネ、と前を指差した。暗い海の上に、ぼんやりとした明かりが見える。星明りのお蔭で、貨物船の船影を見て取ることはできた。かなり大きな船で、長い船体の中央上部に、四角い窓から漏れた光の列ができている。その上に、大きな煙突がそそり立っているのもわかった。

貨物船の横腹に小舟を寄せ、錆《さ》びついた舷梯《タラップ》をよじ登る。大事なフィルムの入った荷物を人に任せるのは不安だったが、さすがに女の力では大きな荷物を持ったまま舷梯を上ることはできなかった。筋骨隆々とした黒人の男は、まるで小物でも持つかのように聡子の大きな鞄を持ち上げ、甲板《デッキ》まで運んでくれた。

　人の気配があまり感じられない船内を、黒人の男の先導に従って歩く。船の中は驚くほど広い。飾り気のない鉄の骨組みが複雑に入り組んだ船内を進むと、くすんだ鉄板に四方を囲まれた空間に出た。夏だというのに、少しひやりとしている。おそらくは、ここが貨物室なのだろう。中身のわからない木箱が、所狭しと積まれていた。

「ミセス・フクハラか？」

　貨物室では、やや小柄な白人の男が聡子を待っていた。どうやら、この船の船長であるようだ。男はサムと名乗ったが、本名かはわからない。見た目は白人だが、流暢に日本語も話せるようだ。もしかしたらこの男も、貨物船の船長に見せかけたスパイなのかもしれない、と聡子は思った。

「そうです」

「あんたの部屋はココだ。食事は、一日に二度。五日に一度水浴びができる。言葉の通り、水を浴びるだけだ。湯は出ない」

「はい、大丈夫です」

「よし、じゃあそこのハコに入ってくれ」

えっ、と、聡子は思わず声を上げた。船長のサムが指差したのは、周りに積まれているのと同じ、貨物用の木箱だった。

「ずっと入っていろ、というわけじゃない。ニホンの領海を出るまでだ」

「そうですか。わかりました」

「出発は、夜明け前だ。狭いところで悪いが、ゆっくりしてくれ」

「え、すぐには出ないのですか」

「あんたみたいなのを、あと二人乗せなきゃならんのでね」

再び、木箱に入れ、と、サムが目を動かす。聡子は仕方なく、荷物を木箱に投げ入れ、自らも箱の中に入った。

「どうだ、案外快適だろ？」

「え、ええ。そうですね」

サムが、笑いながら少し大きめの硝子瓶のようなものを聡子に手渡した。何をするためのものかわからず、聡子は首を傾げた。

「これは？」

「便所《トイレ》さ。使ったら、ひっくり返さないように気をつけろよ」

聡子はぞっとして瓶を見た。もしかしたら、自分が想像していた過酷な二週間の船旅とは、実際の過酷さよりも数倍甘いものであったのかもしれない。密航者であるからには、客室を与えられなかったり、食事が満足に取れなかったり、という程度のことは覚悟してきたつもりだった。が、そんなことは当然で、過酷という言葉の内にも入らないことなのだ。

黒人の男が、遠慮なしに木箱に蓋を被せる。それだけで、箱の中は自分の手すら見えないほどの闇になった。続けて、木箱に釘を打ちつける音が響いた。恐る恐る手を伸ばして、出来上がった天井に触れる。木の蓋はしっかりと打ちつけられていて、聡子の力では内側から開けることはできそうになかった。つまり、開けて貰うまで出られない、ということだ。

男は木箱の蓋を閉じると、今度は木箱の横に釘を打ちつけた。僅かに光が入って、太い釘の先が突き出してくるのが見える。聡子が小さな悲鳴を上げると、黒人の男が木箱を叩き、ダイジョウブ、と笑いながら釘を抜いた。穴を開けたのは、通気のためなのだろう。

やがて、サムも黒人の男も貨物室を出ていった。貨物室の照明が落ちて、聡子はまた暗闇の中に取り残されていた。

気持ちの整理がつかないまま、聡子はまるで胎児の様に体を丸め、動きを止めた。

寝てしまえばいいのだろうが、緊張のせいか目が冴《さ》えてしまって、当分眠れそうにない。船が出発するまで、まだあと六時間以上は待たなければならないのだが、何もできない上に眠ることさえもできないとなると、余計なことばかり考えてしまう。

昨日、先に家を出た夫は、無事に上海行きの船に乗ることが出来ただろうか。

金村や駒子はどうしているだろう。

心細さと惨めさでまた涙が出て来そうになるのを、必死に堪える。一度泣いてしまったら、もうこの状況に堪えることはできなくなってしまうだろう。二週間、二週間だけ、とうわ言のように自分に言い聞かせて、時間をやり過ごそうと試みる。

一日は、何分だっただろう。

二週間は、何分だろうか。

その二週間のうちの、何分が過ぎ去ったのだろう。

腕には時計をしていたが、いくら目を凝らしても針は見えない。

昨日の夜までは、寝心地の良い寝台で眠り、身の回りの世話をしてくれる人がいた。戦時中ということもあって、何不自由ないというわけにはいかなかったが、それでも多くの人よりも遥かに上等な生活を送ることができていた。それが、今はどうだろう。木箱に押し込められて、尿瓶《しびん》と一緒に丸くなっている。

普通の女ならば、後悔するだろう。

たった一晩であまりにも変わり過ぎた境遇に、次第に笑いが込み上げてきた。豊かな生活を棄て、米国などに密航したことを知ったら、世間の人々は馬鹿な女だと笑うだろうか。

だが、致し方ない。

自分は、福原優作の妻なのだ。

どれほどの時間が経っただろう。もう出発の時間が近づいてきているだろうか。それとも、まだ箱に入れられてから数分しか経っていないのだろうか。考えることに疲れて、ようやく重苦しい眠気がやってきたと思ったその時、聡子の耳に物音が聞こえて来た。

サムが言っていた、他の密航者が連れてこられたのだろうか。

だが、それにしては足音の数が多い。鉄の階段を響かせる足音は、一人二人という数では到底ない。十か、それ以上か。とにかく、大人数がこちらにやってくる気配がした。

まさか、と思っていると、貨物室内にサムの声が響いてきた。ところどころ英語になりながらも、ここには何もない、と騒いでいるようだ。

「貨物室内を調べろ！」

鋭い声。電灯がつけられると、通気孔から木箱の外が見えた。視界は広くないが、見覚えのある色の服を着た男が数名、サムと黒人の男を取り囲んでいる。

——憲兵隊。

聡子は息を呑んだ。足音の正体は憲兵の一団だ。聡子は木箱の中で息を止め、音を立てないように体勢を整えた。憲兵たちは貨物室に散らばって、何かを探しているようだ。密輸品の取り締まりか、あるいは——。

木箱の外まで音が聞こえるのではないかと思うほど、心臓が激しく胸骨を叩く。もし見つかれば、密航計画はその場で終わりだ。あのフィルムを持っている以上、スパイだと言われても言い逃れができない。最悪の場合は、絞首台が待っている。

そして何より、永遠に夫とは会えなくなる。

どうか見つかりませんように、と祈ろうとしたが、誰に祈ってよいかはわからなかった。神頼みと言ってもせいぜい神社に行って願掛けをする程度で、聡子には信仰している神などいないのだ。今更祈ったところで、神も助けてくれるとは思えない。

それでも、息を殺し、手を組んで必死に祈った。幸い、聡子の木箱に近づいてくる足音はない。あちこちから、「異状ナシ！」という声が聞こえてくる。貨物室に積み込まれている木箱は、膨大な数だ。このままじっとしていれば、憲兵たちも諦めて帰るのではないかと思われた。

「船長は君か」

聞き覚えのある声が貨物室内に響いて、聡子ははっとした。乱暴な言葉遣いではないが、それでも時として人を圧倒する静かな声。

「そうだ」

「自分は、神戸憲兵分隊、分隊長の津森だ」

「オレは何もしていない！　なんなんだこれは！」

「我々は、ある人物を探している。軍の重要機密を盗み出し、他国へ売らんとしている国家反逆者だ。その者が、この船に潜伏し、米国へ密航せんとしていることもわかっている」

聡子は、驚愕《きょうがく》のあまり気を失いそうになった。米国への密航の件は、どう考えても夫と聡子しか知らないはずだ。どこからも漏れようがない。それを何故、憲兵隊が摑んでいるのか理解ができなかった。

「この船に、そんなやつはいない」

「我々に協力し、速やかに密航者を差し出せば、国外追放で済ませてやる。だが、隠し立てしようと言うなら、こちらにも考えがある」

「難しいニホン語はわからない」

「いいか、密航者を渡すのか、渡さないのか。イエスか、ノーか」

それまで、わあわあと喚き散らしていたサムが、言葉を失った。通気孔から見えるサムは、自分より頭一つ背の高い日本人を見上げ、何か言おうとしていたが、やがて肩を落とした。おずおずと腕を上げ、人差し指を伸ばす。指は、聡子のいる木箱に向いていた。

間髪を入れず、聡子の木箱に向かっていくつもの足音が集まってくる。万事休す、箱の中で身を縮こめるが、聡子にはもはや何もできなかった。

鉄梃《かなてこ》！　鋭い声がして、ほどなく木箱の隙間に鉄の棒が差し込まれたようだ。木が割れることも構わず、めりめりと音を立てて蓋が剝がされる。蓋が取り除かれると、幾人もの男たちが汚いものを見るように聡子を見下ろしていた。

「分隊長殿！　密航者がおりました！」

「そうか」

凛とした声が響いて、かつかつという靴音が響く。露《あら》わにされた木箱の天井から、男が呆然とする聡子を覗き込んだ。

聡子の口からは、泰治さん、という声は出なかった。

分隊長・津森泰治は、聡子の姿を見た途端、目を丸くした。そして大きく肩で息をすると、何度か首を横に振った。

「聡子、さん」

「――はい」

「何故、貴女がこんなところにいるのですか」

三

神戸憲兵分隊庁舎の分隊長室は、以前と変わらず無機質で冷たい場所だった。聡子は窓もない部屋の真ん中に置かれた椅子に座らされ、憲兵たちに取り囲まれていた。

目の前の長机には、次々と覚えのある品々が並べられていく。映写機、蓄音機、そして大量の映像フィルム。夫が隠れ家として使っていた、あの廃墟になった教会の地下に置いてあったものだ。

憲兵たちが黙々と作業するのを、泰治は自席からじっと見ていた。やがて、聡子の鞄を調べていた若い男が、泰治の前にフィルム缶をそっと差し出した。泰治はフィルム缶を手に取ると、少し弄ぶように表裏、そして中身を確認した。

「福原優作はどこですか」

聡子は、押し黙ったまま答えなかった。反抗しようと思ったわけではなく、泰治の目に気圧されて声が出なかったのだ。

「お答え頂けないようなら、自分が説明しましょうか」

泰治は席を立つと、ゆっくりと聡子の背後に回る。それだけで、首筋に冷たい刃物を突きつけられたような気になった。

「…………」

「満州に駐留しているある部隊から、軍の機密に係る映像フィルムが盗み出された。盗んだのは、既に死んだスパイの男だ。共謀者である草壁弘子は映像フィルムを持って満州から神戸にやってきた。手引きをしたのは、貴女の夫である福原優作だ。そうですね？」

「………」

「福原優作は、そのフィルムを持って、米国への逃亡を図った。違いますか？」

聡子が沈黙を続けると、泰治は聡子の正面に回り、冷たい目で見下ろした。

「国防保安法、治安維持法、軍機保護法、軍用資源秘密保護法。いくつの法律に違反しているかわからないが、当然、主犯には極刑が下されることになるでしょう」

「………」

「だが、自分たちも、貴女がこんな大それたことを計画したとは考えていない」

泰治は聡子の前でしゃがみ込むと、目をそらそうとする聡子を覗き込むようにして逃げ道を塞いだ。

「もう一度伺う。福原優作はどこです」

「――せん」

「何と？」

「知りません」

「いいですか、いくら夫とは言え、スパイを庇《かば》い立てすれば、貴女が罪を背負うことになりますよ。以前、申し上げたはずだ。我々は徹底的にやらねばならなくなる。たとえ、相手が婦女子であってもです」

「知らないものは、知りません」

そうですか、と、溜息をつきながら泰治は立ち上がり、少し苛立った様に右へ左へと歩き回った。目を閉じ、軽く自分の親指の爪を噛む。

「何故、私があの船にいるとわかったのですか」

「通報があったからですよ。軍の機密を、船で国外に持ち出そうとしている不届き者がいる、と。ただ、我々は福原優作が乗っているものだと思っていた。まさか、あそこに貴女がいるとは思わなかった」

「夫が」

「我々は、ずっと福原優作の行動を追っていたのです。今日は通報を受けて、取り逃がさぬよう大阪湾内に部隊を配置していました。昨日、福原優作は電車でどこかに行ったようですが、これは陽動で、今夜には神戸に舞い戻ってきて貨物船に乗り、そのまま国外へ出ると読んでいた。だが、腹立たしいことに、あの男は貴女を囮《おとり》に使い、我々の裏をかいて逃げ果《おお》せた」

「まさかそんな、では、夫が通報したというのですか？」

「その可能性も否定できない、と申し上げている」

「そんな馬鹿な話はありません」

「貴女は、何故それほどあの男を信じるのです？　福原優作は、自らの捻《ね》じ曲がった思想のために、軍の機密を持ち出したスパイに同調し、国を売ろうという売国奴に他ならないではないですか」

「違います！　夫は、そんな人間ではありません！」

「だとしたらなぜ、米国などに渡ろうとするのです」

「夫は、この戦争を終わらせようとしているだけです！」

戦争を終わらせる？　と、居合わせた全員が顔を見合わせた。中には、冷笑するものもいた。

「またそれは、高尚《こうしょう》なことだ」

「本当です！」

「戦争を終わらせるために、どうして機密情報を他国に流さなければならんのですか。言っていることが支離滅裂だ」

「米国が参戦すれば、日本は負けます。戦争は終わります」

聡子の後ろから、貴様！　という怒号が聞こえて来た。思わず肩をすくめるが、泰治が目で部下たちを抑えている。

「理由はよくわからないが、米国に機密を引き渡し、参戦を促そうということですか。だとしたら、それはまさに英国スパイの思惑通りだ。英仏は今、欧州戦線で独逸を抑えきれずに四苦八苦している。だから、米国を早期参戦させたいのだ。貴女も福原優作も、英国スパイにいいように使われたということですよ」

「違います！　夫は、夫の意志で――」

「だいたい、米国が参戦すれば、太平洋全域を巻き込んだ大戦になる。戦争を終わらせるどころか、新たな火種を生むだけではありませんか。米国との全面戦争になれば、どれほどの同胞が命を落とすかわからない。それのどこが、戦争を終わらせることになるのですか」

「それは、夫も承知の上です。米国と戦争になれば、多くの日本人が死ぬ。けれど、このままにしておけば、日本人が多くの人を殺すのです！　夫は、それに堪えられなかった！　犠牲を払ってでも、早く戦争を終わらせねばならぬと考えたのです！」

泰治は静かに首を横に振り、詭弁《きべん》だ、と鼻で笑った。

「そろそろ目を覚ますといい」

「いいえ、私の目ははっきりと見えています」

「いいですか、売国奴・福原優作は、思想犯として以前から特高に目をつけられていたんですよ。我々も、ドラモンドの一件から、スパイの疑いを持って監視をしていた。そこに、英国スパイの片割れである草壁弘子が現れて、満州で軍の機密を盗み出す計画に誘い込んだ。渡りに船と誘いに乗った福原優作は、軍の機密を手に入れた後、ずっと米国に渡る機会を窺っていたのだ。その証拠に、福原優作は米国に渡る旅券の申請をしているんですよ。草壁弘子と同じ時期にね」

「嘘です！　嘘をおっしゃっている！」

「だが、草壁弘子が何者かに殺され、甥の竹下文雄も我々によって逮捕され、計画が明るみに出た。狡猾《こうかつ》な福原は甥に罪を被せて一旦は逃げ延びたが、もはや逮捕は秒読みというところに来ていたのです。それに感づいたあの男は、貴女を騙して囮に仕立て上げ、まんまと我々の監視をかいくぐって、おそらくは国外に出てしまった。大方、我が国の機密を手土産に、米国で悠々自適に暮らすつもりなのだ。見ろ、この敵性品の山を。米国にかぶれ、傾倒していたことの証左だ」

泰治が、長机の上に積み上げられた米国映画のフィルムを指差す。フィルム缶には、映画の題名が書かれている。

「違います！」

「我々の大失態ですよ。まさか、竹下文雄の悪行を我々に報せて下さった貴女が、こんなにも愚かに騙されてスパイの片棒を担ぐような真似をするとは思っていなかったのでね。してやられましたよ」

「違う、違う！」

聡子の声は、もはや絶叫になっていた。椅子から立ち上がろうとすると、背後から数名の憲兵たちに肩を摑まれ、無理矢理座らされた。泰治は、悠然とその様を眺めている。その態度が、余計に聡子の心を逆撫でた。

「何が違うと言うのですか」

「それを、ご覧になれば、わかります」

聡子は憲兵の手を振り切り、泰治の手元を指差した。鈍色《にびいろ》のフィルム缶。泰治は、フィルム缶を軽く振り、これが？　とでも言うように首を傾げた。

「これの中身を見ろと？」

「先程から、軍の機密などとおっしゃっていますが、実際にその機密がどんなものであったか、泰治さんはご存知なのですか？」

「まあ、別部隊のことですから、確かに詳細な内容までは知らされていませんが。貴女が持ってきて下さった手帖も、我々は厳秘扱いとして、中身は詳しく見ておりませんから」

「そのフィルムには、満州で行われている軍の鬼畜の所業が克明に記録されているんです。そんな大事なフィルムを、囮に使うような人間に託しますか？　見ていただければ、わかって貰えるはずです！」

「どうせ、スパイが捏造したものだ。見る価値もない」

「見ればわかります！」

泰治はフィルムを一瞥《いちべつ》すると、誰か映写機を使えるものはあるか、と憲兵たちに向かって声を掛けた。すぐに、一人の男が手を上げる。

秘密の地下室から持ちだされた映写幕《スクリーン》が広げられ、映写の準備が整えられていく。その間、泰治は腕組みしたまま言葉を発しなかった。

「泰治さんだって、皆さんだって、本当は戦争など終わればいいと思っているのではないですか？　昔から、泰治さんは優しい方だったはずです。軍が満州で何をしているのかを知れば、この戦争に大義がないのだと思うに違いありません」

「黙っていろ。それ以上言えば、フィルムの内容如何に関わらず、スパイであると確定することになる」

予想以上に固い反応が返ってきて、聡子は黙らざるを得なかった。その間も憲兵たちはくるくると動き、ものの十分ほどで準備が完了した。泰治が、始めろ、と鋭い声を発した。からからという音と共に、映写幕に光が映し出される。部屋の明かりが落とされると、満州の街並みが浮かび上がってきた。

これが、機密？　という嘲笑交じりの声がちらほらと聞こえた。聡子の腹の奥からむらむらと怒りが沸いて、黙っていられなくなった。皆、何も知らない。満州で何が起きているのかも、優作や聡子の苦悩も。

この後だ。最初の数分間は、万が一どこかでフィルムを確かめられた時に、単なる記録映像であると主張できるようにわざと風景の映像を入れ込んであるのだ。開始から三分半ほどで、映像は本編に入る。映像の粗さは否めないが、逆にそれが禍々《まがまが》しさを引き立てるようにも思える。きっと、室内は水を打った様に静まり返るだろう。そこに映し出されるのは、人の醜さと、恐ろしさだ。

風景の映像から暗転する。いよいよだ。聡子の全身に力が入る。

「なんだ、これは」

目を丸くして映像に見入る泰治を他所に、聡子は立ち上がってふらふらと映写幕に近づいた。室内はしんとして、聡子が立って歩くのを咎める者もいなかった。聡子は映写幕に触れると、膝から崩れ落ち、そのままその場に蹲《うずくま》った。映写機のからからという音が、無性に耳に障った。

暗闇の中、懐中電灯の光が左右に動く。
やがて、光が何かを探し当てる。闇の中の金庫。
聡子は緊張の吐息をつき、金庫に手を伸ばす。
目盛盤《ダイヤル》を回して取っ手を引くと、金庫の扉はあっけなく開く。
その聡子の手を、闇の中から現れた文雄の手が、がっしりと摑んだ。
文雄は聡子の手を離すと、聡子のつけていた仮面を外す。
映写幕には、化粧をした聡子の顔がいっぱいに映っている。

体の奥底から込み上げてくるのは、笑いだった。聡子は堪え切れなくなって噴き出すと、座り込んだまま笑った。この、下らない三文芝居は一体何なのだろうか。いつから聡子は、このどうしようもない舞台の上で踊り続けていたのだろう。
泰治が言った様に、憲兵隊にも特高警察にも監視されていたとすれば、優作が国外に出ることなどほぼ不可能であったのかもしれない。にもかかわらず、優作は鮮やかに日本を発っていった。今頃、洋上にいるのだろうか。明日の今頃は、米国行きの船に乗っているかもしれない。

お見事です――。

次第に遠ざかっていく優作の後ろ姿に向かって、聡子はそう笑い掛けた。前を向いたままの優作が、軽く帽子を摑み上げる。そして、そのまま小さくなっていった。

「聡子さん」

泰治は表情を変えることはなかったが、幾分聡子を見る目つきが変わった様だった。目の奥にあったのは、憐れみであったかもしれない。その目は、聡子の心を更に踏み拉《しだ》き、粉々に砕いた。

「これでわかったでしょう。スパイを庇うのはお止めなさい。もし、貴女が我々に協力するのであれば――」

「私の夫は、スパイではありません！」

聡子は立ち上がり、泰治の体に摑みかかっていた。泰治の服を摑んだところでどうすることもできなかったが、もう泰治の言葉を聞くことにも堪えられそうになかった。長身で逞しい泰治は、聡子が押せども引けどもびくともしなかった。それでも遮二無二体を振り、泰治を引き倒そうとする。

「私は、スパイの妻などではありません！　私は、私は――」

福原優作の――。

憲兵たちが、暴れる聡子を制しようと集まってくる。だがそれよりも先に、泰治の右の手が、肩よりも上に振り上げられていた。

大きな泰治の掌が、聡子の頬を張り飛ばした。まるで耳元で爆発が起きたような音がして、天地が揺れる。不思議なことに、痛みは感じなかった。まず訪れたのは、初めて感じた衝撃への驚き。そして、全身が震えるほどの屈辱感だった。

「いい加減にしろ、この売国奴め！」

泰治の大喝が、部屋を震わせる。いつの間にか、聡子は尻餅をついていた。泰治の剣幕に、周囲の憲兵たちも息を呑んでいた。誰も、聡子に近づいて来ようとする者はいない。

「この女は気が触れているようだ。取り調べても無駄だ。さっさと地下に放り込め。

それから、お前たちは福原優作の行先を追え。上海の憲兵隊に連絡を入れろ。まだ拘束できるかもしれん。それから――」

次第に、顔から血の気が引いていくのがわかる。たった一日で、聡子は全てを失っていた。歯の奥をきりきりと絞られるような感覚と共に、聡子の目の前は真っ白になっていった。

四

闇の中にいることにも、少し慣れた。

気がつくと、聡子は畳三畳半ほどの部屋に寝転がされていた。どうやら、留置場の独房に入れられたようだ。入口には鉄格子。部屋の隅には便器ですらない穴がぽっかりと開いている。木箱の中よりは幾分ましになった、と、聡子は自分を嗤った。

意識が戻るにつれ、泰治に打たれた頬の痛みが明瞭としてくる。熱を持った顔が存在を主張して、聡子が現実から逃げ出そうとするのを許さなかった。口の中も少し切れたのか、僅かに血の味がした。

独房の床に身を横たえたまま、聡子はじっと動かなかった。何かをしようという気が起きない。体を動かすことも、頭で考えることも億劫だった。このまま眠りについて、二度と目を覚ますことなく死ぬことが出来たらどれほどいいだろうか。だが、聡子の意志に反して、頬はじんじんと痛み、心臓は規則的な動きを繰り返していた。

窓のない独房ではどれほどの時間が経ったのかはわからないが、聡子が気が付いてからしばらくすると、閉ざされた空間に人の声が聞こえて来た。横になったまま鉄格子の外に目を向けると、監視の若い憲兵が立ち上がって敬礼をしていた。分隊長殿、という声も聞こえた。

泰治だ。

泰治はこの頃貴重な煙草を一本取り出し、監視の憲兵に差し出した。一服して来い、という意味なのだろう。若い男ははきはきと礼を言うと、留置場を出ていった。残った泰治は木の椅子を摑み上げると、聡子の独房に近づき、鉄格子の前に椅子を置いた。ことり、という小さな音がしたが、聡子はやはり動かなかった。

「聡子さん」

耳が痛くなるほど静かな独房に、泰治の小さな声が響いた。囁くような小声にもかかわらず、耳にしっかりと通る。

「先程は申し訳なかった。ああするしか、貴女を守る方法がなかった」

未だに疼く頬の痛み。思い出すと、恐ろしさに手が震える。ただ、泰治の言うこともわからないわけではなかった。あの部屋に居合わせた憲兵たちが聡子に向けていた怨嗟《えんさ》の目は、泰治の平手打ちと共に引いていったからだ。

「しばらくはここにいて頂くことになるが、自分が手を回して、病院を手配します。野崎医院が良いでしょうね」

「体は、どこも悪くありません」

泰治は少し俯き、口を閉じた。慎重に言葉を選ぼうとしているように見えた。

「不本意だとは思いますが、心の病ということに致します。そうでなければ、取り調べを受けることになる。恥ずかしい限りだが、取り調べとは名ばかりで、ただ自白を迫るだけの拷問に過ぎない。貴女をそんな目に遭わせるわけにはいかない」

「物狂《ものぐる》いの真似をせよとおっしゃるのですか？　いや、本当にそう思われているのかしらね。ねえ、泰治さん。そうではなくって？」

聡子はゆっくりと起き上がると、鉄格子の前まで這って行き、正座をした。椅子に座った泰治が、すぐ目の前で聡子の様子をじっと見ていた。

「そんなことはありません」

「泰治さん、私、いっさい気が狂ってなどおりません」

「それはもちろん、わかっています」

「ただ、それがつまり、私が狂っているということなんです。きっと、この国では」

米国を戦争に巻き込み、日本を敗北に追い込む。まさに売国だ。そんなことをしようと思うだけでも狂っていると言っていいかもしれない。だが、聡子がそうしなければならなかったのは、ささやかな自由を求めたからだ。好きなものを好きと言い、好きな洋服を着て、夫と二人でつましく暮らす。男たちが人を殺しに行くことなどなくなり、時には贅沢をすることも許される。そんな世の中を夢見ることが狂っているというのなら、聡子は間違いなく狂っているのだろう。

「お気持ちは察しますが、今は自棄《やけ》にならないで下さい」

「もういいんです。死刑にでも何でもして下さったらいい」

「そうはいかない。自分は、貴女を守る義務がある」

「どうしてですか？　横浜で家が近かったから？　私と泰治さんの関係など、ただそれだけではありませんか」

「いいえ。これは、福原さんとの約束なのです」

「約束？」

「先程は、福原さんはスパイだと申し上げた。あの場ではそう言わざるを得なかったが、福原さんが何らかの信念を持って米国に渡ろうとしているということはわかります。無論、自分の信念とは相容れないものであったかもしれない。だが、福原優作という人が、悪戯にスパイ行為に手を染めたとは思っていません」

「でも、夫は、私を――」

「福原さんが貴女を置いていったのも、何か考えあってのことでしょう。あの人は、嘘を吐くのを嫌う人だ。その人が、自らの妻に嘘を吐かねばならなかったのですから、その心中は察するに余りある」

「でも――」

――あんたがちゃんと手綱を握っといてやらんと。

野崎医師の言葉を思い出す。自分には、夫の中の炎を御することはできなかった。聡子を米国に連れて行かなかったことが夫の優しさであったとしても、それは共に大事をはかるには足らぬ、と思われたからだ。結局、自分は夫の横には立てなかった。

「今は、恨む気持ちもおありでしょうが――」

「泰治さん」

鉄格子の隙間から手を伸ばし、泰治の軍服を摑む。聡子が力を込めて服を引っ張っても、泰治は振りほどこうとはしなかった。

「本当のことを教えて下さい」

「本当の？」

「密航者がいると通報したのは、夫だったのですか」

聡子が泰治の両の目を見る。泰治は目を逸《そ》らすことなく、聡子の視線を正面から受け止めた。やがて、一度だけ目を閉じ、小さく頷いた。

「知りたいのですか」

「ええ。どうしても」

「自分は、その通報を直接受けたわけではありません。ですから、電話の向こうにいた者が誰かについては、部下から聞いた話をお伝えするしかない」

「どんな声だったと？　何と言っていたのですか」

「部下の話では、声の主は――」

女であった、と。

鉄格子の向こう、泰治の背後に、いつの間にか一人の女が立っていた。日本人には珍しい長身。和服姿で、薄い笑みを浮かべながらこちらを見ている。

――憐れな女《ひと》ね。

聡子は絶叫した。喉も裂けんばかりの悲鳴が響く中、いつの間にか女の姿はどこかに消えてしまっていた。

一九四一年　上海

船が上海の港を出る。福原優作は船尾に立ち、遠ざかっていく街に向かって帽子を掴み上げ、別れを告げた。もう、この港に戻ってくることは二度とないだろう。

フィルムの回収は、驚くほどあっさりと終わった。

久しぶりに見たドラモンドは、見る影もなくやつれていた。偽名を名乗り、自らを殺して極東の島国に送り込まれたスパイは、本国に見捨てられた。行く当てもなく、帰れば処刑が待っている。共同租界の中にある娼館《しょうかん》に潜り込み、下働きの様なことをして食いつないでいたらしい。

フィルムと引き換えに金を寄越せという手紙を見た時には、正直に言って腹も立った。だが、そのやつれぶりを目の当たりにすると、怒りも失せてしまった。強気に出れば交渉ができたかもしれないが、優作はフィルムを言い値で買い取ることにした。偽りであったとはいえ、かつては友人と呼んだ男だ。落ち窪んで生気のない目を見るのは忍びなかった。

「こんなところにいては、日に焼けてしまいますよ」

背後から声を掛けられて、優作はゆっくりと振り向いた。誰もいない甲板に、女が一人立っている。

草壁弘子。

もう、その名前はとうに捨てている。草壁弘子は死に、女は新しい名前を使っていた。だが、ころころと変わる名前をいちいち覚えるのは面倒だ。優作は未だに、草壁弘子、という名で呼んでいる。

草壁弘子が「たちばな」に住み込みの仲居として潜伏していた時、優作は大失態を犯した。米国渡航のための旅券を申請したことで、草壁弘子の居場所が軍に捕捉されたのである。

憲兵に逮捕されれば、草壁弘子の命はない。そればかりか、「たちばな」の仕事を斡旋した優作も、共犯の嫌疑が掛けられることになる。憲兵たちの動きを察知した草壁弘子は、死を偽装することにした。神戸港に投げ込まれたのは、身寄りのない女の死体だった。死体の調達に協力してくれたのは、野崎医師だ。

草壁弘子だった女は、その後も神戸で生きていた。まったく違う名前の女になり、野崎医院で住み込みの掃除婦として憲兵たちの目を欺いていたのだった。

「日焼けをするくらい、僕は別にかまわない。貴女こそ、日に焼けては大変でしょう。洋上の日差しは強いから」

「ええ。でも、晴れていて気持ちがいいものですから」

いつの間にか草壁弘子の髪も胸元まで伸び、服装も洋服に戻った。今日は、亜麻布《リンネル》のブラウスに、膝丈のスカートという出で立ちだ。肌が露わになった手足はすらりとしていて、上品に見える。髪型と服装を変えるだけで、女は随分変わるものだと感心する。「たちばな」にいた頃とは別人だし、満州にいた頃とも雰囲気が違う。

「何を考えてらしたんですか」

「特に何も。もう、上海に来ることはないだろうと思ってね」

「あら、珍しく感傷的ですのね」

「珍しくはないさ。僕だって、人並みに感情はある」

「では、良かったんですか？」

優作が目を向けると、草壁弘子は、奥様、とだけ言葉を付け加えた。

「さあ。良かったかと問われたら、わからないと言うしかない」

「本当は、米国に連れて行きたかったのでは？」

「僕と貴女が上海に渡るためには、この方法しかなかった」

「まあ、残酷な」

「それに、彼女は米国になど行きたくなかっただろう。僕が行くと言うから、行く気になっていただけだ」

いつだったか、米国に行きたいか、と妻に聞いたことがあった。妻は、行きたい、とは言わず、ついていく、と答えた。無理もない。何の縁もない外国、しかもほどなく祖国とは敵国になる国にわざわざ行きたがる者はいないだろう。それでもなお、妻が米国に行くと言ったのは、優作が行くから、という理由に他ならない。人間は自由であるべきだ。そう思っている優作自身が、妻を縛り、自由を奪っていたのだ。

「でも、米国との戦争になれば、日本本土も戦場になるかもしれません。あまり言いたくはないですが、場合によっては命を落とすことにも」

「そうかもしれないな。だが、大丈夫だろう」

「楽観的ですのね」

「彼女を守ってくれる人がいるからな」

長身で仏頂面の分隊長の顔が頭に浮かぶ。

神戸でヤミ商人たちを相手に宝石や時計を買い漁っていた日、優作と聡子の後をずっと尾行している男がいた。顔は見えなかったが、見当はついていた。聡子を先に帰し、尾行者を路地裏に誘い込むと、案の定、優作の後についてきた。入り組んだ細い道に入ったところで踵を返すと、下手な変装をした男が走ってきた。

津森泰治だ。

一体、何をしようとしているのか、と、泰治は優作を睨みつけた。そちらこそどういうつもりか、と返すと、泰治は、いよいよ、特高が優作を思想犯として逮捕する方向で動いている、と告げた。特高に手柄を取られてはならぬと大阪の憲兵隊も動き出しており、少しでも優作がおかしな行動を取れば、憲兵か特高か、いずれかが優作を捕らえることになるようだ。

何故そんなことをわざわざ教えるのか、聞かなくてもわかり切っていた。津森泰治にとって、聡子は放っておいていい人間ではないのだ。幼馴染という間柄以上の感情もあるのだろう。

――僕の身に何かあったら、聡子を頼めるか。

その一言で、全てが通じたようだった。津森泰治は、何を馬鹿な、と憤慨して見せたが、目に怒りは浮いていなかった。優作とは立場も考え方も違うが、相通じるところはある。津森泰治がいるなら。そこで、優作はようやく足に絡まるものを吹っ切ることが出来た。

いずれ、優作は逮捕される。逮捕されればどうなるか、文雄を見れば一目瞭然だ。痛めつけられることを怖がったわけではないが、理不尽な理屈で命を奪われるのは考えものだった。優作の状況を理解して、米国行きに誘って来たのは、草壁弘子だ。即《すなわ》ち、英国のスパイとなって働け、という意味に他ならない。

葛藤はあったが、最終的に、優作は草壁弘子の提案を受けた。

戦争を終わらせ、自由を日本に芽吹かせる。大義はあるが、それを誇ることはできない。自分を信じてくれた妻一人、幸せにしてやることができなかったからだ。目を閉じ、耳を塞いでただ妻と暮らす道を選ぶこともできたが、優作はそれを良しとはできなかった。

だが、言い訳はすまい、と優作は心に決めた。どの選択が正しかったのかはわからない。それでも、自分の選んだ航路を、真っ直ぐに進んでいくしかないのだ。

「そういえば、お渡しするものがあったんです」

「渡すもの?」

草壁弘子に手渡されたのは、旅券だった。日本国のものではない。中を開くと、氏名の欄には、劉何某《りゆうなにがし》という誰かもわからない名前が記載されていた。どうやらこれが、優作の新しい名前になるようだった。

草壁弘子が、自分の旅券も開いて見せた。旅券はもちろん偽造だ。漢人は日本人のように夫婦が同姓になることはないが、旅券上、優作と草壁弘子は夫婦ということになっている。今後は草壁弘子と夫婦を装って行動することになるということだ。互いの名前を覚えておく必要があった。

「結局、私はスパイの妻という運命から逃れられないようですね」

「スパイの妻? 冗談はよせ。貴女はスパイの妻などではないだろう」

「あら、どういうことですか」

「貴女こそ英国のスパイだ。夫だと言っていた医師はスパイなどではなく、貴女に協力しただけだろう。違うか?」

草壁弘子は微かに笑みを浮かべたが、肯定も否定もしなかった。ただ、どうでしょうね、と含みを持たせただけだった。

「いずれにせよ、一旦イギリスに向かわなければなりませんから、道中、仲睦《なかむつ》まじく見せてください」

「英国へ？」

「ええ。まずはシンガポールへ。そこからインドを経由して、地中海を通ってロンドンに行くつもりです。ロンドンに着いたら、諜報機関に貴方を紹介します。アメリカに渡るのはその後ですね。船で北極圏を行くことになりますから、そのつもりで」

「それはまた、大冒険だな」

優作は鼻で笑うと、やれやれ、とばかり天を仰いだ。その調子だと、米国に辿り着くのは二月以上先になるだろう。

「一つ、断っておきたいことがある」

「何でしょう」

「今後は貴女と夫婦のように振舞うことになる。それは理解した」

「ええ。物分かりが良くて助かります」

「だが、僕の妻は、生涯、彼女しかいない」

僕が偉そうに言える話ではないが——、と、優作は海の向こうに視線を移した。上海を出た船は南下し、亜細亜から、そして日本列島から遠ざかっていく。

草壁弘子は、揶揄うことも皮肉ることもなく、ええ、わかっています、と頷いた。

一九四五年　三月十七日

一

「おお、聡子さん、調子はどないや」

「ええ、今日は悪くありません」

「それは何よりやねえ」

聡子に話し掛けてきたのは、野崎医師だ。老齢にもかかわらず、いつも通り背筋がぴんと伸びている。とはいえ、拭い去れない疲れが顔から見て取れた。無理もない。野崎医院にも帰国した傷病兵が次々と運び込まれていて、既に満床以上になっているのだ。医薬品は慢性的に入手困難で、苦痛に呻《うめ》く人たちに、満足な治療もできない。それでも、野崎医師は最前線に立って他の医師たちに指示を出し続けている。

聡子が「スパイの妻」と誹られるようになってから、もうじき丸四年が経つ。その間に起きた出来事を、一言で言い表すことは難しい。あまりにも多くのことが起きて、日を追うごとに世界は暗く沈んでいった。

優作が日本を棄ててから約半年後のことだ。

日本は真珠湾の米軍基地を攻撃し、米国との戦争に突入した。

優作が本当に米国へ渡ったのか、そしてあのフィルムと文書を使って米国政府を動かしたのかは定かではないが、優作が日本を出て三ヵ月後の一九四一年八月、米国は日本向けの石油の全面禁輸を決めた。その後も、米国は関係改善を模索する日本に対して絶縁状とも言うべきハル・ノートを突きつけ、日本を徹底的に追い込んだ。石油という生命線を断たれた日本は、米国との開戦以外の道を失った。

真珠湾の奇襲成功以来、大本営発表は華々しい戦果を誇らしげに発表していたが、最近はさすがに劣勢が隠し切れなくなってきたのか、局地戦での敗北を伝えることも増えてきた。大本営発表の内容には、懐疑の目を向ける者も少なくなかった。発表された戦果を考えれば、米軍の艦隊や航空戦力はほぼ壊滅状態でもおかしくないはずだが、年を追うごとに日本本土への空襲は回数を増している。隠し切れなくなった敗北も「玉砕」などという言葉を使って美化していて、おそらく、正確な情報は国民に伝えられてはいない。一部の新聞は、皇軍苦戦、補給路断たれる、などの記事を出していたが、そちらの方が実態に近いのだろう。

聡子もまた、大本営発表はまるで信じていなかった。優作は、米国と戦争になれば、もって四年、最後は物量に圧倒される、と予測していた。日米の戦争が開戦してから、既に三年と少しが経った。日本はもうじき戦う力を失い、敗色がさらに濃くなっていくだろう。

「そう言えば、あの娘《こ》は元気やろか。ええと、名前はなんやったかな」

「八重子です」

「そうやそうや。八重ちゃんやったな」

夫がいなくなり、戦争が激しくなって、聡子の生活は随分変わった。だがそれ以上に、聡子の世界を劇的に変えたことがある。

娘が生まれたのだ。

結婚してからずっと、優作との間には子ができなかった。互いの体に問題があったのではなく、単に優作が忙しかったせいもあるだろうが、それでも別れの前日の交わりで子が宿ったことは、人知の及ばぬ運命の様なものを感じざるを得なかった。

聡子は密航船で逮捕されてから、スパイである夫によって洗脳を受けたとして、一月ほど精神病院に強制入院させられた後、釈放された。不幸中の幸いではあるが、夫がいなくなっても家は残っていた。銀行にもかなりの金が預けられたままになっていて、釈放後も最低限の生活費は確保できた。優作は、預金を下ろすと憲兵に感づかれる、と言っていたが、聡子を日本に置いていくことを想定して、わざと金を残していったのかもしれない。

金村や駒子も、給金は前金で貰っているからと、家に残ってくれた。

妊娠が判明したのは、米国との関係悪化が伝えられた夏の盛りのことだった。釈放後は家に閉じこもっていた聡子だったが、体調の不良を感じて野崎医院にかかった際に、自身が妊娠していることを知らされた。

その後、娘の八重子を産み、その産褥《さんじょく》が明けるとすぐ、聡子は日赤病院の看護婦養成所に通いはじめた。夫の残した財産があるとはいえ、円の価値は下がり続け、生活に必要な品物のヤミ価格は高騰している。娘を育てていくには、収入を得る手段を持たなければならなかった。

聡子は高等女学校を出たばかりの若い女子に混ざって看護技術を学び、二年半で晴れて甲種看護婦の資格を得た。その後、野崎医師にお願いをして、野崎医院で働かせて貰うことになったのだった。養成所に通っていた時、そして勤めに出るようになった今も、聡子が家にいない間は娘の面倒を駒子が見てくれている。

本当は、娘を連れて横浜の実家に帰ってもよかったのだが、聡子はあえてそうしなかった。心の奥底では、夫が自分を迎えに戻ってくるかもしれない、などと思っていた。当然、そんなことは起きなかったが。

夫を失い、生きる希望を失った聡子にとって、娘は唯一の生きる理由となっている。娘に希望の光を見出したというよりは、娘を育てなければならぬという母としての使命ができたことが大きかった。幼い娘は、頼りなく、弱々しい。聡子が守ってやらねばならない。やるべきことではなく、やらねばならないことがあった方が、何も考えずにひたすら生きることが出来た。

「子持ちの母に、夜勤など頼むのは心苦しい限りやけど」

「いえ、今はそんなことも言っておられませんから」

聡子は、手首の腕時計に目を落とす。分不相応な高級品だが、いろいろ失った中で手元に残ったものの一つだ。病院では何かと必要になるので、場違いな高級時計であるとは承知の上で、いつも身につけている。

時計の針は、もう午前一時に差し掛かっていた。灯火管制で真っ暗にされた夜の病院は、なんとも不気味で恐ろしい。だが、仕事をこなすには怖いなどとは言っていられない。懐中電灯を片手に、朝まで病室を回り続けなければならなかった。

夜中であっても、寝つけない入院患者たちの呻き声は絶えず聞こえてくる。入院患者の多くは、戦地で負傷し、帰国してきた負傷兵だ。手足を失った者はこまめに包帯を替えてやらねばならないが、消毒薬も最近はなかなか手に入らないし、痛み止めもそうそう打ってやれない。酒を含ませた新聞紙で患部を拭き、無駄が出ないようにできるだけ短く切った包帯を巻くだけだ。

中には、傷が化膿《かのう》し、腕や脚が壊死《えし》してしまった者もいる。そうなったら、腐ったところを根元から切断してしまう以外助かる方法はない。麻酔も不十分な中、医師や看護婦が総出で患者の体を押さえ、口に猿轡《さるぐつわ》を嚙ませて腕や脚を切り落とす。初めの頃は、その凄まじい悲鳴が耳に残って心が折れそうになったが、今は少し慣れてきた。強くならなければ、この戦争を生き抜くことはきっとできない。

負傷兵の包帯を交換する。空襲の焼夷弾《しょういだん》で火傷を負い、全身を木乃伊《ミイラ》のようにされた老人に水を飲ませる。そうやって、見るに堪えない姿になった患者たちの相手をしているうちに、いつの間にか夜が明ける。今日もきっとそうなるだろう。日を浴びながら自宅に帰る頃には、もう余計なことを考える余裕もないほど疲れている。

「聡子さん、少し話をする時間、あるやろうか」

「あ、はい。少しでしたら」

「その、僕はね、聡子さんに謝らんといかんことがあるんや」

誰もいない病院の廊下で、野崎医師は備え付けの長椅子に座り、聡子を手招きした。何事だろうと思いながらも、聡子は言われるがまま野崎医師の隣に腰を掛けた。

「謝る、とは、何のことですか」

「優作のことや」

「優作さんの」

「僕は、予め知っていたんや。その、優作が聡子さんを残して米国に行こうとしておるんを」

えっ、と、短い声が聡子の口から漏れた。まさか、突然こんな話を聞かされるとは思ってもみなかった。

「そう、なんですか」

「優作からは固く口止めをされておってね。しかし、これではあまりにも聡子さんが不憫《ふびん》でならんと思ってはいたんや。だが、終《つい》ぞ打ち明けることができんかった」

堪忍して下さい、と言いながら、野崎医師は聡子に向かって禿頭を深々と下げた。聡子の胸はざわざわと騒《ざわ》めいたが、何故教えてくれなかったのかと野崎医師を責めようという気持ちにはならなかった。

「野崎先生が私にその話をして下さっていたとしても、優作さんが決めたことですから、きっとどうやっても同じ結果になったのだと思います」

「僕が言うことやないかもしれんが、優作も葛藤して葛藤して、ようやく出した答えなんや。決して、聡子さんを捨てて行ったわけやない。それだけは、理解してやってくれんか」

わかりました、と素直に頷くことはできなかったが、優作を憎もうと思ってもなかなか憎むこともできなかった。いつまでも執着していては前に進めないが、かといって過去の出来事と切り捨てることもできない。言葉では説明し難い、愛憎入り混じった気持ちに整理をつけるには、もう少し時間が必要だった。五年か、十年か、或《ある》いはもっと。

「もしや、先生は優作さんの消息をご存じなのではないですか」

「ああ、優作が姿を消して少しした頃、手紙が届いたことがあったんや」

「手紙が」

「そうや。印度《インド》のボンベイにおると書いてあった」

「印度に？」

「太平洋を渡るのは危険やと思ったのかもしれん。印度からスエズを通って一日英国に行き、そこから米国を目指すとあった」

「それから、連絡はありませんか」

「後にも先にも、優作から手紙が来たんはその一回きりやった」

そうですか、と、聡子は溜息をついた。もし、優作が米国に渡ることが出来なかったのだとしたら、どの道、米国と日本は戦争に突入していたということになる。優作の行動が、丸きり無駄だったとは思いたくなかった。優作は米国に渡り、本懐を遂げたのであろうと思うことにした。

「どうか、優作さんのことはもう忘れて下さい。私も忘れられるように、一生懸命働きます」

「ああ、うん。そうやな。時間を取らせてしもうて、申し訳なかった」

では、と、聡子が長椅子を立ったその時、外から耳障りな音が聞こえて来た。ブー、という無機質なブザーの音が、延々と響く。

「警戒警報やな」

「また空襲ですね。神戸に来るでしょうか」

「大阪が火の海にされたばかりやから、次は神戸に来るかもしれん」

ここ一週間、大都市への空襲が相次いでいる。東京や名古屋は焼け野原となり、数日前には大阪がB29の大編隊による爆撃を受けた。大阪に落ちる焼夷弾と燃え上がる炎は、神戸からもはっきりと見えたほどだった。

先月は、神戸の市街地にも毎日のように焼夷弾が落とされて、軍需工場や学校など、多くの建物が被害に遭った。聡子が任されている全身火傷の老人も、焼夷弾にやられて、辛うじて生き残った中の一人だ。

「患者さんたちを防空壕《ぼうくうごう》へ避難させましょう」

「そうやな。皆に声を掛けて貰えるか」

ほぼ毎日響き渡る警戒警報には慣れっこになってしまっていたが、嫌な予感がして聡子は自分の二の腕をさすった。真っ暗な廊下を駆け回りながら、患者たちに避難を呼びかける。

二

大きな虫の羽音の様な、B29の飛来音。照明弾が落とされて神戸が昼間のように明るくなったのは、警戒警報が空襲警報に変わってすぐのことだった。真っ白な光の中で腕時計を見る。時間は、深夜二時を過ぎていた。地上から空に探照灯の光の帯が伸びて、右に左にゆらゆらと揺れているのが見えた。

「早く！　重症患者さんから防空壕へ！」

野崎医院の敷地内には、防空壕が三ヵ所用意されていた。だが、自分では歩くことのできない患者たちの避難は容易ではない。夜勤の看護婦と当直医だけではとてもではないが追いつかず、警官や近所の住民の手も借りなくてはならなかった。

「来るぞ！　早くしろ！」

誰かの叫び声を掻き消す様に、遠くからB29の編隊が近づいてくる音が聞こえた。これまでの空襲とは桁違いの音の数だ。しかも、音が近い。低空を飛んできているようだ。大阪と同じように、米軍は神戸も火の海にせんとしているのだ。

「先生も、早く防空壕へ！」

避難の陣頭指揮をしていたのは、野崎医師だった。老体に鞭を打ち、狼狽《ろうばい》する若い医師たちに発破をかけて回っている。

「おお、聡子さん、あんたは家に帰りなさい！」

「でも、患者さんたちがまだ！」

野崎医師は肩で息をしながら聡子に駆け寄ると、力いっぱい肩を摑んで、帰りなさい、ともう一度大声で叫んだ。

「あんたが死んだら八重ちゃんは誰が育てるんや！　早《は》よ帰りなさい！」

「先生！」

さあ、と、野崎医師に背中を押され、聡子が病院出口に向かって走り出した瞬間だった。頭上で大きな炸裂音がしたかと思うと、夏の夕立の様な、ざっ、という音が聞こえた。焼夷弾だ、と思った時には、野崎医院の敷地内に、焼夷弾の雨が降り注いでいた。

投下された焼夷弾は、上空で炸裂して子弾をばらまくようになっている。子弾と言っても、一抱えもある六角形の金属の棒が降ってくるのだ。民家の屋根などは簡単に貫き、床や地面に突き刺さる。

「あかん、エレクトロンや！　消火は無理や！　逃げえ！」

声を聞くまでもなく、地面に突き刺さった金属の棒が、ばちばちと激しい火花を散らし始めた。エレクトロン焼夷弾は、燃える油を撒き散らす普通の油脂焼夷弾よりも遥かに高熱の火花を発生させる。しかも、地面に落ちて燃え出すと、五分か十分は燃え続ける。とてもではないがバケツの水などでは太刀打ちできず、コンクリート造りの建物でもひとたまりもなかった。

炎に巻かれて暴れ回る人、その場に蹲って泣き叫ぶ人。

聡子が、振り返って戻ろうとすると、野崎医師が、早よ行け！　と何度も叫んだ。だが、その声は急に途切れた。空から落ちて来た爆弾が、野崎医師を直撃したのだ。

「先生ーッ！」

聡子の目の前で、野崎医師の体は木っ端のように吹き飛んだ。続け様に、落ちて来た焼夷弾が次々と火を噴く。あっという間に、野崎医院は燃え盛る地獄と化した。激しい火の壁に遮られて、聡子は戻ることもできなくなっていた。

ごめんなさい、と心の中で叫びながら、聡子は敷地の外に飛び出した。市街地は既に、逃げる人々の悲鳴で阿鼻叫喚《あびきようかん》の様相を呈している。六甲山へ。海に背を向けて走り出した聡子の頭上から、また、ざっ、という爆弾の雨が降ってきた。爆弾が地面に刺さる鈍い音。木造家屋は為す術もなく燃え上がり、凄まじい勢いで燃え広がっていく。燃える建物の間を駆け抜けるだけで、肌が焼けそうになった。
聡子が必死で走っていると、前方から逃げてきた中年の男が、こっちは通られへんぞ、と大声で叫んだ。顔を上げると、火の壁が道を塞いでいるのが見えた。真っ直ぐには進めない。火を避けながら進もうとしているうちに、どちらが山側なのかすらわからなくなってくる。

ふと道の端を見ると、火に包まれた人間が幽鬼の様に歩いていた。髪の毛や服が燃え上がっても、人間はすぐには死ぬことが出来ないのだ。生きながら火に焼かれる苦痛の中、救いを求めてよたよたと歩く。何もできない、ごめんなさい、と、聡子は燃える人の横を駆け抜けた。

病院を出て二時間、聡子は燃え盛る街の中をただひたすら走り続けた。だが、それももう限界だった。息は切れ、体のあちこちに火傷を負った。目指す場所もわからなくなり、周囲は火に囲まれている。人の叫び声や、建物が崩れる音、木が爆《は》ぜる音。目の前で起きている現実が現実味を失い始め、夢の中で起きている出来事のように感じた。

大通りの真ん中で、聡子はついに膝をついた。この短い間に、どれだけの死を目の当たりにしただろう。自分も死ぬのだ、と、聡子は目を閉じた。火に焼かれるか、野崎医師の様に爆弾に圧し潰されるか。追い縋ってくる死の影は執拗《しつよう》で、逃げ切ることは出来なかった。

張りつめていた気持ちの糸が切れると、笑いが込み上げてきた。全ては優作の言う通りになった。日本が米国に勝てる見込みなど、やはりありはしなかったのだ。

「日本は、負ける」

聡子はそう呟くと、地面に倒れ伏した。もう、一歩も歩けない。焦土の中から出てくるという自由の芽を、聡子は見ることが出来そうになかった。せめてもう一度娘を抱いてやりたいとも思ったが、それも叶わぬ願いになりそうだった。

戦争は終わる。

優作さん、お見事です。

うわ言の様に、聡子は優作に語り掛けていた。煙を吸い込んだせいか、意識が朦朧《もうろう》とする。火の海の先に、帽子を摑み上げながら笑う優作の姿が見えた。

でも、優作さん。
これが、貴方が望んだ世界なのですか？

この、地獄が――！

一筋、涙が目頭から零れて地面に落ちた。聡子がこの世に残す、最後の一滴。ここから自由の芽が芽吹いてくれたらいい、と、聡子は願った。願わくば、娘が自由に生きられる世の中になりますように。誰に祈ればいいのかは、相変わらずわからない。目を閉じる。音が遠くなる。和装の女が闇の中で微笑みながら、あら、諦めるの？と首を傾げた。

ええ、そうよ。もう、疲れてしまったから。

三

夜が明ける。

聡子は呆然としながら、東の空に昇った太陽が照らす神戸の街を眺めていた。六甲山近くの高台から見下ろす街は、街と呼ぶのも憚られるほど、ただの更地にされてしまっていた。見渡す限り全ての家が焼け落ち、まだ黒煙が立ち上っている。

空襲が終わったという警報解除のサイレンが鳴り響いてからも、暫くは焼夷弾が降ってきそうな気がして、聡子は這いつくばりながら坂道を上った。日の出の時間を迎えてようやく足を止め、へたり込む様に高台の草むらに腰を下ろした。服はあちこち焼け焦げ、肩や腕に火傷を負っていた。髪の毛を触ると、毛先が燃えて丸まっているのがわかった。

喉が渇いた。そう思ったのと同時に、目の前に水筒が差し出された。

「どうぞ、お飲みなさい」

「有難う」

水筒を差し出したのは、泰治だ。

焼夷弾の雨の中、火に囲まれてもう死ぬのだと覚悟した聡子の体に、ひやりと冷たいものが被せられた。驚いて目を開けると、自分の名を必死に呼ぶ男がいる。ぼやける目を凝らしてみると、橙色の火明かりに照らされた男の顔が見えた。泰治だった。

「泰治さん」

「聡子さん、怪我は」

「わかりません」

「とにかく、行きましょう。歩けますか」

「行く、どこへです」

泰治が、力の抜けた聡子の脇に肩を入れ、引き起こした。だが、一度生を諦めた体には、まるで力が入らない。聡子は再び膝をついてしまった。

泰治はしゃがみこんで聡子の正面に回り、両手で聡子の頬を挟み込むように叩いた。前に頬を張られた時とは少し違う痛みが、じわりと聡子の頬に残る。

「家ですよ。家に帰るんです」

「家に」

「そうです。貴女を待ってる子がいるじゃないですか」

泰治が聡子に羽織らせたのは、水を含ませた長襦袢《ながじゅばん》だった。泰治自身も濡れた薄掛けを頭から被り、火の粉が激しく舞う道へ、無理矢理聡子を抱えて突っ込んだ。動かぬ足を必死に動かし、夜通し歩いて火の地獄を脱した。真っ暗な山の中を手探りで歩き、ようやく朝を迎えたのだ。

泰治は、空襲警報が鳴り響く中、野崎医院に聡子を探しに来たようだった。その時には既に、聡子は六甲山に向けて走り出していた。泰治は聡子の姿を探して二時間も火の海の中を彷徨い、ようやく、倒れて動かない看護婦を見たという人間に巡り合ったそうだ。

差し出された水を口に含むと、喉が上手く開かずに激しく咽《む》せた。聡子は泰治に水筒を返すと、もう一度神戸の街であったはずの場所を見た。涙は出てこなかった。火の海の中に零した涙の粒が、最後の一滴であったのかもしれない。

「燃えてしまいました、何もかも」

「ああ、そうですね。ここまで完膚なきまでにやられると、悔しいという気持ちも起きなくなってきますが」

　泰治は草むらに仰向けになって、空を見上げる。泰治の顔は、煤《すす》で真っ黒になっている。きっと、聡子も同じような顔になっているだろう。

「でも、聡子さん、我々は生き延びました」

「私がここまで来れたのは、泰治さんのお蔭です」

「間に合って良かったですよ」

　泰治は上体を起こすと、煤だらけの顔を聡子に向け、笑った。

「その、良かったんでしょうか」

「何がです？」

「分隊長さんが、一人でこんなところまで」

　泰治は、ああ、と頷くと、いいんです、と答えた。

「そう言えば、ご存知なかったのですね」

「何のことでしょうか」

「もう随分前ですが、免官になったのです。残念ながら、あるスパイを取り逃がしましてね。今は、予備役の身です」

「それは、もしや——」

「ええ、いいんです。なんだか、何もかも馬鹿らしくなりましてね。神戸に来た頃は、我が国を敵国のスパイから守るのだと意気込んでいたのですが。いつの間にか、憲兵隊も国を守るための組織ではなく、戦争に反対する人間を黙らせるための組織に変わってしまった」

「泰治さんには、憲兵など向いていませんよ」

「前は、頼りがいがあるからと言って頂けたと思ったのですが」

そうでしたかね、と、聡子は首を捻る。冗談ではなく、ここ数年は嵐の中を進んでいたかの様で、記憶も曖昧《あいまい》だ。

「でも、こうしていると、一緒に横浜の山を駆けた頃を思い出しますよ」

「そうですね。遠い昔のことの様に思います」

「遠い昔なんです、きっと。時というのは恐ろしいものですね。随分変わってしまった。自分も、世の中も」

そろそろ行きましょうか、と、泰治は立ち上がった。そして、煤だらけでごつごつとした手を差し出す。聡子が手を握ると、男の力でぐいと引っ張り上げられた。

「歩けますか」

「ええ。なんとか」

「では、早く帰りましょう。きっと、娘さんも待っている。ええと、名前は――」

「八重子です。八重桜の八重に、子供の子」

「いい名前だ」

泰治が、聡子の前を歩き出す。ただでさえ背の高い泰治に朝日が当たって、驚くほどのっぽの影法師が出来ている。

「泰治さん」

「なんでしょう」

「戦争は終わりますか」

泰治が軽く後ろを振り返り、またすぐに前を向く。

「もうじき終わるでしょう。悔しいが、福原さんの言う通りですよ」

「そうですか」

「ただ、今日の様な空襲がまだ何度かあるでしょう。戦争が終わるまでには、まだたくさんの生贄を捧げなければならぬようです」

「優作さんが言っていたんです。戦争に負けて、焦土となったところから、自由が芽吹く」

そうですか、と、泰治は歩きながら頷いた。

「自由か」

「生き延びることが出来るでしょうか、私たち」

「どうでしょう。わかりません。でも、命が潰えるその瞬間まで、生きることを諦めてはいけない」

生き延びましょう。泰治の声が力強く聡子の胸に響いた。

「そうですね」

「福原さんの言った通り、戦争が終わって、この国に自由が戻って来た時は――」

また、旨いウイスキーを一緒に飲みましょう。

泰治はそう言いながら、酒杯《グラス》で氷を転がす真似をした。

二〇二〇年　夏（後編）

ばあば、ティッシュだよ。

孫娘二人が、八重子にティッシュケースを差し出す。八重子は、礼を言いながらティッシュを一枚取り、思わず溢れ出した涙を拭った。

「ねえ、ばあば、大丈夫？　泣かないで」

「うん、大丈夫よ。ちょっとね、涙が出ちゃって」

心配そうに顔を覗き込んでくる孫娘たちに、八重子は無理矢理笑顔を返した。

『スパイの妻』と書かれたフィルムに残っていたのは、生前の母の姿だった。どういった意図で作られた映像なのかはわからなかったが、化粧をし、洒落た洋服で着飾った母の姿に、八重子はひどく驚いた。八重子の記憶の中の母は、化粧っ気がなく、服装はいつも量販品で地味だったからだ。だが、壁一面に映った母の顔は、凜としていて、とても美しかった。

喜久雄は、昔の自主映画ではないか、と言った。そう言われれば、確かに映画の様に見える。母は最後に銃で撃たれ、男の腕の中で目を閉じた。音はなかったが、しっかり演技をしているように見えた。

一体、この映画を撮影したのは誰なのだろう。答えをくれる人はもうこの世にいないが、八重子は直感していた。


――父だ。


八重子の母は横浜の生まれだが、昭和八年に結婚し、神戸に嫁いだ。だが、当時の夫は連合国側のスパイであったそうで、八重子の母を置いて日本から脱出したという。それが、八重子の実の父だ。

母は終戦後に神戸から横浜に戻り、その後、幼馴染と再婚をした。八重子が一緒に暮らした「父」は、実父ではなく、育ての親だった。

自分に実の父がいることはかなり幼い頃に聞かされていたが、その実父について、母は頑《かたく》なに何も語らなかった。父も、母が語らないのならば、と口を噤んだ。だが、スパイであったということは神戸から遠く離れた横浜でも知れ渡ってしまっていたようで、戦後しばらくの間、八重子にも怨嗟の目が向けられた。石を投げられることもあったし、スパイの子、と唾《つば》を吐《は》かれたこともある。

何故、顔も知らない人のために自分がいじめられなければならないのか。何故そんな人と母は結婚したのか。子供の頃は、何度もそう思った。八重子がスパイの子、と蔑まれた様に、母もまた、スパイの妻、と陰口を叩かれていたのだ。

一度、自分にこんな思いをさせた実父が憎い、と母に訴えたことがあった。だが、母は同意をすることはなく、「あの人はスパイではない」とだけ答えた。私はスパイの妻ではない。あなたもスパイの子ではない。だから、周りの声など放っておきなさい、と言った。

映像の中の母の年頃からすると、撮影されたのは八重子の実父と夫婦であった、神戸時代のものだと思われた。八重子は、顔も人となりも知らない実父のことを、傍若無人で身勝手で、人を人とも思わない冷血漢であると勝手に思い込んでいた。母が笑わなくなったのはきっと実父に虐げられた所為で、神戸での八年間は地獄の様なものだったに違いない、と思っていたのだ。

だが、もし『スパイの妻』を撮影したのが実父だとしたら、それまで八重子が持っていたイメージとは随分違う印象になる。買ったばかりのフランス製カメラを持ち、映画でも撮らないか、と母に笑い掛ける男の影が頭に浮かんだ。

スクリーンに「ＦＩＮ」の文字が映し出された時、八重子は少し混乱していた。長い間信じてきたことが、たった十数分の映像で覆ってしまったのだ。自分の中に根深くある実父への恨みを、どこに向ければいいのかわからなくなった。

戸惑う八重子を他所に、喜久雄が映写機を止めようとした。だが、首を傾げ、手を止める。まだ続きがある、というのだ。

しばらく、何も映らない時間が過ぎた。やっぱり何もないのか、と息子が腰を浮かせた時だった。突然、スクリーン代わりの白壁に、再び映像が映し出された。今度は映画ではなく、日常を撮影したものの様だった。

映っていたのは、やはり母だ。

音のない世界で、母は笑っていた。オープンカーに乗っている自分を自ら撮影したり、指につけた指輪を誇らしげにカメラに向けたりしている。屈託なく笑う母の姿は、八重子にとって衝撃だった。

神戸だろうか。母は、山の上の展望台のようなところで街を見下ろしていた。映像は不思議な光に包まれていて、おとぎ話のワンシーンのように見える。ベンチに座っていた母が立ち上がり、少しはにかみながら両手を広げ、そのままバレエを踊る様にくるりと回った。カメラに向かって母の唇が動く。撮影者に、何か声を掛けたようだ。

自由。

八重子には、母がそう言っているように見えた。気難しく笑わない母だったが、自由という言葉はよく使っていた。自由に生きなさい。それが、唯一の母の教えだった。気が付くと、八重子の目からは涙が流れていた。母にも、こんなに笑えるほど幸せな時代があったのだということが、嬉しくて、寂しかったのだ。二つの相反する感情が胸に詰まって、八重子は何も言うことが出来なくなった。

ほどなく、フィルムが最後まで回った。八重子はティッシュで涙を押さえると、

あ、と一つ溜息をついた。

「うちのおばあさんの若い頃か、これは」

「そうね」

「ちょっと想像つかなかったな。こんなに美人だとは思わなかった」

喜久雄が映写機を片付けながら笑う。

「顔立ちは整っていると思ってはいたけど、こんなにおめかしをしているところは見たことがなかったわね」

ようやく涙が止まったが、八重子が鏡を見ると、目が真っ赤になっていた。間が悪

いことに、玄関のチャイムが鳴った。どうやら注文していた寿司の出前が来たようだ。

泣き顔で出て行くわけにもいかず、財布を出して、喜久雄に会計を頼む。喜久雄は財布を受け取らず、妻に会計を任せた。二人の孫娘が、お寿司！　とはしゃぎながら、母親の後を追う。

「でも、なんかさ、最後の映像はちょっとおかしかったよな」

「おかしい？」

「画質が前半と違っていただろ？」

「そうね。なんだか、光が強かったように見えたけど」

「フィルムの劣化もあるだろうけど、あれ、他のフィルムを映写してるところを撮ったんじゃないかな。たぶん、個人で複製なんて難しかっただろうし」

「なんのためにそんなことするのかしら」

「んー、原版《オリジナル》があるんだろうよ。どこに行ったかはわからないけど。そっちの方が鮮明に映ってたんじゃないか。残念だったな」

そうね、と、八重子はフィルム缶を手に取った。もう、二度と見ることはないかもしれないが、この中に、間違いなく若き日の母が生きている。

「ねえ、喜久雄」

「ん？」

「その映写機、やっぱり新居に持っていこうかしら」

喜久雄はややきょとんとしたが、まあいいんじゃないか、と頷いた。映写機は丁寧に外箱に収められ、部屋の隅に置かれた。

「お寿司来たよ！」

賑やかな孫娘たちの声。光を遮っていた雨戸を開けると、カンカン照りの夏の日差しが眩しい。クーラーがなかったら、暑くてへたってしまいそうだ。涼しい家の中で、家族に囲まれて寿司が食べられる。嫌なこともあったが、いい人生だったと八重子は思った。

食べる前に手を洗ってこい、と喜久雄が孫娘を連れて洗面所に行く。テーブルの上には写真立てが置かれたままだ。母はにこりともせず、じっと八重子を見ているようだった。

読者の皆さまへ

本作品では、「支那」「支那人」などの地域名・民族呼称、「狂う」などの精神疾患を想起させる表現、「掃除婦」「女中」「人足」などの性差別・職業差別に当たる呼称等、今日の人権意識に照らせば不適切な、差別的とされる言葉が使用されている箇所があります。本作品は主に一九四〇年から四五年の日本及び中国大陸を舞台としており、当時の時代性や社会性を反映させるためには、当該箇所を後の時代になって使用されるようになった語に置き換えることは困難であると判断し、著者、および弊社にて協議の結果、削除や修正などは行わず、そのままとすることにいたしました。当該表現の使用につきましては、作品性、時代性を考慮した結果であり、現代社会における差別的表現を容認する意図は一切ございません。読者のみなさまにおかれましては、以上の点につきまして何卒ご理解くださいますようお願い申し上げます。

なお、本作品はフィクションであり、実在の人物、団体とは一切関係ありません。

著者・編集部

本書は、ドラマ『スパイの妻』（演出　黒沢　清）の
小説版として著者が書き下ろした作品です。

|著者|行成 薫 1979年宮城県生まれ。東北学院大学教養学部卒業。2012年に『名も無き世界のエンドロール』で第25回小説すばる新人賞を受賞しデビュー。他の著書に『バイバイ・バディ』『ヒーローの選択』『僕らだって扉くらい開けられる』『廃園日和』『ストロング・スタイル』『怪盗インビジブル』『本日のメニューは。』などがある。

スパイの妻《つま》

行成《ゆきなり》 薫《かおる》

2020年5月15日第1刷発行
2020年10月7日第4刷発行

講談社文庫
定価はカバーに表示してあります

発行者――渡瀬昌彦
発行所――株式会社 講談社
東京都文京区音羽2-12-21 〒112-8001
電話 出版 (03) 5395-3510
販売 (03) 5395-5817
業務 (03) 5395-3615

Printed in Japan

デザイン―菊地信義
本文データ制作―講談社デジタル製作
印刷――凸版印刷株式会社
製本――株式会社国宝社

ISBN978-4-06-519666-3

講談社文庫刊行の辞

二十一世紀の到来を目睫に望みながら、われわれはいま、人類史上かつて例を見ない巨大な転換期をむかえようとしている。

世界も、日本も、激動の予兆に対する期待とおののきを内に蔵して、未知の時代に歩み入ろうとしている。このときにあたり、創業の人野間清治の「ナショナル・エデュケイター」への志を現代に甦らせようと意図して、われわれはここに古今の文芸作品はいうまでもなく、ひろく人文・社会・自然の諸科学から東西の名著を網羅する、新しい綜合文庫の発刊を決意した。

激動の転換期はまた断絶の時代である。われわれは戦後二十五年間の出版文化のありかたへの深い反省をこめて、この断絶の時代にあえて人間的な持続を求めようとする。いたずらに浮薄な商業主義のあだ花を追い求めることなく、長期にわたって良書に生命をあたえようとつとめるところにしか、今後の出版文化の真の繁栄はあり得ないと信じるからである。

同時にわれわれはこの綜合文庫の刊行を通じて、人文・社会・自然の諸科学が、結局人間の学にほかならないことを立証しようと願っている。かつて知識とは、「汝自身を知る」ことにつきていた。現代社会の瑣末な情報の氾濫のなかから、力強い知識の源泉を掘り起し、技術文明のただなかに、生きた人間の姿を復活させること。それこそわれわれの切なる希求である。

われわれは権威に盲従せず、俗流に媚びることなく、渾然一体となって日本の「草の根」をかたちづくる若く新しい世代の人々に、心をこめてこの新しい綜合文庫をおくり届けたい。それは知識の泉であるとともに感受性のふるさとであり、もっとも有機的に組織され、社会に開かれた万人のための大学をめざしている。大方の支援と協力を衷心より切望してやまない。

一九七一年七月

野間省一

講談社文庫　目録

高野和明　13 階段
高野和明　グレイヴディッガー
高野和明　K・Nの悲劇
高野和明　6時間後に君は死ぬ
高里椎奈　星空を願った狼の〈薬屋探偵怪奇譚〉
高里椎奈　雰囲気探偵　鬼鶫航《きのつぐみわたる》
大道珠貴　ショッキングピンク
高橋和　女流棋士
高木徹　ドキュメント 戦争広告代理店〈情報操作とボスニア紛争〉
たつみや章　ぼくの・稲荷山戦記
たつみや章　夜の神話
武田葉月　横綱
高嶋哲夫　メルトダウン
高嶋哲夫　命の遺伝子
高嶋哲夫　首都感染
高野秀行　西南シルクロードは密林に消える
高野秀行　怪獣記
高野秀行　アジア未知動物紀行 ベトナム・奄美・アフガニスタン
高野秀行　イスラム飲酒紀行
高野秀行　移民の宴〈日本に移り住んだ外国人の不思議な食生活〉
高野秀行・角幡唯介　地図のない場所で眠りたい
田牧大和　花合せ〈濱次お役者双六〉
田牧大和　質草破り〈濱次お役者双六 二ます目〉
田牧大和　翔ぶ梅〈濱次お役者双六 三ます目〉
田牧大和　半可心中〈濱次お役者双六〉
田牧大和　長屋狂言〈濱次お役者双六〉
田牧大和　錠前破り、銀太
田牧大和　錠前破り、銀太　紅蜆《べにしじみ》
田牧大和　錠前破り、銀太　首魁《しゅかい》
田丸公美子　シモネッタのどこまでいっても男と女
竹内明　秘匿捜査〈警視庁公安部スパイハンターの真実〉
高殿円　メサイア〈警備局特別公安五係〉
高野史緒　カラマーゾフの妹
瀧本哲史　僕は君たちに武器を配りたい〈エッセンシャル版〉
竹吉優輔　襲名犯
竹吉優輔　レミングスの夏
高田大介　図書館の魔女　第一巻 第二巻
高田大介　図書館の魔女　第三巻 第四巻
高田大介　図書館の魔女　烏《からす》の伝言《つてこと》(上)(下)
大門剛明　反撃のスイッチ
大門剛明　完全無罪
大門剛明　死刑評決〈「完全無罪」シリーズ〉
橘もも　OVER DRIVE《オーバードライブ》
橘もも／沖田×華 原作／安達奈緒子 脚本　小説 透明なゆりかご(上)(下)
滝口悠生　愛と人生
高山文彦　ふたり〈皇后美智子と石牟礼道子〉
瀧羽麻子　サンティアゴの東 渋谷の西
高橋弘希　日曜日の人々《サンデー・ピープル》
陳舜臣　中国五千年(上)(下)
陳舜臣　中国の歴史 全七冊
陳舜臣　小説十八史略 全六冊
陳舜臣　新装版 阿片戦争 全四冊
陳舜臣　琉球の風(上)(下)〈レジェンド歴史時代小説〉
千早茜　森の家
千野隆司　大店の暖簾《のれん》〈下り酒一番〉
千野隆司　分家の始末〈下り酒一番(二)〉
千野隆司　献上の祝酒〈下り酒一番(三)〉

講談社文庫 目録

講談社文庫　目録

講談社文庫　目録

新田次郎　新装版　鷲ヶ峰物語
日本文芸家協会編　愛　染　夢　灯　籠〈時代小説傑作選〉
日本推理作家協会編　犯人たちの部屋〈ミステリー傑作選〉
日本推理作家協会編　隠　さ　れ　た　鍵〈ミステリー傑作選〉
日本推理作家協会編　Play《プレイ》　推理遊戯〈ミステリー傑作選〉
日本推理作家協会編　Doubt《ダウト》　きりのない疑惑〈ミステリー傑作選〉
日本推理作家協会編　Bluff《ブラフ》　騙し合いの夜〈ミステリー傑作選〉
日本推理作家協会編　Symphony《シンフォニー》　漆黒の交響曲〈ミステリー傑作選〉
日本推理作家協会編　Esprit《エスプリ》　機知と企みの競演〈ミステリー傑作選〉
日本推理作家協会編　Life《ライフ》　人生、すなわち謎〈ミステリー傑作選〉
日本推理作家協会編　Love《ラブ》　恋、すなわち罠〈ミステリー傑作選〉
日本推理作家協会編　Propose《プロポーズ》　告白は突然に〈ミステリー傑作選〉
日本推理作家協会編　Acrobatic《アクロバティック》　物語の曲芸師たち〈ミステリー傑作選〉
日本推理作家協会編　謎　0　1　0〈大沢在昌選　スペシャル・ブレンド・ミステリー〉
日本推理作家協会編　ベスト8ミステリーズ2015
日本推理作家協会編　ベスト6ミステリーズ2016
二階堂黎人　ラ　ン　迷　宮〈二階堂蘭子探偵集〉
二階堂黎人　増加博士の事件簿
新美敬子　猫のハローワーク

西澤保彦　新装版　七回死んだ男
西澤保彦　人格転移の殺人
西澤保彦　麦酒《ばくしゅ》の家の冒険
西澤保彦　新装版　瞬間移動死体
西村　健　ビ　ン　ゴ
西村　健　地の底のヤマ(上)(下)
西村　健　光陰の刃《やいば》(上)(下)
楡　周平　青狼記(上)(下)
楡　周平　陪　審　法　廷
楡　周平　宿　命(上)(下)〈ワンス・アポン・ア・タイム・イン・東京〉
楡　周平　血　戦〈ワンス・アポン・ア・タイム・イン・東京2〉
楡　周平　修羅の宴(上)(下)
楡　周平　レイク・クローバー(上)(下)
西尾維新　クビキリサイクル〈青色サヴァンと戯言遣い〉
西尾維新　クビシメロマンチスト〈人間失格・零崎人識〉
西尾維新　クビツリハイスクール〈戯言遣いの弟子〉
西尾維新　サイコロジカル(上)〈兎吊木垓輔の戯言殺し〉(下)〈曳かれ者の小唄〉
西尾維新　ヒトクイマジカル〈殺戮奇術の匂宮兄妹〉
西尾維新　ネコソギラジカル(上)〈十三階段〉

西尾維新　ネコソギラジカル(中)〈赤き征裁vs.橙なる種〉
西尾維新　ネコソギラジカル(下)〈青色サヴァンと戯言遣い〉
西尾維新　ダブルダウン勘繰郎《かんくろう》　トリプルプレイ助悪郎《スケアクロウ》
西尾維新　零崎双識の人間試験
西尾維新　零崎軋識《ぜろざききししき》の人間ノック
西尾維新　零崎曲識の人間人間
西尾維新　零崎人識の人間関係　匂宮出夢との関係
西尾維新　零崎人識の人間関係　無桐伊織との関係
西尾維新　零崎人識の人間関係　零崎双識との関係
西尾維新　零崎人識の人間関係　戯言遣いとの関係
西尾維新　xxxHOLiC　アナザーホリック　ランドルト環《かん》エアロゾル
西尾維新　難　民　探　偵
西尾維新　少　女　不　十　分
西尾維新　本　題〈西尾維新対談集〉
西尾維新　掟上《おきてがみ》今日子《きょうこ》の備忘録
西尾維新　掟上今日子の推薦文
西尾維新　掟上今日子の挑戦状
西尾維新　掟上今日子の遺言書
西尾維新　掟上今日子の退職願

西尾維新　新本格魔法少女りすか
西尾維新　新本格魔法少女りすか2
西尾維新　人類最強の初恋
西村賢太　どうで死ぬ身の一踊り
西村賢太　夢魔去りぬ
西村賢太　藤澤清造追影
仁木英之　真田を云《い》て、毛利を云わず〈大坂将星伝〉(上)(下)
仁木英之　まほろばの王たち
西川善文　ザ・ラストバンカー〈西川善文回顧録〉
西川　司　向日葵《ひまわり》のかっちゃん
西村雄一郎　殉愛〈原節子と小津安二郎〉
西　加奈子　舞台
貫井徳郎　新装版 修羅の終わり(上)(下)
貫井徳郎　妖奇切断譜
貫井徳郎　被害者は誰？
A・ネルソン　「ネルソンさん、あなたは人を殺しましたか？」
法月綸太郎　雪密室
法月綸太郎　誰《たそ》彼《がれ》
法月綸太郎　法月綸太郎の冒険

法月綸太郎　新装版 密閉教室
法月綸太郎　怪盗グリフィン、絶体絶命
法月綸太郎　怪盗グリフィン対ラトウィッジ機関
法月綸太郎　キングを探せ
法月綸太郎　名探偵傑作短篇集 法月綸太郎篇
法月綸太郎　新装版 頼子のために
乃南アサ　不発弾
乃南アサ　地のはてから(上)(下)
乃南アサ　新装版 鍵
乃南アサ　新装版 窓
野沢　尚　破線のマリス
野沢　尚　深紅
能町みね子　能スポ〈『能町みね子のときめきデートスポット』、略して〉
能町みね子　能サポ〈『能町みね子のときめきサッカーうどんサポーター』、略して〉
野口　卓　一九戯作旅
橋本　治　九十八歳になった私
原田泰治　わたしの信州
原田泰治／原田武雄　泰治が歩く〈原田泰治の物語〉
林　真理子　幕はおりたのだろうか

林　真理子　女のことわざ辞典
林　真理子　さくら、さくら〈おとなが恋して〉
林　真理子　みんなの秘密
林　真理子　ミスキャスト
林　真理子　ミルキー
林　真理子　新装版 星に願いを
林　真理子　野心と美貌〈中年心得帳〉
林　真理子　正妻(上)(下)〈慶喜と美賀子〉
林　真理子　大《お》原《はら》御《ご》幸《こう》〈帯に生きた家族の物語〉
林　真理子／見城　徹　過剰な二人
原田宗典　スメル男
帚木蓬生　アフリカの蹄《ひづめ》
帚木蓬生　日御子(上)(下)
帚木蓬生　襲来(上)(下)
坂東眞砂子　欲情
花村萬月　信長私記
花村萬月　續信長私記
畑村洋太郎　失敗学のすすめ
畑村洋太郎　失敗学実践講義〈文庫増補版〉

はやみねかおる　そして五人がいなくなる〈名探偵夢水清志郎事件ノート〉
はやみねかおる　都会《まち》のトム&ソーヤ(1)
はやみねかおる　都会《まち》のトム&ソーヤ(3)〈いつになったら作戦《ミッション》終了?〉
はやみねかおる　都会《まち》のトム&ソーヤ(4)〈四重奏《カルテット》〉
はやみねかおる　都会《まち》のトム&ソーヤ(5)〈I《イ》N《ン》塀戸《VADE》〉(上)(下)
はやみねかおる　都会《まち》のトム&ソーヤ(6)〈ぼくの家へおいで〉
はやみねかおる　都会《まち》のトム&ソーヤ(7)《怪人は夢に舞う〈理論編〉》
はやみねかおる　都会《まち》のトム&ソーヤ(8)《怪人は夢に舞う〈実践編〉》
はやみねかおる　都会《まち》のトム&ソーヤ(9)〈前夜祭《EVE》 内人《ないと》side〉
はやみねかおる　都会《まち》のトム&ソーヤ(10)〈前夜祭《EVE》 創也《そうや》side〉
勇嶺《はやみね》　薫《かおる》　赤い夢の迷宮
服部真澄　クラウド・ナイン
初野　晴　向こう側の遊園
原　武史　滝山コミューン一九七四
濱　嘉之　警視庁情報官〈シークレット・オフィサー〉
濱　嘉之　警視庁情報官　ハニートラップ
濱　嘉之　警視庁情報官　トリックスター
濱　嘉之　警視庁情報官　ブラックドナー
濱　嘉之　警視庁情報官　サイバージハード
濱　嘉之　警視庁情報官　ゴーストマネー
濱　嘉之　警視庁情報官　ノースブリザード
濱　嘉之　鬼《き》手《しゅ》〈世田谷駐在刑事・小林健〉
濱　嘉之　電子の標的〈警視庁特別捜査官・藤江康央〉
濱　嘉之　列島融解
濱　嘉之　オメガ　警察庁諜報課
濱　嘉之　オメガ　対中工作
濱　嘉之　ヒトイチ　警視庁人事一課監察係
濱　嘉之　ヒトイチ　画像解析〈警視庁人事一課監察係〉
濱　嘉之　ヒトイチ　内部告発〈警視庁人事一課監察係〉
濱　嘉之　カルマ真仙教事件(上)(中)(下)
濱　嘉之　新装版　院内刑事《デカ》
濱　嘉之　新装版　院内刑事〈ブラック・メディスン〉
濱　嘉之　院内刑事〈フェイク・レセプト〉
馳　星周　ラフ・アンド・タフ
早見　俊　上方与力江戸暦
畠中　恵　アイスクリン強し
畠中　恵　若様組まいる
畠中　恵　若様とロマン
葉室　麟　風渡る
葉室　麟　風の軍師〈黒田官兵衛〉
葉室　麟　星火瞬く
葉室　麟　陽炎《かげろう》の門
葉室　麟　紫匂う
葉室　麟　山月庵茶会記
葉室　麟　津軽双花
長谷川　卓　嶽《がく》神《じん》〈上・白銀渡り《しろがねわたり》〉〈下・湖底の黄金〉
長谷川　卓　嶽神伝《がくじんでん》　無坂《むさか》(上)(下)
長谷川　卓　嶽神伝《がくじんでん》　孤猿《こえん》(上)(下)
長谷川　卓　嶽神伝《がくじんでん》　鬼哭《きこく》(上)(下)
長谷川　卓　嶽神列伝　逆渡り《さかわたり》
長谷川　卓　嶽《がく》神《じん》伝《でん》　血路
長谷川　卓　嶽《がく》神《じん》伝《でん》　死地
長谷川　卓　嶽神伝　風花(上)(下)
幡　大介　股旅探偵　上州呪い村
原田マハ　夏を喪くす
原田マハ　風のマジム
原田マハ　あなたは、誰かの大切な人

羽田圭介「ワタクシハ」
羽田圭介 コンテクスト・オブ・ザ・デッド
花房観音 女 坂
花房観音 指 人 形
花房観音 恋 塚
畑野智美 海の見える街
畑野智美 南部芸能事務所
畑野智美 南部芸能事務所 season2 メリーランド
畑野智美 南部芸能事務所 season3 春の嵐
畑野智美 南部芸能事務所 season4 オーディション
畑野智美 南部芸能事務所 season5 コンビ
早見和真 東 京 ド ー ン
はあちゅう 半径5メートルの野望
はあちゅう 通りすがりのあなた
早坂 吝《やぶさか》 ○○○○○○○○殺人事件
早坂 吝 虹 の 歯 ブ ラ シ〈上木《かみき》らいち発散〉
早坂 吝 誰も僕を裁けない
早坂 吝 双《そう》 蛇《じゃ》 密 室
浜口倫太郎 22 年 目 の 告 白〈―私が殺人犯です―〉

浜口倫太郎 廃 校 先 生
浜口倫太郎 シ ン マ イ !
浜口倫太郎 A I 崩 壊
原田伊織 明治維新という過ち〈日本を滅ぼした吉田松陰と長州テロリスト〉
原田伊織 列強の侵略を防いだ幕臣たち〈続・明治維新という過ち〉
原田伊織 虚像の西郷隆盛 虚構の明治150年〈明治維新という過ち・完結編〉
原田伊織 三流の維新 一流の江戸〈明治は「徳川近代」の模倣に過ぎない〉
萩原はるな 50回目のファーストキス
葉《は》真《ま》中《なか》 顕《あき》 ブラック・ドッグ
平岩弓枝 花 嫁 の 日
平岩弓枝 花 祭
平岩弓枝 青 の 伝 説
平岩弓枝 はやぶさ新八御用旅(一)〈東海道五十三次〉
平岩弓枝 はやぶさ新八御用旅(二)〈中仙道六十九次〉
平岩弓枝 はやぶさ新八御用旅(三)〈日光例幣使道の殺人〉
平岩弓枝 はやぶさ新八御用旅(四)〈北前船の事件〉
平岩弓枝 はやぶさ新八御用旅(五)〈諏訪の妖狐〉
平岩弓枝 はやぶさ新八御用旅(六)〈紅花染め秘帳〉
平岩弓枝 新装版 はやぶさ新八御用帳(一)〈大奥の恋人〉

平岩弓枝 新装版 はやぶさ新八御用帳(二)〈江戸の海賊〉
平岩弓枝 新装版 はやぶさ新八御用帳(三)〈又右衛門の女房〉
平岩弓枝 新装版 はやぶさ新八御用帳(四)〈鬼勘の娘〉
平岩弓枝 新装版 はやぶさ新八御用帳(五)〈御守殿おたき〉
平岩弓枝 新装版 はやぶさ新八御用帳(六)〈春月の雛〉
平岩弓枝 新装版 はやぶさ新八御用帳(七)〈寒椿の寺〉
平岩弓枝 新装版 はやぶさ新八御用帳(八)〈春怨 根津権現〉
平岩弓枝 新装版 はやぶさ新八御用帳(九)〈王子稲荷の女〉
平岩弓枝 新装版 はやぶさ新八御用帳(十)〈幽霊屋敷の女〉
平岩弓枝 なかなかいい生き方
東野圭吾 放 課 後
東野圭吾 卒 業
東野圭吾 学生街の殺人
東野圭吾 魔 球
東野圭吾 十字屋敷のピエロ
東野圭吾 眠 り の 森
東野圭吾 宿 命
東野圭吾 変 身
東野圭吾 仮面山荘殺人事件

講談社文庫　目録

東野圭吾　天使の耳
東野圭吾　ある閉ざされた雪の山荘で
東野圭吾　同級生
東野圭吾　名探偵の呪縛
東野圭吾　むかし僕が死んだ家
東野圭吾　虹を操る少年
東野圭吾　パラレルワールド・ラブストーリー
東野圭吾　天空の蜂
東野圭吾　どちらかが彼女を殺した
東野圭吾　名探偵の掟
東野圭吾　悪意
東野圭吾　私が彼を殺した
東野圭吾　嘘をもうひとつだけ
東野圭吾　時生
東野圭吾　赤い指
東野圭吾　流星の絆
東野圭吾　新装版 浪花少年探偵団
東野圭吾　新装版 しのぶセンセにサヨナラ
東野圭吾　新参者
東野圭吾　麒麟の翼
東野圭吾　パラドックス13
東野圭吾　祈りの幕が下りる時
東野圭吾　危険なビーナス
東野圭吾作家生活25周年祭り実行委員会　東野圭吾公式ガイド〈読者1万人が選んだ東野作品人気ランキング発表〉
東野圭吾作家生活35周年実行委員会 編　東野圭吾公式ガイド〈作家生活35周年ver.〉
平野啓一郎　高瀬川
平野啓一郎　ドーン
平野啓一郎　空白を満たしなさい(上)(下)
百田尚樹　永遠の0《ゼロ》
百田尚樹　輝く夜
百田尚樹　風の中のマリア
百田尚樹　影法師
百田尚樹　ボックス!(上)(下)
百田尚樹　海賊とよばれた男(上)(下)
平田オリザ　十六歳のオリザの冒険をしるす本
平田オリザ　幕が上がる
東 直子　さようなら窓
蛭田亜紗子　人肌ショコラリキュール
蛭田亜紗子　凜
樋口卓治　ボクの妻と結婚してください。
樋口卓治　続・ボクの妻と結婚してください。
樋口卓治　もう一度、お父さんと呼んでくれ。
樋口卓治　「ファミリーラブストーリー」
樋口卓治　喋る男
平山夢明　どたんばたん(土壇場譚)〈大江戸怪談〉
平山夢明　魂《たま》豆《どう》腐《ふ》〈大江戸怪談どたんばたん(土壇場譚)〉
東川篤哉　純喫茶「一服堂」の四季
東山彰良　流《りゅう》
樋口直哉　偏差値68の目玉焼き〈星ヶ丘高校料理部〉
平田研也　小さな恋のうた
日野 草　ウエディング・マン
藤沢周平　新装版 春秋の檻〈獄医立花登手控え(一)〉
藤沢周平　新装版 風雪の檻〈獄医立花登手控え(二)〉
藤沢周平　新装版 愛憎の檻〈獄医立花登手控え(三)〉
藤沢周平　新装版 人間の檻〈獄医立花登手控え(四)〉
藤沢周平　新装版 闇の歯車
藤沢周平　新装版 市塵(上)(下)

講談社文庫　目録

藤沢周平　新装版 決闘の辻
藤沢周平　新装版 雪明かり
藤沢周平　義民が駆ける〈レジェンド歴史時代小説〉
藤沢周平　喜多川歌麿女絵草紙
藤沢周平　闇の梯子
藤沢周平　長門守の陰謀
船戸与一　新装版 カルナヴァル戦記
藤田宜永　樹下の想い
藤田宜永　流砂
藤田宜永　女系の総督
藤田宜永　血の弔旗
藤田宜永　大雪物語
藤水名子　紅嵐記(上)(中)(下)
藤原伊織　テロリストのパラソル
藤田紘一郎　笑うカイチュウ
藤本ひとみ　新・三銃士 少年編・青年編〈ダルタニャンとミラディ〉
藤本ひとみ　皇妃エリザベート
福井晴敏　亡国のイージス(上)(下)
福井晴敏　川の深さは

福井晴敏　終戦のローレライ I～IV
福井晴敏　平成関東大震災〈いつか来るとは知っていたが今日来るとは思わなかった〉
藤原緋沙子　遠花火〈見届け人秋月伊織事件帖〉
藤原緋沙子　春《はる》疾風《はやて》〈見届け人秋月伊織事件帖〉
藤原緋沙子　暖《ぬくめ》鳥《どり》〈見届け人秋月伊織事件帖〉
藤原緋沙子　霧の路《みち》〈見届け人秋月伊織事件帖〉
藤原緋沙子　鳴《なる》子《こ》守《もり》〈見届け人秋月伊織事件帖〉
藤原緋沙子　夏ほたる〈見届け人秋月伊織事件帖〉
藤原緋沙子　笛吹川〈見届け人秋月伊織事件帖〉
藤原緋沙子　青《せい》嵐《らん》〈見届け人秋月伊織事件帖〉
椹野道流　亡羊の嘆〈鬼籍通覧〉
椹野道流　新装版 暁天の星〈鬼籍通覧〉
椹野道流　新装版 無《む》明《みょう》の闇〈鬼籍通覧〉
椹野道流　新装版 壺《こ》中《ちゅう》の天〈鬼籍通覧〉
椹野道流　新装版 隻《せき》手《しゅ》の声〈鬼籍通覧〉
椹野道流　新装版 禅《ぜん》定《じょう》の弓〈鬼籍通覧〉
椹野道流　池《ち》魚《ぎょ》の殃《わざわい》〈鬼籍通覧〉
椹野道流　南《なん》柯《か》の夢〈鬼籍通覧〉
深水黎一郎　世界で一つだけの殺し方

深水黎一郎　ミステリー・アリーナ
深水黎一郎　倒叙の四季〈破られた完全犯罪〉
藤谷治　花や今宵の
深町秋生　ダウン・バイ・ロー
古市憲寿　働き方は「自分」で決める
船瀬俊介　かんたん「1日1食」!!〈万病が治る！20歳若返る！〉
二上剛　黒薔薇 刑事課強行犯係 神木恭子
二上剛　ダーク・リバー〈暴力犯係長 葛城みずき〉
藤野可織　おはなしして子ちゃん
古野まほろ　身元不明《ジェーン・ドゥ》〈特殊殺人対策官 箱崎ひかり〉
古野まほろ　陰陽少女
古野まほろ　禁じられたジュリエット
藤崎翔　時間を止めてみたんだが
藤井邦夫　大江戸閻《えん》魔《ま》帳《ちょう》
藤井邦夫　三つの顔〈大江戸閻魔帳(二)〉
藤井邦夫　渡世人〈大江戸閻魔帳(三)〉
藤井邦夫　笑う女〈大江戸閻魔帳(四)〉
福澤徹三　糸《し》柳《やな》寿《とし》昭《あき》　忌《い》み地〈怪談社奇聞録〉
福澤徹三　糸柳寿昭　忌《い》み地 弐〈怪談社奇聞録〉

講談社文庫　目録

真梨幸子　カンタベリー・テイルズ
真梨幸子　イヤミス短篇集
真梨幸子　人生相談。
真梨幸子　私が失敗した理由は
牧野修 巴亮介 漫画原作　ミュージアム〈公式ノベライズ〉
松本裕士　兄〈追憶のhide〉弟
円居挽　丸太町ルヴォワール
円居挽　烏丸ルヴォワール
円居挽　今出川ルヴォワール
円居挽　河原町ルヴォワール
円居挽 原作 福本伸行　カイジ ファイナルゲーム 小説版
松宮宏　さくらんぼ同盟
松岡圭祐　探偵の探偵
松岡圭祐　探偵の探偵Ⅱ
松岡圭祐　探偵の探偵Ⅲ
松岡圭祐　探偵の探偵Ⅳ
松岡圭祐　水鏡推理
松岡圭祐　水鏡推理Ⅱ〈インパクトファクター〉
松岡圭祐　水鏡推理Ⅲ〈パレイドリア・フェイス〉

松岡圭祐　水鏡推理Ⅳ〈アノマリー〉
松岡圭祐　水鏡推理Ⅴ〈ニュークリアフュージョン〉
松岡圭祐　水鏡推理Ⅵ〈クロノスタシス〉
松岡圭祐　探偵の鑑定Ⅰ
松岡圭祐　探偵の鑑定Ⅱ
松岡圭祐　万能鑑定士Qの最終巻〈ムンクの〈叫び〉〉
松岡圭祐　黄砂の籠城(上)(下)
松岡圭祐　シャーロック・ホームズ対伊藤博文
松岡圭祐　八月十五日に吹く風
松岡圭祐　生きている理由
松岡圭祐　黄砂の進撃
松岡圭祐　瑕《か》疵《し》借り
松原始　カラスの教科書
益田ミリ　五年前の忘れ物
益田ミリ　お茶の時間
マキタスポーツ　一億総ツッコミ時代〈決定版〉
丸山ゴンザレス　ダークツーリスト〈世界の混沌《かおす》を歩く〉
三島由紀夫 TBSヴィンテージクラシックス 編　告白 三島由紀夫未公開インタビュー
三浦綾子　ひつじが丘

三浦綾子　岩に立つ
三浦綾子　青い棘《とげ》
三浦綾子　イエス・キリストの生涯
三浦綾子　愛すること信ずること
三浦明博　滅びのモノクローム
三浦明博　五郎丸の生涯
宮尾登美子　新装版 天璋院篤姫(上)(下)
宮尾登美子　新装版 一絃の琴
宮尾登美子　東福門院和子《まさこ》の涙(上)(下)〈レジェンド歴史時代小説〉
皆川博子　クロコダイル路地
宮本輝　ひとたびはポプラに臥す 1〜6
宮本輝　骸骨ビルの庭(上)(下)
宮本輝　新装版 二十歳《はたち》の火影《ほかげ》
宮本輝　新装版 命の器
宮本輝　新装版 避暑地の猫
宮本輝　新装版 ここに地終わり 海始まる(上)(下)
宮本輝　新装版 花の降る午後(上)(下)
宮本輝　新装版 オレンジの壺(上)(下)
宮本輝　にぎやかな天地(上)(下)

村田沙耶香　マウス
村田沙耶香　星が吸う水
村田沙耶香　殺人出産
村瀬秀信　気がつけばチェーン店ばかりでメシを食べている
村瀬秀信　それでも気がつけばチェーン店ばかりでメシを食べている
室積　光　ツボ押しの達人
室積　光　ツボ押しの達人 下山編
森村誠一　悪道
森村誠一　悪道 西国謀反
森村誠一　悪道 御三家の刺客
森村誠一　悪道 五右衛門の復讐
森村誠一　悪道 最後の密命
森村誠一　棟居刑事の復讐
森村誠一　日蝕の断層
森村誠一　ねこの証明
毛利恒之　月光の夏
森　博嗣　すべてがFになる〈THE PERFECT INSIDER〉
森　博嗣　冷たい密室と博士たち〈DOCTORS IN ISOLATED ROOM〉
森　博嗣　笑わない数学者〈MATHEMATICAL GOODBYE〉
森　博嗣　詩的私的ジャック〈JACK THE POETICAL PRIVATE〉
森　博嗣　封印再度〈WHO INSIDE〉
森　博嗣　幻惑の死と使途〈ILLUSION ACTS LIKE MAGIC〉
森　博嗣　夏のレプリカ〈REPLACEABLE SUMMER〉
森　博嗣　今はもうない〈SWITCH BACK〉
森　博嗣　数奇にして模型〈NUMERICAL MODELS〉
森　博嗣　有限と微小のパン〈THE PERFECT OUTSIDER〉
森　博嗣　黒猫の三角〈Delta in the Darkness〉
森　博嗣　人形式モナリザ〈Shape of Things Human〉
森　博嗣　月は幽咽のデバイス〈The Sound Walks When the Moon Talks〉
森　博嗣　夢・出逢い・魔性〈You May Die in My Show〉
森　博嗣　魔剣天翔〈Cockpit on knife Edge〉
森　博嗣　恋恋蓮歩の演習〈A Sea of Deceits〉
森　博嗣　六人の超音波科学者〈Six Supersonic Scientists〉
森　博嗣　捩れ屋敷の利鈍〈The Riddle in Torsional Nest〉
森　博嗣　朽ちる散る落ちる〈Rot off and Drop away〉
森　博嗣　赤緑黒白〈Red Green Black and White〉
森　博嗣　四季 春～冬
森　博嗣　φ《ファイ》は壊れたね〈PATH CONNECTED φ BROKE〉
森　博嗣　θ《シータ》は遊んでくれたよ〈ANOTHER PLAYMATE θ〉
森　博嗣　τ《タウ》になるまで待って〈PLEASE STAY UNTIL τ〉
森　博嗣　ε《イプシロン》に誓って〈SWEARING ON SOLEMN ε〉
森　博嗣　λ《ラムダ》に歯がない〈λ HAS NO TEETH〉
森　博嗣　η《イータ》なのに夢のよう〈DREAMILY IN SPITE OF η〉
森　博嗣　目薬α《アルファ》で殺菌します〈DISINFECTANT α FOR THE EYES〉
森　博嗣　ジグβ《ベータ》は神ですか〈JIG β KNOWS HEAVEN〉
森　博嗣　キウイγ《ガンマ》は時計仕掛け〈KIWI γ IN CLOCKWORK〉
森　博嗣　χ《カイ》の悲劇〈THE TRAGEDY OF χ〉
森　博嗣　イナイ×イナイ〈PEEKABOO〉
森　博嗣　キラレ×キラレ〈CUTTHROAT〉
森　博嗣　タカイ×タカイ〈CRUCIFIXION〉
森　博嗣　ムカシ×ムカシ〈REMINISCENCE〉
森　博嗣　サイタ×サイタ〈EXPLOSIVE〉
森　博嗣　ダマシ×ダマシ〈SWINDLER〉
森　博嗣　女王の百年密室〈GOD SAVE THE QUEEN〉
森　博嗣　迷宮百年の睡魔〈LABYRINTH IN ARM OF MORPHEUS〉
森　博嗣　赤目姫の潮解〈LADY SCARLET EYES AND HER DELIQUESCENCE〉
森　博嗣　まどろみ消去〈MISSING UNDER THE MISTLETOE〉

柳家小三治　ま・く・ら
柳家小三治　もひとつま・く・ら
柳家小三治　バ・イ・ク
山口雅也　垂里冴子のお見合いと推理
山本一力　深川黄表紙掛取り帖
山本一力　牡丹酒〈深川黄表紙掛取り帖(二)〉
山本一力　ジョン・マン1　波濤編
山本一力　ジョン・マン2　大洋編
山本一力　ジョン・マン3　望郷編
山本一力　ジョン・マン4　青雲編
山本一力　ジョン・マン5　立志編
椰月美智子　十二歳
椰月美智子　しずかな日々
椰月美智子　ガミガミ女とスーダラ男
椰月美智子　恋愛小説
椰月美智子　メイクアップ　デイズ
柳　広司　キング&クイーン
柳　広司　怪談
柳　広司　ナイト&シャドウ

柳　広司　幻影城市
薬丸　岳　天使のナイフ
薬丸　岳　闇の底
薬丸　岳　虚夢
薬丸　岳　刑事のまなざし
薬丸　岳　逃走
薬丸　岳　ハードラック
薬丸　岳　その鏡は嘘をつく
薬丸　岳　刑事の約束
薬丸　岳　Aではない君と
薬丸　岳　ガーディアン
薬丸　岳　刑事の怒り
矢野龍王　箱の中の天国と地獄
山崎ナオコーラ　論理と感性は相反しない
山崎ナオコーラ　可愛い世の中
山田芳裕　へうげもの　一服
山田芳裕　へうげもの　二服
山田芳裕　へうげもの　三服
山田芳裕　へうげもの　四服

山田芳裕　へうげもの　五服
山田芳裕　へうげもの　六服
山田芳裕　へうげもの　七服
山田芳裕　へうげもの　八服
山田芳裕　へうげもの　九服
山田芳裕　へうげもの　十服
山田芳裕　へうげもの　十一服
山田芳裕　へうげもの　十二服
矢月秀作　A《ア》C《ク》T《ト》〈警視庁特別潜入捜査班〉
矢月秀作　A《ア》C《ク》T《ト》2　告発者〈警視庁特別潜入捜査班〉
矢月秀作　A《ア》C《ク》T《ト》3　掠奪〈警視庁特別潜入捜査班〉
矢野　隆　清正を破った男
矢野　隆　我が名は秀秋
矢野　隆　戦《いくさ》始末
矢野　隆　乱
山本　弘　僕の光輝く世界
山内マリコ　かわいい結婚
山本周五郎　さぶ〈山本周五郎コレクション〉
山本周五郎　白石城死守〈山本周五郎コレクション〉

講談社文庫　目録

山本周五郎　完全版 日本婦道記 (上)(下)〈山本周五郎コレクション〉
山本周五郎　戦国武士道物語 死　處〈山本周五郎コレクション〉
山本周五郎　戦国物語 信長と家康〈山本周五郎コレクション〉
山本周五郎　幕末物語 失　蝶　記〈山本周五郎コレクション〉
山本周五郎　逃亡記 時代ミステリ傑作選〈山本周五郎コレクション〉
山本周五郎　家族物語 おもかげ抄〈山本周五郎コレクション〉
山本周五郎　繁《しげ》　あ　ね〈美しい女たちの物語〉
山本周五郎　雨　あ　が　る〈映画化作品集〉
柳田理科雄　スター・ウォーズ 空想科学読本
柳田理科雄　MARVEL マーベル空想科学読本
靖子靖史　空《くう》色《しき》カンバス〈瑞空寺《ずいくうじ》凸凹縁起《でこぼこえんぎ》〉
夢枕　獏　大江戸釣客伝 (上)(下)
唯川恵　雨　心　中
行成　薫　ヒーローの選択
行成　薫　バイバイ・バディ
行成　薫　ス　パ　イ　の　妻
柚月裕子　合理的にあり得ない〈上水流涼子《かみづるりょうこ》の解明〉
吉村　昭　私の好きな悪い癖
吉村　昭　吉村昭の平家物語
吉村　昭　暁　の　旅　人
吉村　昭　新装版 白い航跡 (上)(下)
吉村　昭　新装版 海も暮れきる
吉村　昭　新装版 間　宮　林　蔵
吉村　昭　新装版 赤　い　人
吉村　昭　新装版 落日の宴 (上)(下)
吉村　昭　白　い　遠　景
吉田ルイ子　ハーレムの熱い日々
吉川英明　新装版 父　吉川英治
吉村葉子　お金がなくても平気なフランス人 お金があっても不安な日本人
米原万里　ロシアは今日も荒れ模様
横山秀夫　半　落　ち
横山秀夫　出口のない海
吉田修一　日　曜　日　た　ち
吉本隆明　真　　　贋
吉本隆明　フランシス子へ
横関　大　再　　　会
横関　大　グッバイ・ヒーロー
横関　大　チェインギャングは忘れない
横関　大　沈黙のエール
横関　大　ルパンの娘
横関　大　ルパンの帰還
横関　大　ホームズの娘
横関　大　ルパンの星
横関　大　スマイルメイカー
横関　大　K2〈池袋署刑事課 神崎・黒木〉
吉川永青　誉れの赤
吉川永青　裏　関　ヶ　原
吉川永青　化　け　札
吉川永青　治部の礎《いしずえ》
吉川永青　老　　　侍
好村兼一　兜割源三郎〈玄治店密命始末〉
吉村龍一　光　る　牙
吉村龍一　隠された牙〈森林保護官 樋口孝也の事件簿〉
吉川トリコ　ぶらりぶらこの恋
吉川トリコ　ミドリのミ
吉川英梨　波　動〈新東京水上警察〉
吉川英梨　烈　渦〈新東京水上警察〉

2020年9月15日現在